終オワリモノ物ガタリ語

西尾維新
NISIOISIN

中

BOOK & BOX ORIGINAL DESIGN by VEIA

第體話　忍・鎧甲

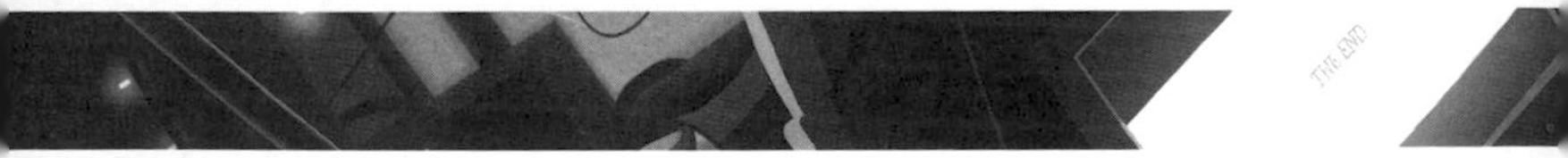

BOOK&BOX DESIGN
VEIA

ILLUSTRATION
VOFAN

第體話 忍・鎧甲

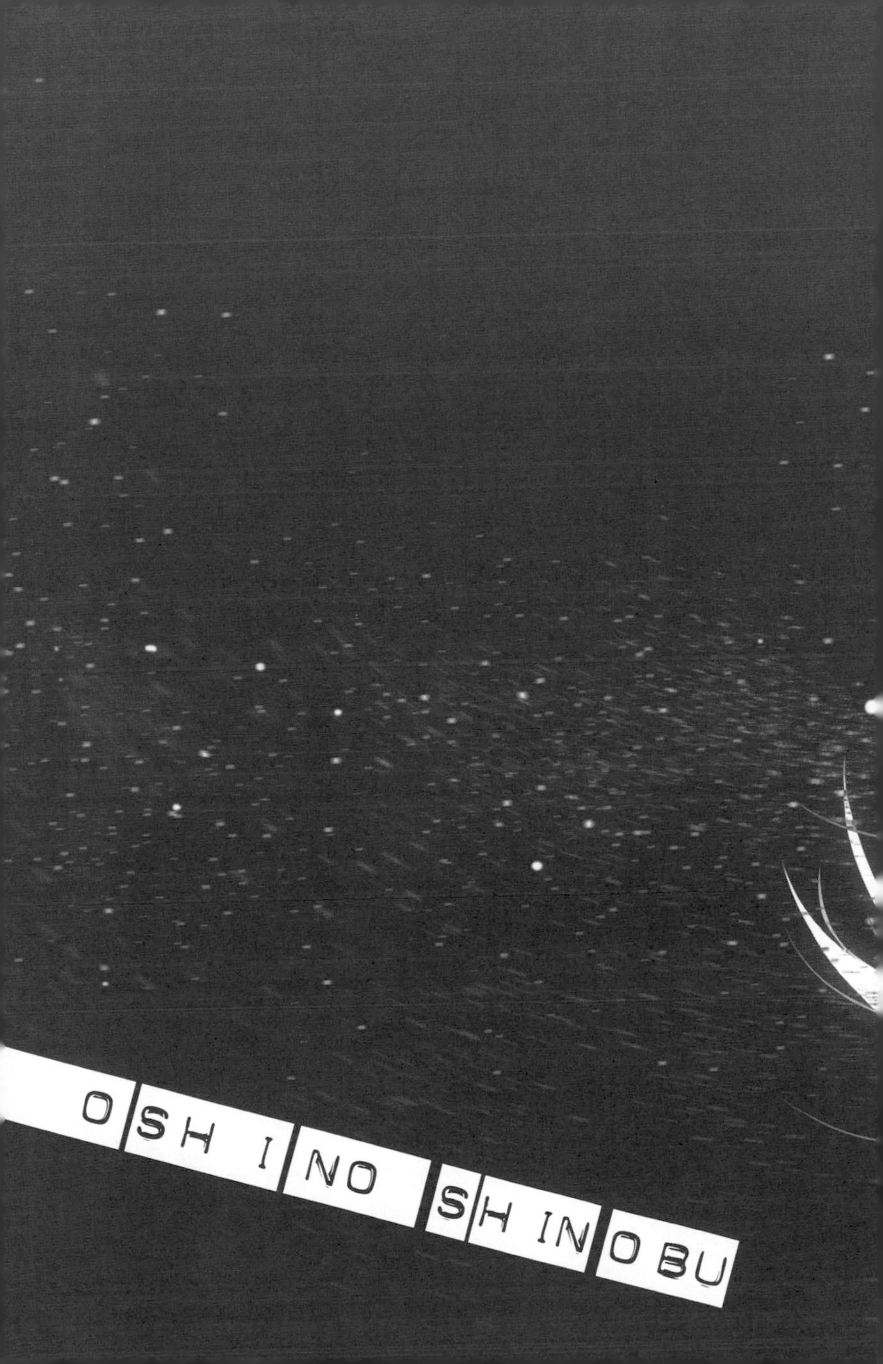
OSHINO SHINOBU

001

沒有忍野扇就好了。總結我高三這年的後半戰來述說時，我實在不由得這麼心想，忍不住這麼想。她從第二學期轉學到直江津高中一年級之後的所作所為，究竟將我的青春搗亂、抓毀到何種程度，應該無須刻意多費唇舌吧。這部分只要以一句話來總結：沒有忍野扇就好了。

只是我也很清楚，這是我任性的想法，是大忌，是逃避責任的丟臉行徑。我明知如此還是這麼說。什麼叫做「沒有忍野扇就好了」？不用說，我早就自覺這毫無異議是愚蠢又粗暴的言論，腦中冒出這句話的瞬間就想自殺。到頭來就算沒有她，我高三生涯的後半戰即使不會和現在一樣，也很難想像會有多大的差異。我的行事風格原本就在逞強，很明顯遲早會達到極限。各方面的專家不是早就嚴重指摘過我了嗎？我卻馬馬虎虎得過且過，不上不下半途而廢，沒抱持覺悟踏出腳步，堅持打迷糊仗直到現在，我如此優柔寡斷，反正肯定得在某處嘗到自己種下的苦果。因果報應發生在我身上是一種必然，不是超自然現象，是伴隨著既定完整性的事態。

不是忍野扇的錯。

是阿良良木曆的錯。

就算這麼說，如果沒有我，如果我這個人不存在，凡事是否都會朝著好的方向、對的方向進展？應該也完全不是這麼回事吧。到頭來，「好的方向」或「對的方向」是怎樣的方向？那是什麼？沒有阿良良木曆就好了——許下這個心願能改變什麼嗎？如果有人這麼問，我肯定會搖頭。即使沒有我，戰場原黑儀肯定也會被不是我的某人拯救吧。八九寺真宵肯定也會被不是我的某人引導吧。還有神原駿河、千石撫子、羽川翼，所有人都會被我以外的某人拯救吧。或許手法會比我當時來得俐落。我確實介入她們的命運，但介入的人完全不必是我。她們那麼優秀、那麼堅強、那麼柔韌，其實她們的人生不需要我這種人。

她們遭遇的對象湊巧是我。如此而已。

這就像是走夜路遇到妖怪吧。如同在暑假，我走在路上遇見四肢被扯斷的金髮金眼吸血鬼。既然這樣就沒什麼了不起。我在成為吸血鬼之前，就已經像是一個妖怪了。

基於這層意義，與其說是我介入她們的命運，應該說是我進退維谷的命運殃及她們。事到如今我強烈有這種感覺。

沒有阿良良木曆就好了。

或許她們才是由衷這麼認為。我扭曲諸多命運至今，她們會這麼認為也不奇怪。

不。

扭曲的不是命運，是物語。

如今，扭曲的反作用力還擊到我身上了。真要說的話，我是一顆橡皮擦，折彎的尺回復為「筆直」狀態時的力道，將我這顆橡皮擦彈飛。我是不知道會飛到哪裡的橡皮擦。是從教室窗戶飛出去，落入花壇，之後再也沒人找到而逐漸老化的橡皮擦。

所以忍野扇是尺吧。

筆直、正確。

是墨守成規的尺。

她出現在我面前，究竟是為了什麼目的？為了做什麼？我一直抱持疑問，但她肯定是以尺的身分來畫線。

畫下一條線。

接下來不行、到這裡ＯＫ，她來設定明確的基準，不容許毫釐的誤差。八九寺真宵與千石撫子在線的另一側，羽川翼與老倉育在線的這一側。如此而已。

這條線是境界線？

不對，是終點線。

所以，線上的判定基準不可能模糊不清。若有例外，那就是戰場。

「不過以我的狀況，與其說是戰場不如說是扇形喔。因為我是扇。」（註1）

即使是堪稱是我唯一表現機會的開場白，忍野扇這次居然也厚臉皮闖入。我大致說明她是什麼樣的存在之後，接下來要為了終結的終結的終結而揭開一段物語。

說來遺憾，這段物語必須從我和八九寺真宵重逢的北白蛇神社境內開始。在邁入終局之前，邁入終極之前，還剩下唯一一段非得揭開的物語，各位讀者總不會忘了吧。

坦白說，我個人希望各位忘記，更希望自己忘記。我想隱藏起來，偷偷摸摸垂頭喪氣當成沒發生過，就這樣讓我的物語閉幕。

「阿良良木學長，您想得太美了。居然想在我面前隱瞞事情，請別做這種魯莽的行徑。我是謊言與隱瞞的天敵，是拖延與緩辦的捕食者。高明騙徒貝木泥舟的

註1　日文「線上」、「戰場」與「扇形」音同。

下場，您也不是不知道吧？如果不想變成那樣就請說出來吧。說出您堅持隱瞞至今——那個時候的事情吧。」

忍野扇說著緊貼在我身旁。精神上的緊貼。從她這副模樣看來，我認為她已經熟知當時發生的事，但就算我這麼問，她應該也只會裝傻吧。

「我一無所知喔，知道的是您才對，阿良良木學長。」

一點都沒錯。

我知道。非常清楚。

但也正因為知道才想隱瞞。

知道之後，就不得不述說。

「說來話長喔。」我說。

「沒關係。因為我就是為此才像這樣特地在上集與下集中間硬塞……更正，準備了中集的篇幅。」

忍野扇說得莫名其妙，但我決定不追問。這種問題可能會立刻回到我身上。

因為我接下來要說一段更加莫名其妙的往事。那是距離忍野扇轉學時間點兩個多月前的事件。

暑假結束，第二學期剛開始沒多久。

斷絕和吸血鬼的連結，相隔約半年感受九成九「人類」身體的阿良良木曆，沒上學也沒回家，而是閒著發慌般窩在專家忍野咩咩昔日居住的補習班廢墟大樓某間教室。物語從這裡開始——從這裡結束。

「他」的人生也是。

「他」持續至今的人生也終於結束。

002

「阿良良木學長，好久不見啦～～！」

為求謹慎，我話先說在前面，神原駿河是非常有禮貌的學妹。至少她是願意對這樣的我，對這種程度的我表達敬意的少數晚輩之一。或許可以說是唯一。不知道是因為個性率直，還是出身於基本上相當富裕的家庭，她不會使用低聲下氣的敬語或客氣的用語，但依然總是以某種程度的禮節，對待我這個只有年紀可取的學長。

簡單來說，這傢伙對學長講話不會刻意必恭必敬，但是也不會以「好久不見啦～～！」這種瞧不起人的問候語登場。

對她來說，今天始終是特例，希望各位明白這一點。總之，我不是無法理解她為何如此亢奮。今天，講得詳細一點是今晚——八月二十三日的夜晚，神原來到我們熟到不能再熟，即使稱不上象徵也算是地標的補習班廢墟大樓二樓教室，她情緒如此高漲是非常自然的事。

因為——雖然這樣解釋不太對，不過原因在於我很少叫神原出來。神原說過「成為阿良良木學長的助力是我唯一的人生價值」，自稱是「阿良良木學長的用品」、「阿良良木學長的免洗工具」，這樣的她如同要破門般開心衝進教室，也是可以理解的事。不對，沒什麼好理解的，到頭來，神原這種自稱在我眼中完全是難以理解的說法。

女友的學妹居然這麼黏我，我的人生待辦事項並沒有這個計畫啊……

只是雖然這麼說，不過在這種場合，即使她一開口就精神百倍大喊「好久不見啦～～！」這種俗氣的問候，從結果來看也不算是討到我的歡心。

若是問我原因，我就這樣回答吧。對自己腳程有自信的神原，她的膝蓋接觸到不是坐在椅子上，而是正常站著，換言之座標高度約一公尺半的我的臉頰。

接觸了。

只是這裡的「接觸」翻成英文不是「touch」，是「charging」。是她以全身體重與最高速度施展的真空飛膝踢，如果這是足球賽肯定會吃紅牌。神原是籃球選手，所以或許應該說是違反運動家精神直接五犯退場，不過一般來說，打籃球不會使出真空飛膝踢這種招式。

總之，換句話說，將「好久不見啦～！」改成「好蹴不見啦～！」大概是最合適的問候語吧。

「咕噁！」

這裡說的「臉頰」當然是指表層接觸面，這一記的傷害滲透到顴骨、內頰、口腔、頭蓋骨，甚至是我灰色的腦細胞。依我的想像，貫穿我頭部的衝擊波甚至像是連教室後方的牆壁都能破壞。

不過事實上，教室後方牆壁出現裂痕，是因為真空飛膝踢的威力將我的身體當成紙片般擊飛到牆上。

「咕呱！」

背部重擊牆壁，我發出第二聲慘叫。早知如此，我真想慘叫得帥氣一點。像是青蛙被車子輾過的這種慘叫實在很遜色。

「不過，和學妹見面的下一秒就挨一記膝踢，在這個時間點就完全不該期待自己帥到哪裡去……」

「哎呀，不愧是一流的阿良良木學長，劈頭就用『見面』跟『膝頭』玩雙關語，這次真是敗給您了。」

攻擊命中之後，在半空中沒失去平衡就漂亮著地的神原，一副打從心底佩服的樣子點頭看著我。以尊敬的眼神看我。我好想問她究竟要從我這隻扁掉的青蛙看出什麼東西。此外我可沒有拿「見面」跟「膝頭」玩雙關語。「膝頭」這個詞在我的字典裡很難找。

「不過阿良良木學長，恕我冒昧提個意見，比起『膝頭』，我更喜歡『膝小僧』這個說法。想到有兩個美少年住在我的膝蓋，我就感到一股小小的幸福。」

「『幸福』這個詞不准這樣用。而且為什麼限定是美少年？」

「依我的想像，與其說是美少年應該說是男童。想到每個人的膝蓋都住著男童，這世界看起來是不是變得稍微豐饒一點了？」

「『豐饒』這個詞不准這樣用。我的膝蓋可沒有男童。」

我站了起來。按著被踹的臉頰起身。

可惡，先不提大腦，我口腔真的破洞了，所以吐槽好難受。血味好重，感覺像是在吃鐵。但是想到神原的說笑功力，要我不吐槽幾乎是不可能的事。

「話說，最該吐槽的地方在於妳踢了我這學長，卻到現在都還沒道歉。」

「道歉？哈哈，您說這什麼話？我這個忠實的學妹神原駿河，如今等同於是阿良良木學長身體的一部分吧？」神原將手放在胸前說。「就算自己的膝蓋頂到臉頰，人也不會對自己道歉吧？」

「居然口若懸河講這種歪理！」

「又裝出這麼激動的樣子。我最懂阿良良木學長的心情了。您像這樣假裝在意自己臉頰的傷，其實真正擔心的是我這個運動員的膝蓋，是否因為剛才那一踢受損對吧？」

「這種學長人很好，但這傢伙不是我！」

這傢伙真的不道歉耶……

我有個這樣的學妹沒問題嗎？

「神原，抱歉妳這麼看得起我，但我純粹只擔心自己的身體。」

「『自己的身體』，也就是我的身體吧？」

「怎麼慢慢講成妳才是主體啊？」

「老實說，阿良良木學長的回復力很強，所以我認為犯下這種程度的小差錯也不需要道歉。」

「別以為凡事只要老實說都可以得到原諒！」

真恐怖的傢伙。

在半夜的廢墟和這種恐怖的傢伙獨處，或許意外是相當危險的環境。

即使如此，在我突然叫她過來的時候，她依然像這樣赴約，而且是樂於趕來赴約，我應該感謝才對。

想到我接下來要拜託她的事，我應該感謝才對。

「……話說，我牙齒碎了一小塊。」

我察覺口腔有種小石頭般的觸感，吐出來才發現是我的一小塊牙齒。

「雖說我只是半個吸血鬼，但妳居然能用膝蓋踢斷吸血鬼的牙齒，妳究竟是何方神聖？」

「這是因為阿良良木學長平常沒攝取鈣質才會這樣。」

神原始終不道歉。

我開始想攝取鈣質了。不是為了牙齒，是為了壓抑怒火。

「像我不只是完全沒蛀牙，而且大部分的瓶子都能用牙齒開喔。」

「不准用牙齒開瓶子。」

「不過上次的洗髮精挺難纏的。」

「基本上我不想思考妳用嘴巴開洗髮精瓶子的光景。」

一個光溜溜的傢伙在浴室咬洗髮精瓶，這學妹根本是原始人。

總之，碎掉的牙齒確實遲早會回復所以無妨，不過雖說是吸血鬼的回復力，但我始終只是半個吸血鬼……

而且，「現在的我」處於連這種半吸血鬼的恢復力都被剝奪的狀況。我不能突然提這件事讓她擔心，而且這件事也有點涉及隱私，現階段還不要告訴神原應該比較好……

我重新看向神原。

留長的頭髮分邊垂在肩頭，身穿運動服。看起來像是正在慢跑，卻沒流一滴汗，而且臉不紅氣不喘。她應該是用跑的來到這裡（還順勢賞我一記膝踢），但不愧是前籃球社的王牌，看來區區的全速奔跑不會讓她疲累。不過連全速奔跑都不會累的傢伙要做什麼才會累？

頭髮從初次見面的時候留到現在，從外表看來，昔日的中性形象大致消失，但左手臂綁繃帶的奇特感覺和當時一樣。表面上偽裝成練習時出意外而受傷，但藏在繃帶底下的手臂真相也和當時一樣。

「嗯？阿良良木學長，怎麼了？突然目不轉睛盯著我的身材看。」

「並不是在看妳的身材。」

「咦？不看身材的話，那是在看我的什麼？我能看的只有身材吧？」

「講話不要這麼卑微啦，直江津高中的明星，這樣很奇怪。」

「我現在退休了。」

「妳的粉絲團成員全天候威脅我的性命安全，我無法接受妳的見解。」

而且威脅我性命安全的傢伙之中，也包含我妹妹（大隻的）。親人居然想取自己性命，這件事說起來實在教人膽寒。

「呵呵。阿良良木學長，用不著看得這樣目不轉睛，您不需要擔心喔。」

「嗯？擔心？啊？我擔心妳什麼？」

「又在裝傻。阿良良木學長真貼心。不過您可以再稍微信任您的學妹喔。」神原說。「放心，我確實脫掉胸罩了。」

「我真的擔心起妳了！」

即使暫時和忍解除連結，但牙齒因為碎裂而變得銳利。被牙齒刮傷內頰的我一邊吐血，一邊悲痛吐槽。

她穿運動服過來，我原本還暗自鬆了口氣，認為她沒誤以為這是幽會……

「運動服布料厚，所以用看的或許看不出來，但是本人神原駿河不會對阿良良木學長說謊。如果只說上半身，現在我的肌膚直接和運動服接觸。」

「那下半身呢？我超擔心的。」

「不然您現在拉下拉鍊確認也沒關係喔。本人神原駿河毫不隱瞞。」

「妳從剛才就驕傲重複自稱『本人神原駿河』，但妳在懂得拿捏分寸之前最好匿名活動。」

「分寸這種東西，我好歹懂得拿捏。」

「我甚至懷疑妳根本就不懂事。」

「怎麼了，阿良良木學長，看您似乎不太滿意。啊，難道說，阿良良木學長是想要自己解開胸罩背扣那一派嗎？」

「這種爭論還不到要組織派系的程度。」

「什麼嘛，是這樣嗎？說來諷刺，也就是說我拿掉胸罩之後，反倒排除在阿良良木學長的喜好之外了。」

「應該是妳的人生誤入歧途了。」

光看這句話感覺挺不錯的，但我實際上只是在斥責沒穿胸罩的學妹。

「咦？可是可是，在這種時間叫我到這種地方，應該是這麼一回事吧？」

「妳說的『這麼一回事』是哪一回事？」

「阿良良木學長終於想收下我的貞操了吧？」

「了吧個屁！」

缺乏鈣質害我語無倫次。

這傢伙原來是因為這樣而亢奮，還用膝蓋頂我的臉頰？

「神原學妹，就算妳久違有戲分，但妳是不是稍微樂過頭了？」

「這或許是原因之一。沒想到居然這麼久沒機會登場，我甚至擔心之前是不是做了什麼事。」

「哎，說到做了什麼，以妳的狀況，很難說妳什麼都沒做……」

因為這傢伙總是語不驚人死不休。

就某種意義來說，這角色比忍危險得多。

「在我等待戲分的這段時間，籃球規則逐漸改變。不只是規則，連球場規格都變了，我終究也備受打擊。」

「聽妳這麼說，以我的狀況，要是繼續拖拖拉拉，搞不好全國統一考試都要廢除了……」

哎呀，好像打破第四面牆了。

這話題就此打住吧。

「總之，我沒意思收下妳的貞操。」

「唔哇，好失望。」

「為什麼非得被妳說成這樣?真的得被妳說成這樣?」

「可是，阿良良木學長，就算這樣，您用暗藏玄機的電子郵件叫一個女生，也就是叫一名異性，在夜晚，獨自，來到四下無人的地方，會這麼解釋也在所難免吧?」

「唔……」

她這麼一講，我無從辯解。

而且還刻意斷句加重音。

先不提我寄的電子郵件是否暗藏玄機，我已經有互許終身的對象，原本應該避免這種引人誤解的行動才對。我每個月去清理名為「神原房間」的物品堆放場兩次，其實也頗具爭議。

總之，雖說這次是基於「約定」而不得已這麼做……

「而且阿良良木學長，我剛才跑得太順，不是先來二樓，而是順勢衝到三樓教室，發現裡面用書桌拼了一張床耶？那不是阿良良木學長準備的嗎？」

「咦？這我心裡真的沒有底……床？」

怎麼回事？

大概是某人在我不知道的時候住進這座廢墟吧。

「您又裝傻了。」

「雖然妳說『又』，但我並不是動不動就裝傻的角色……」

「事到如今，阿良良木學長就收下我的貞操，當作生米煮成熟飯就行吧？」

「就說過不要了！」

生米煮成熟飯是怎樣？

真要說的話，這是憑空造謠吧？

「不過神原，說正經的，我認為我不只是跨越學長學妹的高牆，甚至還跨越男女之間的高牆，和妳締結美好的友情了。」

或許有人會笑說男女之間沒有友情，但這是我由衷的想法。

「嗯。學長的金玉良言，我真是承擔不起。而且阿良良木學長，我也完全同意您這番話的前半段。」

「只有前半段？」

「以我的狀況，我認為自己和學長締結的是情慾。」

「那妳締結的東西和我完全不一樣吧！」

「跨越男女高牆的情慾。就算我是男生，我對阿良良木學長還是會抱持相同的情慾吧。我每天都認為這是命中註定。」

「一年只要一天就好，拜託妳冷靜一下。」

這樣的話，我真的慶幸妳是女生。

由衷慶幸。

「好啦，久違和阿良良木學長聊得這麼愉快，我熱起來了。阿良良木學長，我可以脫掉上衣嗎？」

「嗯，衣服掛旁邊就好……慢著，不能脫！妳運動服底下沒穿吧！」

「嘖，被發現了嗎？」

「妳剛才對學長咂嘴？」

「沒有。我是在舔唇。」

「舔唇比咂嘴還恐怖！」

「或許是準備大快朵頤。」

「妳打算吃掉我嗎……？總之不准脫上衣。那個……所以，我之所以叫妳過來……」

我終於進入正題。但我莫名覺得為時已晚。

不然就這麼和神原玩樂一整晚吧？雖然內心也有這種念頭，但終究不能這麼做。

「嗯。是為了問我某些事吧？」

「啊啊，沒錯。」

「我一直以為您想問的是我的貞操，不過似乎是我太早下定論了。」

「這不是太早或太晚的問題，是妳胡思亂想。我不會問妳這種問題，這種機會永遠不會來。」

順帶一提，我今天上午寄給神原的電子郵件內容如下。

「今晚九點到二樓獨自教室有話問妳」。字句有點錯亂，敬請見諒。

畢竟當時是那種狀況。

「有話問妳……換句話說就是有事想找妳協助，問妳是否願意幫這個忙。」

我將意識切換成嚴肅模式說。

「老實說，這次的事件，我希望妳拒絕……」

「沒道理拒絕！」

神原精神抖擻地回答。

就知道她會這麼回答，不用說也知道她會這麼回答。

「本人神原駿河，絕對不可能拒絕阿良良木學長的要求！就算天地倒轉也不可能！」

不只如此，她還講得如同天地倒轉般咄咄逼人，我反而不敢領教。

「嗯……總之，並不一定算是我的要求，我始終是仲介。而且想請妳幫忙的事情，我也不知道細節……」

「不知道？」

「嗯。我一無所知。」

我想，這應該是刻意不讓我知道。可能是我一旦知道，在我這一關就會打回票，但因為我不知道，所以我不能無視於神原的意願擅自拒絕。

只能交由神原的意願決定。

某些「隱情」使我不得不這麼做。

「所以……」我說。「如果妳在這時候拒絕，這件事就到此為止，這樣比較好。如果妳堅持要幫忙，我當然會全力以赴，免得妳遭遇危險。」

「哈哈哈，阿良良木學長不需要在意我。如果無論如何都會在意，您只要想著我身體的局部，也就是胸部就可以了。」

「一點都不可以。」

滿腦子只有學妹的胸部，這種學長哪裡好？例如「唔～～這傢伙今天沒穿胸罩耶～～」這樣……這麼說來，她說沒穿胸罩是真的還是開玩笑？我還沒確認這一點就進入正題了。
我認為十之八九是開玩笑，但這傢伙有著可能這麼做的危險性，正因如此我才擔心，正因如此我才必須好好盯著她。
並不是「盯著她的胸部」的意思。
「阿良良木學長像這樣為我操心，反倒使得本人神原駿河悲從中來。具體來說，大約是我喜歡的歌手出精選集，卻沒收錄我喜歡的歌曲那麼悲傷。」
「這真的很具體。」
「啊～～原來對於這位歌手來說，那首歌不在精選名單啊……這樣。」
神原垂頭喪氣。
從這個反應來看，應該是她最近的親身經歷。
不過，個性大而化之的神原駿河立刻切換心情。「哎，就當成這首歌擁有歌手本人沒察覺的魅力，卻只有我察覺吧。」她說著抬起頭。
真是樂觀的傢伙。
與其說樂觀，不如說她看前不看後。
「所以我很高興。凡事都對我客氣的阿良良木學長這樣拜託我，我很高興。因為我希望阿良良木學長對我亂來……更正，希望阿良良木學長對我強求。」
「就算妳改口，到頭來也沒給人多好的印象吧……」
不過，聽神原使用「強求」這個字眼，或許她有所察覺吧。
除非極其必要，否則我不會像這樣找神原過來，不會將羽川與戰場原放在一旁，只找神原過來。她肯定也明白這一點。
是的。
如同之前造訪那座古老的神社。
「如果阿良良木學長有事想問，我像這樣排除萬難趕來這間補習班，不覺得就是答案了嗎？」
「嗯……哎，說得也是。」
「我想服侍阿良良木學長的慾望強烈得無以復加。明明今晚想看一本書，卻專程為了阿良良木學長跑這一趟耶？」
「…………」
這傢伙突然變得只想做人情給我。
真是一個明明有禮卻失禮的傢伙。

想看一本書？

這樣不就變成學長要和一本書搶優先順位？

「不，就算您這麼說，但書是人類的智慧結晶。就算是阿良良木學長，如果想獨立對抗人類的歷史，也有點自以為是過頭吧？」

「妳的阿良良木學長沒有這麼自以為是。不過神原，如果是書的話，即使不是今晚，妳也隨時都可以看吧？」

「我對阿良良木學長也是一樣的喔，即使不是今晚，我也隨時都可以趕到您身邊。彼此的條件是對等的。」

她說。

天底下可沒有這麼恣意妄為的服侍。

「妳說妳想看一本書，反正肯定老樣子是BL小說之類的吧？」

「哎呀哎呀，這可稀奇了，阿良良木學長居然解讀錯誤。明明話題是閱讀卻解讀錯誤。」

「用不著硬凹成雙關語。咦？妳會看BL小說以外的書？」

「當然，我的閱讀範圍很廣泛喔。」

是這樣嗎？老實說，我很意外。但我清理這傢伙房間的時候，挖出來的書真的盡是些ＢＬ小說……

哎，不過這傢伙是戰場原的直屬學妹。即使效法無所不讀的戰場原閱讀各種領域的書也不奇怪。

「畢竟我已經從籃球社退休。我也日夜努力想增加我身為人類的廣度喔，阿良良木學長。」

「哎呀哎呀，是我有眼不識泰山，神原學妹。」

「像這樣在退休之後留長頭髮，也請當成是我為了增加變態遊戲的廣度，不惜付出催淚的努力。」

「確實很催淚。」

我這個學長不得不含淚看待。

不過這麼一來，我突然在意起神原究竟在看什麼書。所以我決定將她的書單問清楚。

「那麼神原，妳今晚究竟打算看什麼書？」

「那還用說嗎？當然是山本周五郎大師的作品。」

先不提用不用說，但確實出乎我的意料。說到山本周五郎這位作家，即使是沒看多少書的我都知道。老實說，這下子我不得不承認先前太瞧不起神原了。我這種程度應該很難比得上山本周五郎的作品。

但我內心沒有太多不甘心或不長進的感覺，甚至因為得知神原會像這樣閱讀正經的書而高興，所以我也逐漸成為一個像樣的學長了。

「順便問一下，妳是看山本周五郎的哪一本作品？我也想看妳在看的書。」

「咦？既然這樣，我也可以推薦很多ＢＬ小說啊？」

「拜託先從山本周五郎開始推薦。」

「這樣啊。那麼……」

神原告知她正在閱讀的作品。

「書名是《美少女騎第一》。」

「少騙人了！」我大喊。「山本周五郎大師哪會寫這種標題的書？」

「不，可是實際上真的出版了，所以也沒辦法吧……只是現在已經斷貨，還沒有再版的計畫。」

「…………」

看來不是謊言。

我忍不住就吐槽了……

慢著，這麼說來，山本周五郎婉拒領取直木賞的那本小說，記得也是《日本婦道記》這種書名……大概是衍生的著作吧？

「是在《少女俱樂部》連載的作品集結出書的短篇集喔。在《少女俱樂部》連載的作品。」

「慢著，妳講得像是在低俗雜誌連載的低俗作品，但應該不是吧？應該只是適合青少年閱讀的小說吧？就像現代的輕小說那樣……」

「不過現在所謂的輕小說，某些部分很像是情色小說了！」

「不准說輕小說是情色小說。」

我不知道妳還看過山本周五郎的哪些作品，但是以妳的狀況，即使是《美少女騎第一》這本書，我也只認為妳是看書名買的。

我猜應該是不小心買錯的。

「順帶一提，現在已經完全成為共識所以我才敢講，但我不太願意把『輕小說』簡稱為『輕小』。就像是將『重金屬搖滾』簡稱為『重金』會遭受重金屬樂迷批判一樣。」

「不准在完全成為共識之後講這種話。為什麼在完全成為共識之後才講？」

「因為我不想引發爭論。」

「原來妳不想引發爭論啊……樂迷不喜歡『重金』這個簡稱，兩者的情況確實很像啦……不然簡稱為『小說』就好嗎？但這樣可能會和一般小說混淆……」

說到小說，將「純文學」簡稱為「純文」好像也引發書迷反感。不過「輕小說」這種稱呼，原本就有人不喜歡了。

「那部家喻戶曉的動畫，如果將標題定為『重金部！』，或許就不會那麼廣受歡迎了。」

「櫻高中輕音部並不是在玩重金屬搖滾。而且那本書的『騎第一』也是率先騎馬衝進敵陣的意思吧？」

「應該是這樣沒錯，不過依照佛洛伊德大師的說法，馬是性愛的象徵。」

「依照佛洛伊德大師的說法，大部分的東西都是性愛的象徵吧？」

我收回前言。

希望她把我那份高興的心情還給我。

「給我道歉。居然用這種汙穢的心態閱讀，給我向山本周五郎道歉。」

「就算是阿良良木學長，我也不希望您對我的閱讀習慣有意見。作品在發表的時間點就歸讀者所有，要以何種心態用何種方式閱讀，都是應該被尊重的個人自由吧？」

「居然講得有模有樣……」

「我像這樣抱持快樂、親切的角度介紹《美少女騎第一》，反倒能讓阿良良木學長這種以為山本周五郎大師都在寫古板小說，因為大師名字成為文學獎名稱而覺得難以親近的年輕族群，願意拿起這本書來看吧？」

「妳說得一點都沒錯就是了……」

不過《美少女騎第一》是否適合成為入門讀物？沒看過大師半本作品的我無法斷言，不過這也是讀者的自由吧。系列作品從最後一集開始看，應該也別有一番樂趣。不過推理小說從解答篇開始看就有點過於自由了。

「或許銷量會暴增喔。《美少女騎第一》或許會重新獲得好評。」

「鮮為人知的書，應該有鮮為人知的原因吧……？所以才會斷貨又沒有再版計畫吧？」

「呵。不過在今後電子書籍持續普及，『絕版』這個詞實際上不再出現的這個時代，斷貨又沒再版計畫的書才更該珍惜。『直江津高中的文現里亞古書堂』就是在說我。」

「直江津高中的文現里亞古書堂，未滿十八歲應該禁止進入吧？」

神原，妳當主角的作品書腰肯定是「栞子小姐，未讀——文現里亞古書堂並未介紹——」這樣的宣傳文字。

「嗯，不過阿良良木學長，若要這麼說，感覺只要套用這個格式，要編出多少宣傳文字都沒問題。像是『書店大賞，沉默！連書店店員都不推薦的作品』這樣。」

「這樣確實讓人有點想看……」

「『未曾讓任何人戰慄的溫柔恐怖小說，刊行！』或是『完全沒在網路引起話題的怪作！』或是『沒有任何讀者落淚，感動人心的問題作品，眾所期待的文庫版！』這樣。」

「雖然負面情報也可以用文字包裝……但也不是只要宣稱是『問題作品』就能掛上免死金牌吧？沒有任何讀者落淚的問題作品為什麼會出文庫版？世間沒這個需求吧？」

「不過阿良良木學長，您想想，文庫也必須定期出書，否則無法確保書店的上架空間……」

「不准站在出版社那邊說話。」

「雖然這麼說，不過阿良良木學長，神原文現里亞古書堂，簡稱神現里亞古書堂的商品一應俱全喔。有很多將來可能觸法的書籍喔。」

「果然是未滿十八歲禁止進入吧？神現里亞古書堂會被焚書官燒掉喔。」

「不過或許會有栞子小姐、讀子小姐與我的三方對談喔。」

「只有妳的名字跟書無關吧？」（註2）

「並不是無關喔。雖然漢字不同……不過您想想，我的名字可以寫成『重版刷河』。」

「這種硬套關係的感覺很差……超差的。」

明明只是漢字不一樣。

「既然這麼說，那阿良良木學長也開一間書店不就好了？開一間私立曆學園神現里亞古書堂。」

註2　日文的「栞」是書籤的意思。

「慢著，我也是直江津高中的學生啊！為什麼非得為了開舊書店轉學啊？非得為了避免打對台做到這種程度嗎？」

咦？

不過「私立曆學園」是哪間學校啊？

我聽過這個名字。

「啊，是那個！『HAPPY☆LESSON』的學校！」

「猜對了。居然一聽就知道，不愧是阿良良木學長。」

「不准測試妳的阿良良木學長。為什麼非得突然出動漫題目考我啊？這樣學校不就變成魔法學園了？還有神原，『HAPPY☆LESSON』這個話題，以前已經聊過一次了。」

「這個話題聊幾次都沒關係吧？您想想，我的母親早逝，所以學校老師變成五個媽媽住進家裡的那種劇情讓我很嚮往。」

「神原……」

平常強勢的學妹隱約露出苦澀表情，使我頓時差點鼻酸，不過等一下，不對吧？在說笑閒聊的時候拿母親的死當成感人要素太卑鄙了。

「順帶一提，在五位媽媽之中，我最喜歡的是四天王卯月老師。阿良良木學長呢？」

「不准繼續聊下去。四天王老師是看起來最缺乏母性的吧？」

「從哪裡感受到母性是我的自由吧？」

「以妳的狀況是任性。」

「嗯？怎麼回事？難道阿良良木學長是七轉文月老師派？」

「七轉文月不是媽媽老師吧？」

不准暗藏陷阱。

「總之只要像這樣腳踏實地繼續宣傳，或許總有一天會發行ＢＤ珍藏盒喔。呼呼呼，神原文現里亞古書堂也販售新影集喔。」

「話說在前面，我們可沒有這麼強的影響力啊。」

那個，原本在講什麼話題？感覺美少年或美少女的話題差不多該打住了……

啊啊，對了。

正如事前的預料，神原沒拒絕我的要求。不得已了，既然這樣，我也只能下定決心。

到頭來，現在回想就覺得我沒資格阻止這件事。

如果我這次讓神原迴避，「那個人」肯定會從其他路徑試圖接觸神原。

既然這樣，在我看得到的地方進行這次的接觸，還比較讓我放心。

不過就算看得到也不代表能夠插手，所以不曉得我究竟做得了什麼……

「那麼神原，回到我說的請求……抱歉事不宜遲，方便跟我來一趟嗎？」

「嗯？怎麼了，事情不是在這裡辦嗎？」

「嗯，這裡單純是和妳會合的地方。」

「是喔……既然這樣，約在家裡會合不是也可以嗎？」

神原應該是不經意提出這個疑問，不過聽她這麼說就覺得沒錯。咦，我為什麼指定在這座補習班廢墟會合？

記得是……

「哎，無妨。我不過問。要去天涯海角都行。放心，我遺書寫好了。」

「不准做這種恐怖的事！」

要是妳的爺爺或奶奶碰巧發現那封遺書怎麼辦？

「到頭來，未成年的妳寫了什麼遺書？」

「開頭是『有人看到這封信的時候，我應該已經不在人世了』。」
「這樣的內容令人嚮往，不過……」
如果寫遺書的人還活著，那就丟臉丟到家了。
「總之，用不著現在就提高警覺，妳接下來要去的也只是會合的地方。該說是集合地點嗎……我想讓妳見一個人。」
「哎呀哎呀，您真令人頭痛耶，是想對誰在哪方面打腫臉充胖子？成績？人際關係？異性緣？」
「不對。我不是要妳配合搭腔，是想讓妳見某人。那個人要我引介妳……」
「是喔。哎，算了。既然阿良良木學長這麼說就肯定沒錯。」
「可以的話，希望妳對我的信賴程度打個對折……不過，沒事的。」
我對神原說出聊勝於無的安撫。
真的只是聊勝於無。
「至少不是男生或女生要對妳表白，不是這種介紹或引介。」
「即使是這種介紹也無妨啊？我會正常拒絕。」
「…………」

這傢伙在這方面的平淡作風，應該是繼承自戰場原學姊吧。

她並非對待任何人都和對待我一樣。這個事實就某方面來說令我無所適從。

將這樣的神原介紹給「那個人」，還不如介紹男生或女生，我個人會比較舒坦。

我甚至希望有人能講幾句話安撫我。

「如果是『想介紹的人……其實是我！』這種結果，當然就另當別論。」

「不准動不動就想找機會和我交往。妳是哪門子的肉食系啊？」

「不，我不會要求交往。只要建立肉體關係就好。因為是肉食系，所以想單方面捕食。」

「我覺得毛毛的。」

「我不相信什麼精神上的連結。」

「妳的人生究竟發生過什麼事……應該說，妳活到現在究竟在想什麼？」

「如果我看起來像是有在思考，那您最好去一趟醫院喔。」

神原咧嘴一笑這麼說。

這台詞挺瀟灑的，但也只有瀟灑。這種話應該由比較夠格的人說出口，否則沒辦法漂亮收尾……

「閒話就此打住。」

神原自己說。

太好了，她自覺在講閒話。

「好啦好啦，阿良良木學長，我答應幫忙。那就出發吧。去某個不知名的場所見某個不知名的人！」

「妳果然了不起……」

內心太堅強了。

我甚至認為以這傢伙的能耐，即使對上一直把我吃得死死的「那個人」，或許也能鬥個旗鼓相當吧……

「出發！」

神原以綁著繃帶的左手握拳這麼說。

事件就在這時候發生了。

003

叩。

叩，叩。

叩，叩，叩……響起這樣的敲門聲。

我們用來會合的教室傳來敲門聲。被敲響的是平凡無奇，依照廢墟的慣例，開關時會發出軋轢聲的兩片式拉門。

神原進入教室的時候，似乎規矩地將那扇門關好。從這種地方看得出她良好的教養，不過反過來仔細想想就發現，她是像這樣關好教室的門，再朝我的臉部賞一記足以踢碎牙齒的真空飛膝踢。這部分晚點再問個清楚，應該說好好修理她一頓吧。

叩。

叩，叩。

叩，叩，叩。

敲門聲並不粗魯，反倒很規矩。平靜、規律地敲著門。但是這種規律不免令我起疑。

這是當然的。即使是舉止再怎麼氣派的紳士，如果見面場所是在密林深處，反而令人覺得更詭異吧。

在半夜的廢棄大樓響起規律的敲門聲，足以令人緊張。

「嗯？怎麼了，訪客嗎？進來吧。」

……神原以毫不緊張的語氣說。

不愧是打過全國大賽的選手，才高二卻有一副鐵打的膽子。

「咦？不是阿良良木學長的朋友過來嗎？不是除了我還叫別人過來嗎？」

「不，我只找妳來……」

訪客？

怎麼回事？我和神原愉快拌嘴，時間過得比想像中快，「那個人」等不及前來接我們……是這麼回事嗎？

我如此心想，卻實在不這麼認為。

再怎麼說，我也不覺得和神原聊這麼久（雖然是閒談卻不是長談），即使真的聊這麼久，我也實在不認為「那個人」會等不及。因為「那個人」的思考模式和我這種人不一樣。

那麼，是誰？誰在這時候造訪這間教室？

愚蠢如我，在這個時候暗自期待前來的或許是忍。現在和我斷絕連結，被斷絕連結的忍，或許以某種方式找到我的下落。

實際上當然不是這麼回事。不過我後來得知，這個想法本身就「兩種意義」來說，算是雖不中亦不遠矣。

總之，得到神原的准許入內，打開軋轢的拉門進入教室，進入我們這一邊的訪客，是一具甲冑。

「……………！」

甲冑？

不，是甲冑。確定是甲冑。

真要形容的話，「甲冑」是正確答案。

不過，甲冑出現在這裡，真的是正確答案嗎？

到底是基於何種脈絡、基於何種原委，導致鎧甲武士在這裡登場？明明直到剛才都和神原愉快聊天，為什麼？

「難道是走錯時代的角色扮演？」面對突然登場的甲冑，我的思緒在這種時候循著正當路徑如此心想，如同烏龜爬行般一步步溫吞前進。但是以矯捷快腿聞名的神原駿河，她的思緒快得如同兔子。

不，正確來說，神原駿河大概連想都沒想。

鎧甲武士打開門，發出金屬碰撞聲踏入教室的這一瞬間，她已經行動了。

她高舉綁著繃帶的左手。

同時衝向甲冑。

「神……神原！」

「阿良良木學長，趴下！」

神原駿河如同關心我的安危般這麼說，並且將自己的左拳打向甲冑的軀體，體幹的中央。

但是嚴格來說，那個左拳不是她的拳頭。

是怪異的拳頭。

因此，雖然普通人的拳頭打向甲冑會導致拳骨碎裂，但是在這個場合，碎裂的是甲冑。鎧甲中了神原這記直拳之後四分五裂。

當機立斷。

還不知道對方身分就二話不說突然開打，感覺是過於激進的行為，不過這是對於可疑人物做出的反應，因此神原的這個行動值得讚賞。

不過，無論在何種狀況，我都沒膽量揮拳打向鎧甲武士就是了。只是當我依照神原的要求（命令？）反射性地當場蹲下（我不由得將雙手放在頭後，這樣我就成為被軍方鎮壓的百姓了），我在下一秒目睹的光景比她的判斷力更為驚人。

甲冑四分五裂。

我認為這麼一來，穿甲冑的人物身分當然會曝光。我將會知道對方是誰，知道對方的真面目。

然而，並沒有。

鎧甲內部……是空的。

「…………」

神原終究也對此啞口無言。她說不出話，後退回到我這裡。與其說後退，應該說倒著跑。超快的。實際上，神原在身體方面應該大寫特寫的特徵，並不是怪異左拳的破壞力，而是她以己身意志，以頑強意志鍛鍊而成的下盤。

「慢著，阿良良木學長，這時候拜託別注意我的腰好嗎？麻煩識相一點。」

「我才要說，不准讀我的心。我不是說『下盤』嗎？並沒有針對腰。」

趴著的我一邊和她拌嘴一邊起身。目光當然沒離開四分五裂的甲冑。

整套甲冑被神原一拳打得四散。

不過仔細一看，各部位並沒有受損或毀壞，如同積木倒塌那樣。即使神原那一拳再強勁，我也覺得鎧甲也太輕易被打散，但既然裡面是空的就情有可原。

「不，阿良良木學長，與其說是空的，不如說只是空殼，極度缺乏打中的手感。我甚至以為那拳揮空了。那是什麼東西？阿良良木學長的朋友嗎？」

「我沒有鎧甲朋友。」

「那您有哪種朋友？」

「…………」

我無法立刻回答。

回想起來，我的所有朋友，神原幾乎都認識。

無論如何，我不認識這種會動卻中空的甲冑。

我不認識這種朋友。也不認識這種怪異。

不認識。

「既然這樣，至少這個鎧甲武士，不是阿良良木學長想介紹給我的人吧？」

「嗯……慢著，妳揍下去的時候，已經考慮到這種可能性嗎……？」

如果這真的是某人扮裝想給個驚喜，妳要怎麼辦？

「哪能怎麼辦，到時候我會好好道歉。這是當時保護阿良良木學長安全的最佳做法。」

「…………」

這學妹真恐怖……

都不會感到內疚。

不過，這個學妹的判斷力與戰鬥力確實可靠。我不確定「那個人」究竟對神原有什麼要求，不過比起和忍斷絕連結的我，這個年輕人肯定更派得上用場。

總之，無論這是什麼怪異，無論是多麼恐怖的妖怪，神原都在事發之前幫忙擺平了。不過與其說擺平應該說打亂。

不愧是不會整理的女人。

雖然不知道是否和「那個人」的委託有關……但這件事姑且回報一下比較好嗎？

「嗯？」

此時，神原歪過腦袋。

「咦……哎呀哎呀？」

「嗯？神原，怎麼了？」

「沒有啦，原本以為是整套鎧甲，不過仔細看就發現有缺。」

「有缺？」

「嗯？您想想，我家也有五、六具甲冑，相較之下，那個鎧甲武士沒有最重要的東西。」

「…………」

居然有五、六具甲冑……這是哪門子的家啊？

不過，神原家是氣派的日式宅邸……即使五、六具太多，神原知道整套甲冑有哪些配件也不奇怪吧。

「可是，就我看來，我覺得沒缺什麼部位。唔～……啊，對了，神原，既然妳說你對甲冑有造詣，可以把那個重新組裝給我看嗎？」

「咦？我嗎？」

神原一臉錯愕地指著自己。

即使講得多麼效忠於我，但她基本上不習慣接受別人使喚。基於這層意義，她這個明星完全是派不上用場的年輕人。

「因為我不知道怎麼組裝甲冑。」

「不然由我指示，阿良良木學長負責組裝如何？」

「妳使喚學長真是毫不猶豫耶……哎，也好。就讓妳見識一下吧，我可不是只會聽話趴下的男人。不只是趴下，我還可以仰躺。」

「我才不想看我尊敬的學長仰躺……不過，為什麼需要重新組裝？」

「沒有啦，重新組裝之後，搞不好又會動起來吧？」

平安和神原會合之後，應該立刻前往下一個會合地點才對，但要是維持現狀很難稱得上「平安」。老實說，我可不想背負更多的麻煩事，所以扔下這具甲冑當作沒看到也是一個方法……不過像這樣視而不見扔下的麻煩種子會在事後成長為什麼樣子，是我不久之前才經歷過的事。

雖然沒有知識或智慧，但至少得盡力而為。既然神原知道構造，組裝起來也不會花太多時間。

「不，我認為會花時間……您不知道甲冑多重嗎？這跟組裝模型不一樣。」

「是嗎……？不過到頭來，我也沒組裝過模型就是了。」

「嗯？這樣啊？阿良良木學長興趣廣泛卻沒組裝過模型，真稀奇。」

「不要為了搭腔就認定我興趣廣泛。沒有啦，我並不是沒組裝過，但我沒有完成過。」

「嗯，我懂喔。我也常買模型，卻從來沒開箱。」

「終究別把我和妳相提並論好嗎？」

慢著，像這樣交談的時間才叫做浪費。

雖然浪費，不過以結果來說，我免於費力將四分五裂的甲冑（依照學妹的指示）重新組裝。當然不是因為神原親自組裝。明星大人不會做這種工作。

動了。

明明沒碰，甚至沒接近半步，四分五裂的甲冑各部位卻擅自動起來。

如同影片倒轉。

擅自動起來，擅自組裝。

中空的鎧甲，彷彿本身就是一個生命，發出金屬碰撞聲逐漸組合。

如同蘇生般，逐漸組裝。

頭盔、胸甲、襯衣、護手、護腿、面頰、袖套、襪子、草鞋、馬靴等部位組裝起來，和剛才相同的鎧甲武士完成了。

在沒電的廢棄大樓中，只依賴月光與星光照明的室內，鎧甲武士剛才幾乎在登場的同時解體，所以我很難說自己清楚視認。

但現在重新觀察就發現，這是一套非常花俏的甲冑。

鮮紅的甲冑。

記得這種鎧甲叫做「赤備」？

慢著，但這套甲冑的顏色已經超越赤色，如同血色。目睹難以置信的東西，我當然對這個現象啞口無言，卻也同時有個新的發現。

與其說是新的發現，應該說我知道神原剛才那句話的意思了。這個鎧甲武士缺乏哪個東西，缺乏哪個部位，我像這樣綜觀整體之後知曉了。

這句甲冑「缺乏」的東西。

雖然缺乏內部的實體，但這部分反倒得先放在一旁，這一整套裝備缺乏的東西是——

「……■■■■。」

咦？

說話了？

空空如也，只有外殼，沒有內容物的鎧甲說話了？

不不不，這終究不可能，應該只是風吹過空鎧甲內部吧。當成是講話聲也太模糊……了……

「阿良良木學長，退後！」

神原再度採取行動，比我腦中訊號傳導的速度還快。敏捷。她和剛才一樣架起左手，毫不猶豫進入鎧甲的攻擊間距，打向鎧甲中心。

明明中空卻會動，甚至還自動組裝的甲冑令我驚訝不已，但神原對於這種異常事態的反應速度更令我不禁戰慄，我就這麼聽話退後。

她為何信奉我這種學長是天大的謎團（容我解釋一下，我並不是被鎧甲嚇到而退後，是身體擅自聽從神原的指揮……後者比較丟臉？），總之神原生性在面對危機時會猛踩油門。

然而，鎧甲這次沒碎。沒有四分五裂。

雖然如同禁不住力道往後方晃動，卻在原地踩穩腳步。

不對，不只是踩穩腳步。

鎧甲武士驟然恢復原本的姿勢，本應空空如也的左手抓向神原。

以緩慢的動作，從上方抓向神原的頭。

神原以女生的標準絕對不算矮，但鎧甲武士的至少高過她五十公分。神原毫不畏懼面對這樣的身高差距，對方伸出左手反擊也毫不畏縮。

神原以毫釐之差躲開，鑽到武士跟前再揮一拳。這次不是朝軀體，而是朝下顎部位。不是上鉤拳，是從下方打出的直拳。

當然，對於中空的鎧甲武士來說，攻擊要害不知道是否有意義，但神原駿河的動作看起來遠比我精通打架，足以令我發誓「慘了，今後絕對別惹神原生氣，身為學長要絕對服從於她」。

為什麼運動健將精通打架？我不得不抱持疑問。總之，如果沒有某種程度的拳腳功夫，或許無法站上體育社團的頂點吧……

昔日我就是在這間教室，和被怪異荼毒的神原打過一場……這麼說來，她當時的動作也相當純熟。

雖然不到火炎姊妹實戰打手的程度，不過光是在這種狀況能正常動身體，就足以讓還沒完全擺脫震撼的我深感佩服。

然而，現在不是佩服的時候。

說來理所當然，甲冑的動作笨重，和神原敏捷的動作沒得比，所以即使神原沒辦法一招拆掉鎧甲，或許在繼續出第二、第三招之後能再度拆掉。我內心某處如此認為。整套鎧甲「缺乏」的裝備，也助長了我這種想法。

然而，實際上並非如此。

即使神原躲過對方抓過來的手，而且還打中下顎，鎧甲武士依然只有頭盔晃動。神原準備使出第三招，卻在這時候突然跪地。

雙腿突然無力。

就這樣跪倒。

「咦？神原？」

「別……別過來！」

聽神原的語氣，她自己似乎也不明就裡。即使如此，她依然對我這麼說。

她說完盯著我的同時，如同蹲踞準備起跑的跑者，從單腳跪地的姿勢朝鎧甲武士的下半身突擊。

不是衝撞，是擒抱。

打也打不倒的甲冑，她改為強行推倒。確實，即使無法打碎，只要鎧甲倒地就會因為己身的重量摔散吧。神原應該就是這個企圖。但是以神原腿力使出火箭起跑的雙腿擒抱同樣無功而返。

「…………！」

這次，甲冑動也不動。

沒有搖晃，甚至沒有顫動。

無須踩穩弓箭步，鎧甲武士就這麼如同生根般站著不動，承受神原的擒抱。

咦……？慢著，總覺得這傢伙……

是不是愈來愈強悍了？

剛開始是一招就被打碎，再來只有搖晃，接下來只有顫動，然後動也不動？如果解釋成對方在戰鬥過程逐漸習慣神原的攻擊，這樣的成長也太性急了，和它笨重的動作對不上。

然而，這個鎧甲武士登場約十分鐘就明顯變「強」。這是無可爭辯的事實。

我的這個理解在某方面是對的，但始終是事物的其中一面。而且只有在這時候，我該注意的是另外一面。

「啊……」

神原——神原駿河維持雙腳擒抱的姿勢，如同纏在甲冑的腳邊。

「阿良良木學長……」

她緊抱甲冑的腿說。

不對。

想抓住鎧甲武士的手也空虛放開。明明完全沒被攻擊，卻反倒是神原倒地。

「……快逃！」

唯有這個命令，我沒聽從。

004

鎧甲武士越來越強，相對的，神原越來越弱，我卻沒有察覺。

首先是一拳命中軀體。

又命中一拳——打中下顎的時候，神原單腳跪地。在那個時間點，我詫異神原為何跪下，但是當我看到擒抱之後倒下的她，我就懂了。慢半拍察覺了。

但我應該更早察覺這件事才對。應該說我沒察覺是很奇怪的事。因為我曾經屢次目擊這個現象，屢次體驗這個現象。

能量吸取。

光是接近，光是接觸，就吸取對方的體力、精力與精神力。這對「我們」來說是熟悉的怪異現象之一。

換句話說就是此消彼長。

鎧甲武士越來越強、神原逐漸變弱。也就是神原迅速的行動與判斷力造成反效果。

察覺「能量吸取」這個怪異現象之前，神原就過度接近鎧甲武士，過度接觸鎧甲武士。如果是我，在精力被吸取的狀況下，頂多只能出一招吧。

不，再怎麼樣都無從避免。能量吸取與鎧甲武士，兩者再怎麼牽強都連結不起來。無論我或神原，肯定都要到其中一人倒下，才能抱持絕對的確信。

為什麼？

年代久遠，走錯時代的鎧甲武士，為什麼會使用吸血鬼的能量吸取？

此時此地發生了什麼事？

那傢伙是怎麼回事？

但我無暇思考。雖說察覺鎧甲武士會使用能量吸取，我該採取的行動也肯定沒變。我要跑到那具甲冑的腳邊，帶回倒地的神原。如此而已。

雖然不確定那具甲冑的能量吸取是哪種類型，又有哪些詳細的發動條件，但我管不了這麼多。

不同於左手依附著怪異的神原，現在的我和忍斷絕連結，連半個吸血鬼都稱不上。要是中了強力的能量吸取，或許會慘不忍睹地瞬間倒下，會被吸盡精力。

但是為了剛才不惜絞盡最後力氣、擠盡最後聲音催促我逃命的神原駿河，我就利用這一瞬間吧。

那具鎧甲武士為何來到這裡？為何出現在這裡？真相依然不得而知，但是神原來到這裡完全是因為被我叫來，沒有其他理由。

完全是被殃及的。

如果神原在這裡發生什麼萬一，我將一輩子沒臉見戰場原。

我跑向鎧甲武士。雖然不是有什麼妙計，不過真要說的話，我腦海想像自己三秒後瀟灑穿過對方腳邊，抱起倒地神原的模樣。可惜如各位所知，我實際的模樣大多沒有照實呈現我的想像。

然而，我的舉動絕非徒勞無功。因為斜眼看向神原的鎧甲武士，對我的動作起反應了。其實別說斜眼，鎧甲武士的面罩底下根本沒有眼睛，但我覺得它在瞪我。而且它也行動了。推測已經吸取神原能量的甲冑，採取的行動湊巧同樣是擒抱。如同模仿剛才的神原。

請各位想像看看，體感身軀約自己兩倍大的鎧甲武士從正前方擒抱。動作看起來是要抱住我的雙腳，但彼此身高差距明顯，所以變得像是肩撞般重擊我的腹部。

這股衝擊令我以為內臟全毀了。實際上就算變成這樣也不奇怪吧。我現在沒有吸血鬼的回復力，即使在這裡斷氣，以此當成故事的結尾也毫不突兀吧。

不過，我或許反倒該慶幸自己沒有不上不下的戰力。即使是看似可以輕易打碎十枚瓦片的拳頭，也意外無法重創半空中輕盈漂浮的薄絲。我甚至無法踩穩重心，就這樣被撞向後方。

我撞開桌椅，不斷在地上翻滾，雖然全身留下瘀青，卻不像往常那樣上半身與下半身分家。說真的，我全身被打碎都不奇怪。

可惡，我什麼時候被迫習慣吸血鬼的不死特性了？走遍全身的疼痛以及各處擦傷的出血，使我後知後覺體認到自己是凡人。

說來任性，暑假化為吸血鬼的時候，明明那麼由衷想回復為人類，現在卻想要吸血鬼之力。

為了保護神原——我如此心想，卻連站起來都無法如願。即使如此，我依然想用爬的爬回神原那裡，不過從結論來說，我沒必要這麼做。我白費力氣的垂死掙扎真的只是白費力氣。

因為鎧甲武士不知為何離開倒地的神原旁邊，一步步朝我這裡走來。

它的腳步即使和剛才的速度差不多，卻沒有剛才那種笨重的感覺。明明是沉重的甲冑，走起來反倒輕快如風。

是在衝撞的時候也吸取我的能量嗎？不，我現在是人類，能量少到不足以塞牙縫。說來驚人，我自認在短時間內應付各種不同的怪異至今，卻第一次遇上越戰越強的怪異。

居然越戰越強。

這傢伙簡直是我的天敵。

「■■■■——」

甲冑又好像在輕聲說話了。但我還沒能解讀，腿甲就接近到一步半的距離。

我以為會就這樣被他踩扁。應該和踩扁螞蟻一樣不費吹灰之力吧。

但是鎧甲武士沒這麼做，反倒如同要協助掙扎想起身的我，輕輕屈膝穩穩抓住我的胸口，如同收拾桌巾般拉起我的身體。

將我拉起來，和我視線相對。

就說了，鎧甲武士又沒有眼睛……

「你……」

我開口了。斷斷續續。

在教室滾動導致全身瘀青，加上腹部直接受到打擊，即使不是致命傷也造成重創的樣子，我如今連掙扎的力氣都沒有。抓住我胸口的甲冑護手，我甚至無法反抓。

「你……你是怎樣？你想怎樣？跟我們有什麼深仇大恨嗎？為什麼要做這種事？」

之所以多話到不必要的程度，是因為現在我能做的只有說話。而且，即使只是空氣在甲冑內部迴盪發出氣笛般的聲音，鎧甲武士剛才看起來也確實像是在說話。

如果它真的會說話，如果溝通可以成立，肯定有交涉的餘地。

雖然我不認為自己能夠和昔日住在這裡的忍野咩咩一樣和怪異對話，但是那個傢伙肯定會這麼說吧。「突然這麼起勁，活力真好啊。是不是發生了什麼好事啊？」這樣。

到頭來，先出手的是我們。

神原是為了保護我而採取行動，這一點毋庸置疑，但是換個角度來看，鎧甲武士敲門之後很有禮貌地進入教室，這邊卻突然朝它揮拳。

鎧甲武士對我們進行的攻擊，就只有我剛才挨的肩撞，而且他現在的動作，其實也可以解釋成要幫忙拉我起來……

「呃啊！」

……不可以這麼解釋。

鎧甲武士放開我的胸口，在我遵循重力落下時，再度抓住我。由於我稍微落下，所以抓住的部位從胸口變成脖子。

單手。

掐住我的脖子。

雖然感覺沒有使出全力，卻毫不留情。它的抓法不像是要封鎖我的呼吸，我認為可能是要掐斷我的頸骨。

「咕……啊……啊！」

不，我錯了。

所以沒使出全力。

鎧甲武士掐住我的脖子，是為了阻止我說話。阻止我現在唯一能做的說話行為。對於我囉唆的詢問與搭話，鎧甲武士以掐脖子的方式封鎖。這明顯是拒絕和我溝通。

但我感覺到的消耗不只如此。

能量吸取。

能量從我被掐住的脖子流失。

被奪走。

視野逐漸模糊，意識逐漸稀薄。

「…………」

此時，我隔著鎧甲武士的肩頭，看見倒地的神原試著起身。起身的她即使站不穩，依然以具備意志的雙眼對我使眼神。不愧是習慣團隊合作的神原駿河……雖然我很想這樣稱讚，但現在不是使眼神的時候。

別過來。

既然能動就快逃吧。

我想這麼說，但脖子被掐住，連這兩句話都說不出來。我完全沒接觸運動，不知道自己是否做得到，但我不得已也以眼神和神原溝通。

『快逃。』

『我不逃。』

神原很乾脆地以眼神回應。

我和神原內心居然相通到能夠以視線對話，我小受打擊，但是既然她拒絕我訊號中的要求，那麼即使內心相通也沒意義。只不過其實是我先拒絕逃走，所以在這方面不能強勢要求……

『我從後面頂它的膝窩，阿良良木學長趁機逃走吧。』

……為什麼用眼神溝通的時候也這麼蠢？

別說頂膝窩，鎧甲裡面根本沒膝蓋吧？這差點成為我最後的念頭，成為脫線又決定性的終結。

這一剎那——教室的地板噴火了。

威力強到讓我以為是預先埋設的地雷爆炸。是火柱。火柱焚燒鎧甲武士抓著我的護手。

火力驚人，甚至令我詫異居然沒將武士的手燒斷。如同中式餐廳鼓風爐開大火般的火柱。

只要有心應該可以瞬間捏碎我脖子與喉頭的鎧甲武士手臂，因為這道火柱而反射性地鬆開。恢復自由的我一屁股重摔在地。但我無暇享受這份解脫感。

一時之間，我稱心如意地以為地板噴出的火柱是瞄準鎧甲武士的手肘，實際卻不是這樣。只是「第一道」火柱湊巧燒到鎧甲武士的護手罷了。

如同決堤、如同連鎖，火焰從樓下，從地板各處像是噴泉般接連噴發。貫穿地板出現的火柱威力沒有衰減，就這麼貫穿天花板。照這個威力來看，肯定會從三樓貫穿到四樓天花板直到樓頂吧。

雖然是火焰，卻如同具備物理破壞力的木樁接連從下方往上突，也就是有攻擊能力的打地鼠。

跌坐在地上的我，為了躲避接連噴發的火柱，與其說爬行更像是滾動到神原那裡。不過區區如同薄絲的我，現在和神原會合也做不了什麼，要是鎧甲武士追著我過來，反倒可能害神原遭遇危險。

神原則是踩著腳步躲避火柱。明明沒把握現狀卻具備這種迴避力，身體能在這種時候自動應變，不愧是一流的運動健將。

發生了什麼事？

這麼多往上突的火焰槍，我當然認為是鎧甲武士引發的第二個怪異現象，不過到頭來，我是多虧火柱而逃離它的束縛，回想起來就覺得我或許判斷錯誤。

現在也是，火柱形成的牢籠，我在千鈞一髮之際鑽出來的火焰牢籠，將鎧甲武士和我們隔離。這樣的話，這些火焰彷彿是保護我們的護壁。但還是很難想像事情這麼稱心如意，即使待在火焰牢籠的這一側，也足以算是身陷火海。

那麼，這些火柱是怎麼回事？

「……羽川學姊。」

此時，神原不知為何輕聲這麼說。羽川？為什麼這時候突然提到羽川？

火焰肯定不是讓人聯想到羽川的要素。這時候會提到的反倒是我的兩個妹妹——火炎姊妹阿良良木火憐與阿良良木月火吧？

但我無暇問這個問題。即使是現在，火焰依然從各處噴發。

火焰槍連續上突到幾乎沒有踏腳處，而且並不是從下方上升到盡頭就結束。雖說是理所當然，但火焰從貫穿的洞蔓延。

廢墟裡基本上都是易燃物。我們所在的教室已經染成鮮紅，達到無法挽回的程度。

至今的陰暗消失，但即使在這樣的火焰之中，那具甲冑的紅依然顯眼。

嚴重到來不及滅火的火災。

這麼一來非得盡快避難才行。從小學時期每年接受防災訓練，不就是為了這一刻嗎？

即使是我，在這種狀況也不會打趣把防災準則記成「年幼、可愛、少女」，而是標準的「不推擠、不奔跑、不說話」。

然而，即使有沒有推擠也身處火海。

在無法奔跑，隔著火焰柵欄互瞪的狀況下，它說話了。

「看來是撤退時機了！」

這次，鎧甲武士真的說話了。

說得很清楚，聽得懂。

「好像遭遇非同小可之阻撓，難道是踩到虎尾？現在之在下實在無法應付！看來時機不對，而且吾之主似乎不在場，暫且重新來過吧！你最好也別繞遠路，筆直回家吧！」

語氣突然變得流利。

流利、快活，甚至爽快。直到剛才如同樂器般的模糊聲音如同是假的。

我在驚訝的同時，試著對這番話起反應。

現在之在下？

時機？吾之主？

它究竟在說什麼？

原本想接連提問，但我喉嚨痛到說不出話。

……不，不對。

不是喉嚨痛這麼簡單。

那個鎧甲武士用力掐我的脖子，吸取我的「聲音」。

能量吸取。

如同重現神原的擒抱。

它剛才重現了我的聲音。

這麼一來，就可以理解它語氣為何流利，也理解它的用語為何古典，比起它年代久遠甚至走錯時代的甲冑外型也毫不遜色。

然而，鎧甲武士以何種語氣說話，都算是它的自由。

但是接下來這番話，再怎麼樣都不能當作沒聽到。

洋溢如此強烈的日式氣息，卻偏偏說出外來語的名字，不得不說沒做過時代考證。

「和姬絲秀忒會合之後轉告她！在下再稍微回復之後，將會前往討回在下重要之妖刀『心渡』！鎧甲武士缺了刀果然不算完整！畢竟借了四百年，最好對逾期費做足心理準備啊！哈哈哈哈！」

雖然聲音聽起來在笑，

甲冑面具的下顎卻完全沒變，維持憤怒的形狀。

「哈！「哈！「哈哈！「哈哈哈！「哈哈哈哈！「哈哈哈哈哈！「哈哈哈哈哈！「哈哈哈哈哈！「哈哈哈哈哈哈哈哈哈哈哈哈哈哈哈哈哈哈哈哈哈哈哈哈哈哈哈哈哈哈哈哈哈！」

005

不能當作沒聽到的臨走放話，以及響遍全場的大笑。鎧甲武士如同混入火災產生的黑煙，正如他的宣言當場消失，劇情也進入下一章。但我與神原遭遇的危機還很難說是完全離去。

因為幾乎是血肉之軀的我與神原，無法像那個鎧甲武士一樣，如同一陣霧逃離烈火中心。

教室如今是彷彿可以游泳的火海，通往門、窗等所有出口的路徑都封死。我們能像這樣保有進退不得的彈丸之地，我認為是本世紀最偉大的奇蹟。

不過要是維持現狀，真的不只是進退不得，而是唯有升天這個選擇。

「阿良良木學長，那個鎧甲武士是怎麼回事？我確實認為甲冑沒有佩刀很奇怪，可是記得妖刀『心渡』是……而且姬絲秀忒是……」

「現在……這件事……晚點再說……」

我斷斷續續回答。

被奪走的喉頭沒有回復，所以聲音難免沙啞，而且身處熊熊火海，在溼度幾乎是零的這個空間無法好好說話，但即使不是因為這樣，這件問題我也想晚點再討論。

老實說，我現在不想思考這件事。我的大腦光是這樣就會超過負荷。

總之，現在最優先要思考的，是如何讓神原平安逃離這棟失火的大樓。

祝融肆虐的補習班。

假設我現在殘留夠強的吸血鬼特性，或許可以一邊保護神原，一邊勇敢穿越火海，嘗試逃離建築物。但即使是思緒再怎麼不周的我，終究也能計算自己應該走不到教室門口。如果不顧雙腿燒傷，或許走得到教室窗戶。但是在雙腿火紅燒傷的狀態從二樓窗口跳下去，風險實在太高。

就算這樣，或許也比繼續待在風險很高、致死率更高的這間教室好得多吧。

據說火災出人命的主因幾乎都是窒息。不過這次的案例或許會成為這種「幾乎」的例外。火焰槍至今依然毫不平息、毫不止息從各處穿刺，完全無從收拾。只是因為火焰籠罩整棟建築物而變得不顯眼。

雖然身處其中不知道，但如果從外面看，這棟補習班廢墟本身或許是一把火焰槍吧。

一把擎天之槍。

從樓下突刺的火柱在地板開出的洞，或許會成為逃脫的出口。我期待或許有這種戲劇化的演變，但現實沒這麼美好。火焰槍確實開出能讓一個人穿過的洞，但是從洞口看見的樓下是令人後悔看見的火焰地獄。

鋼筋水泥燒得沸騰。

真要說的話，天花板開出的洞或許剛好能成為我們逃離的出口，但我的軀體現在是普通模式，不可能搆得到天花板。就算要疊椅子當踏台，椅子也已經燒得鮮紅，完全變成拷問工具的樣貌。

「不……等一下。神原，如果是妳……就算沒助跑，大約跑個兩步……應該可以勉強……搆到天花板吧？然後……從三樓的電梯井道往一樓……」

「阿良良木學長，您再怎麼樣也太看得起學妹了。我的腿力沒這麼好。」

我以沙啞聲音提議之後，神原立刻駁回。一副不值得討論的語氣。

「即使是我的跳躍力，終究也沒辦法抱著學長跳到天花板的高度。」

「……這樣啊。」

哎，就算叫她獨自逃離這裡，她也不會聽話吧。

面對忠心卻完全不聽我命令的這個學妹，我不應該思考只讓她得救的方法。

忍野咩咩說過，人只能自己救自己。但這個女高中生的作風完全相反。回顧她的人生歷程就覺得足以讓她抱持這種想法，不過仔細想想，認定三樓的狀況肯定比一樓與二樓好，其實只是樂觀的期望……

有句話是「四處碰壁」，不過在四處都是火的狀況應該如何形容？

「阿良良木學長。」

「神原，怎麼了？」

「願意收下我的第一次嗎？」

「不准下定這種決心！」

而且下定決心的方式超恐怖！

拜託，別在這個狀況示愛。

別表現少女心。

「我不想沒破處就死掉。」

「不准爆料。就是因為老是講這種話，妳當主角的劇情才會跳過。」

灑脫程度超越我好幾個等級，我實在跟不上。這樣下去可能會被拖著一起上西天。

妳這傢伙，好歹在身陷火場的時候嚴肅一點好嗎？

要是這時候不嚴肅，妳一輩子都嚴肅不起來喔……不過要是維持現狀，這輩子大概也到此為止了。

「呵。算了。這種死法也不壞。能和阿良良木學長共赴黃泉也如我所願。」

「慢著，抱歉神原，我對妳沒這種情感。」

「咦？這樣我很受傷耶。」

就算傷人也得說清楚，這就是所謂的真心話。不只如此，我也不想和女友戰場原一起死。五月的黃金週，我一心只想為羽川而死，卻也不是想和她一起死。

我想共赴黃泉的對象，只有一人。

只有某個金髮怪異。

她現在不在這裡。

正因如此，所以我們非得活下來，逃離這棟火焰大樓。

「逼不得已……只能下定決心了。」

「嗯？下定決心收下我的第一次嗎？」

「我沒辦法下這麼大的決心。與其在這裡活活被燒死，只能不管三七二十一跳窗了吧？」

「說得也是……我也認為只能這麼做。」

假的。

妳完全在想其他的事。

「說不定跳窗出去的下面剛好停著一輛車，可以降落在車頂。」

「但是幸運女神從來沒有這樣眷顧我……」

勉強說的話，這是月火的角色形象。逃離火海很像那傢伙給人的感覺。彷彿不死鳥。

但我也是那傢伙的哥哥，一輩子受幸運女神眷顧一次也無妨吧。

到頭來，在這樣的火海中，能否抵達窗邊都有問題，但是像這樣猶豫的時間更是浪費。

和神原拌嘴的時間更不用說。

我們當場起身，如同兩人三腳般相互搭肩。火焰與熱氣使我們根本看不清前方。跑向窗邊的過程中，必須擔心彼此失散，也得避免地板各處開出的洞導致我們踩空。要是其中一人可能摔到樓下，另一人可以立刻拉回來。

「好，用1，1，2，3，5，8，13的節奏前進吧。」

「為什麼要用費氏數列的節奏前進？」

「配合我的速度吧。」

「別強人所難。要配合比較慢的一邊。」

「阿良良木學長，別搞錯喔。從右腳開始喔。」

「不，雖說是兩人三腳，但腳踝沒綁住，先踏出哪隻腳都沒差吧……？」

「我這個方向的右腳。」

「我們不是朝著同一個方向嗎？」

「但我是左撇子，所以偶爾會左右不分。」

「我哪顧得了妳的知覺偏差？」

在這種狀況也在拌嘴的我們，有種好萊塢電影的感覺，但是想到接下來即將上演的脫逃戲碼，這樣的形容或許意外合適。

總之，我們踏出第一步。

覺悟將嚴重燒傷的敢死隊。

事前叮嚀成那樣，神原卻毫不猶豫以左腳起步，我反倒從右腳起步。

然而，我們只有成功踏出這一步。

我們當成脫逃出口的那扇窗戶，原本就沒有窗框與玻璃，堪稱只是四方形、長方形的那個洞，瞬間朝著所有方向擴張。

這扇窗，朝著整面牆擴張。

複燃現象——失火建築物因為開門或打破窗戶，導致大量氧氣一下子從戶外灌進室內時，理所當然會發生這種化學現象，導致火勢變本加厲。

這個現象就在這時候發生了。

從樓下筆直往上的火焰槍，我至今一直形容為「地雷」，若要依照這種方式形容，那麼複燃就是「塑膠炸彈」。

這樣的爆炸，發生在我們準備一鼓作氣奔向的地點，也就是正前方。爆炸的氣浪對我們造成的打擊非同小可。

原來如此。

「不推擠、不奔跑、不說話」裡的第二項，看來並非毫無根據。對撞也要有個限度才對。

不過，火焰氣浪不只是對我與神原造成打擊，火焰本身也被這股氣浪消除。瞬間。

當然只是一時之間，但教室裡的火焰被複燃現象強行撲滅。

「這就是所謂的『炸彈滅火』吧？」

說出這句話，從粉碎牆壁另一邊現身的，是暴力陰陽師的人形式神，已使用百年的人類屍體製成的憑喪神——斧乃木余接。

再說一次，這裡是二樓。

從座標來看是半空中。

然而這種事和她無關。

斧乃木靠著在我所知道的妖怪中也首屈一指的握力，單手抓住平面牆壁支撐自己的體重，毫無表情、毫無感情地對我說。

「別妄想死在這裡。鬼哥會死在我的手下。」

「…………」

這次是學哪個角色？

006

我當然不記得做過什麼事讓斧乃木恨到想殺我，她是以極為正常的步驟，從熊熊燃燒的大樓救出我與神原。複燃現象與炸彈滅火的打擊使得神原不省人事，所以我背起她，抓著斧乃木逃離。哎，就算不提複燃現象與炸彈滅火，神原也堪稱因為先前的能量吸取而達到極限。想到她看似胡鬧卻努力到極限的極限，我這個做學長的背她走根本算不了什麼。

但我也差點激動起來。

為什麼真的沒穿胸罩啊！

從這場火災的規模來看，我們奇蹟似地沒燒傷就成功逃離火場。但這份幸運實在無法讓我鬆一口氣。

即使如此，真要說的話，幸好這場火災沒蔓延到周邊。這棟廢墟原本就是孤立的大樓，沒有建築物相鄰，或許該說是不幸中的大幸。

而且消防車還來不及趕到，對我來說自從春假至今好壞兩方面都留下深刻回憶的補習班廢墟大樓，就這樣燃燒殆盡。或許可以說如同燭火消失。

現場只留下不成原形，像是灰燼的物體。我蹲在神原旁邊仰望這幅光景，甚至站不起來。

失落感。

不，對於這棟留下深刻回憶的廢棄大樓，我絕對沒有不捨到抱持失落感，但是理所當然位於該處的東西毫無徵兆消失，我實在難掩內心的打擊。

總覺得……是的，與其說是失去建築物本身，應該說，昔日以這裡為家的專家忍野咩咩，我覺得至此完全和他失去交集。感覺那傢伙的歸宿就此消失。

荒唐。到頭來，來去無蹤的他不可能有什麼固定的歸宿。他只是行經、流經這座城鎮，這棟廢棄大樓對那傢伙來說，也只是遮風避雨的場所。

然而就算這麼說，也肯定不該是短短數分鐘就消失不見的場所。

不該是可以燒光的場所。

肯定不是。

「鬼哥，抱歉在你沉浸在感傷的時候打岔，不過究竟發生了什麼事？」

斧乃木從我身後毫無表情與感情地說。

催促我下結論的這番話彷彿在說，我現在內心複雜情感的變化完全不關她的事。

「因為那個蝸牛妹的事情而想不開，我認為是在所難免，就算這樣，也希望你不要隨便找個路邊的女人陪葬。」

「這真是誤會大了。」

不准說神原是路邊的女人。

神原是可愛的學妹。

「這傢伙是神原駿河。」

「啊啊，原來如此。這孩子是臥煙小姐的姪女啊。」

斧乃木興趣缺缺般說。大概是沒興趣吧。

「舊姓臥煙，由臥煙小姐的姊姊收養之後成為神原駿河……」

「……斧乃木小妹，我才要問，妳為什麼在這裡？妳確實是負責在我每次遭遇危機時趕過來幫我的孩子，不過……」

「最近好像總是一手包辦這種工作，拜託饒了我吧。連副音軌都經常叫我去配。」

「這不是我的錯。」

「就算不是鬼哥的錯，也希望鬼哥負責。鬼哥是為了負責而存在吧？」

「不准講得好像負責人是為了負責而存在。不准把我當成世界上所有事情的負責人。」

「沒有啦，只是湊巧。剛才並不是要救鬼哥。」

斧乃木說出就某方面來說相當冰冷的這段話。但她沒有冷暖可言。

斧乃木余接沒有意志。只是在陳述事實。

「我只是在做我的工作。鬼哥在工作地點想和陌生女人一起死，所以我心想『哇賽這下子非妨礙不可』，如此而已。」

「妳的自我意志超強烈吧？」

就說了，我不是要找人一起死。

而且居然非妨礙不可？

「無論是一起尋死還是一起尋蘿，總之鬼哥無論想做什麼，我只會認為非妨礙不可。」

「妳到底多麼討厭我啊？」

「沒討厭。只是玩你具。」

「『只是玩你具』是什麼意思啊？不准創新詞。」

此外雖然沒追問，不過「一起尋蘿」又是什麼？

該不會是在說八九寺吧……

「我反倒喜歡鬼哥喔。咦，剛才是不是臉紅心跳了？」

「只是一陣子不見，妳的角色形象變得真令人火大耶……」

短短半天發生了什麼事……

無論理由為何，這次已經不知道是第幾次被斧乃木搭救，我很想盡量表達謝意，但這邊也有自己的心情，所以遲遲難以表現這種態度。即使如此，這次不只是我，她姑且也救了神原，所以我可不能不道謝。

「總之斧乃木小妹，謝謝。雖然老是欠妳人情，但我將來絕對會還。」

「什麼嘛，以為講得這麼得體可以再度得到我的吻嗎？」

斧乃木的反應就是這種感覺。該說道謝只是白費力氣嗎？不過之前確實發生過這種事……

「抱歉無法回應你的期待，不過那是惡整，所以你有所期待的時候，我不會對你那麼做。」

「那就沒什麼好抱歉的吧？」

果然是惡整嗎……

這麼說來仔細想想，那件事完全找不到解決之道。

「所以鬼哥，原本如果要報恩，我希望你能報以億萬財富，但這次只要回答我的問題就可以喔。究竟發生了什麼事……」

「什麼事……」

「如果相信我，我願意聽你說喔。」

「不准講得像是在進行心理諮商。」

她無論說什麼話都不帶情感，所以實際上我就算吐槽或是做任何反應，看起來都像是只有我一個人在火大，我感到悲從中來。

不過，這份悲傷也強制讓我冷靜下來。遭遇嚴重火災而加快的心跳，似乎慢慢平穩了。

原本很想說「我不相信妳」，但是正要去工作的斧乃木，卻像這樣願意聆聽我遇到的麻煩事，所以就接受她的盛情……嗯？

慢著，不對啊？

斧乃木不是說過嗎？她完全不是想救我，是因為在工作中的工作地點發現火災，因為我們正遭遇火災，所以撥空過來處理。如此而已。

因此，她問我「究竟發生了什麼事」單純是她工作的步驟之一，並不是基於盛情，更不可能是基於好意。

「呼……好險好險，我差點誤會斧乃木小妹喜歡我了。差點以為『這妹子該不會喜歡我吧？』這樣。」

「所以我不是說喜歡了嗎？不准逃避別人的好意，沒種的膽小鬼。」

「…………」

明明喜歡，講話卻這麼惡毒。

完全搞不懂有幾成出自真心。

「如果無論如何都不能回應我的好意，就算只做那檔事也沒關係喔。不過我是屍體，如果真的這麼做，會變成電視不太方便播映的劇情。沒差吧？反正動畫也大致作結了。」

「這半天，妳是跟哪裡的誰聊了哪些事，才變成這種角色啊……」

與其說是改變角色形象，不如說變得像是一個賭氣叛逆的角色。居然胡亂捉弄青少年的心。

即使無法回應心意，至少回答問題吧。如此心想的我說明剛才發生的事。不過相較於我不久之前經歷的一連串事件，這次匪夷所思的程度也不遑多讓。如果老實講出來，肯定會被當成腦袋有問題。

約在廢墟裡見面，卻出現全副武裝，身穿全套甲冑的武士，徹底修理我與神原之後，樓下接連噴出火柱，將我們關進火焰牢籠，然後鎧甲武士從容離開。

正因為斧乃木是專家的式神，她自己也是怪異，我才敢毫無顧忌地說明。

「是喔。匪夷所思耶。鬼哥，你腦袋是不是有問題？」

「喂……」

「放心，我開玩笑的。這時候可以笑啊……但我說匪夷所思也不完全是玩笑話……嗯。鎧甲武士？」

斧乃木像是以防萬一般確認。

「四散之後也會自動組裝，擁有能量吸取技能的鎧甲武士？」

「……嗯。」

像這樣條列特徵就覺得怪，即使是實際目擊又被攻擊的我自己，都想懷疑鎧甲武士是否存在。不過在這種狀況，「覺得怪」無法成為否定存在的材料。

正因為「怪」，所以才是「怪異」。

……只不過，我沒有完全對斧乃木據實以告。不是想對救命恩人有所隱瞞，我知道在這種場合，反倒應該全盤托出。

關於這方面的知識，這個式神應該比我豐富得多，當前應該全面依賴她。奇怪的自尊或面子只會礙事。

但我沒托出。在我心中還沒整理好的事情，我實在不願意扔給她處理。我想保留下來。雖說還沒整理好，卻也不是因為「不知道」所以沒講。這方面是因為「已經知道了」所以沒講。

鎧甲武士臨走前的那句話。

不該出現的外國名字——姬絲秀忒。

連我都已經不再說出口的名字，他卻說出口了。

還有妖刀「心渡」……

「…………」

斧乃木默默低頭看我。

她身高絕對不算高，反倒算矮，外型是女童，但視線高度終究比蹲著的我還高。補之為何，毫無表情與感情的她默默俯視，我內心挺難受的。

明明沒做任何壞事卻想道歉。

「有祕密瞞著救世主是壞事吧？」

「不……這……」

明明毫無感情，為什麼對我的情緒這麼敏感？

不過，居然自稱救世主？

果然該說嗎？我內心產生這種猶豫，但我實在不願意說出口。反過來說，我或許不想對斧乃木說謊。

因為，這是不可能的事。

假設那個鎧甲武士的真實身分正如我的推測，是正如我所知道的存在……然而不可能有這種事。

「他」現在不可能存在於這個世界。

這種想法、這種推理肯定沒錯。既然這樣，我就不能貿然說出來。肯定是我誤會了。如果真要說出口，至少要先向忍確認過。

我如同要掩飾般改變話題。

不，與其說改變話題，在這種狀況應該說是推動話題。

「斧乃木小妹，關於那個鎧甲武士，妳心裡有底嗎？跟妳現在負責的工作有什麼關聯嗎？」

現在問這個問題不算太晚。因為正因如此，斧乃木才會拯救我們脫離絕境。

不過依照至今的對話，老實說，我很難想像斧乃木是在獨自追查那麼危險的怪異現象……

「說得也是。」

斧乃木點頭說。

面無表情。

「嗯，對。這部分確實沒錯。雖然在我的職掌範圍，不過聽鬼哥說明之後，我覺得這和我正要進行實地調查的現象完全是兩回事。」

「？」

「所以我不是說了嗎？『匪夷所思』不完全是玩笑話。總覺得比我之前調查的時候凶暴太多了。這幾天發生過某些事吧？到頭來，在我追查的階段，對方甚至不是鎧甲武士……」

斧乃木這次歪過腦袋。由於面無表情，所以看起來果然不是很詫異的樣子。

哎，雖然斧乃木這麼說，但她自己的角色形象也在短短半天之內大幅變樣，所以她追查的怪異現象產生變化也不奇怪。只是即使如此……

不對，並非如此。

那個鎧甲武士終究很特別。不只是特例，而是特別例外。他在和我們交手的短短數分鐘都強化到那種程度。剛開始只不過是笨重物體的甲冑，在最後高聲大笑離開。

能量吸取……

這麼一來，那個怪異現象之所以強化到讓斧乃木覺得詫異的程度，罪魁禍首不是別人，正是我與神原……

既然這樣，我就不得不感受到責任了。以這件事來說，負責人確實是我吧。可是……

「我說，斧乃木小妹……」

「鬼哥，什麼事？」

斧乃木以不知何時完全固定的稱呼「鬼哥」叫我之後，我問她一個問題。

「這次可以下台一鞠躬了嗎？」

「…………」

「啊啊，不，不是啦。我沒關係，我不在乎。可是神原她……」

我指向躺著的神原說。

看來，一流的運動員休息時果然會徹底休息，她甚至似乎很舒服地熟睡（居然露出那麼幸福的睡臉），為她著想而如此提議的我，莫名有種強烈的突兀感。

「可以讓神原回去了吧？」

「……這是怎樣？」

斧乃木沉默片刻之後詢問。

毫無音調起伏的語氣，聽起來像是在生氣，但她沒有「生氣」這種情感。她只是在詢問無法理解的事情。

「換句話說，鬼哥，和臥煙小姐的約定，你要反悔？」

「反悔……」

「鬼哥答應將那個女生介紹給臥煙小姐，才得以借用臥煙小姐的智慧吧？這是拯救八九寺真宵的必要條件，就算你實際上別無選擇，約定依然是約定。鬼哥膽子真大，居然想違反和臥煙小姐的約定，我快愛上你了。」

「我……沒有毀約的意思。」

以結果來說當然是如此，不過老實說，我在這個時間點已經履行約定了吧？我如此心想。

「鬼哥，你胸肌真棒。」

「不准提到我的胸肌。」

「好想摸。」

「不准對肌肉表現非比尋常的興趣。」

「我是屍體，對肉有興趣就像是一種本能。理由呢？」

「嗯？」

「為什麼想違反和臥煙小姐的約定？」

「……我不在意幫忙介紹神原喔，現在也不在意。可是這個約定不只這麼簡單吧？那個人想讓神原幫忙妳們那邊的工作。」

臥煙小姐──專家的總管，同時也是忍野咩咩、貝木泥舟、影縫余弦等人學姊的臥煙伊豆湖，和我約定的事情就是這個。

我向自詡無所不知的她借用智慧與知識，相對的，先不提原委，我曾經妨礙斧乃木的工作，因此我必須帶神原彌補過失……

臥煙小姐說過。

她需要神原的「左手」。需要「左臂」。

絕對不是想和生離多年的姪女重逢，才拜託我介紹神原和她相見。

當然，借用臥煙小姐智慧與知識的是我，神原毫無關係，所以這個約定始終以「神原答應見面」為前提。

不過到頭來，這是錯的。神原不可能拒絕我的要求。我明明非常清楚這種事才對。結果害得神原遭遇無法想像的危險。

她完全被殃及。

做學長的我必須拒絕才行。

「嗯。鬼哥在某方面來說，就像是被臥煙小姐騙了。畢竟臥煙小姐說過，這是誰都做得到的簡單工作。」

「那個人沒講得像是短期打工就是了……」

「是你都做得到的簡單工作。」

「少煩。」

「不過，雖然沒道義幫臥煙小姐辯護，但那個人在那個時間點，也沒預料到事情居然會進展成整棟大樓焚燬喔。」

沒道義辯護嗎……

既然這樣，這孩子究竟是基於什麼理由，成為臥煙小姐的屬下行動？

只不過，臥煙伊豆湖自稱「無所不知」，應該無法斷言她真的沒預料到吧。不對，這終究是被害妄想太嚴重嗎？

「尤其，從初期階段就參與這項工作的我，覺得這場火災完全反常。畢竟聽鬼哥的說法，這場火災就某方面來說救了鬼哥。」

「…………」

說得也是，確實如此。

當然，我在最後差點葬身火窟，但我被鎧甲武士掐住脖子的那時候，如果地板下面沒噴出火柱，我應該會這樣被掐到送命吧？

到時候，被奪走的就不只是聲音了。

記得他說到……虎尾？

「開玩笑的，這種說法連解釋都稱不上。畢竟實際上，鬼哥的學妹已經像這樣死掉了。」

「並沒有死掉！」

「不，她現在狀況突然變化，好像死掉了耶？」

「咦？」

我連忙確認神原的呼吸與脈搏。

甚至撥開眼皮檢查瞳孔。

……活得好好的。

「騙你的啦。哈哈上當了上當了！」

「小心我宰了妳這傢伙！」

我從兩側抓住女童兼救命恩人的頭。

就某種角度來看像是在索吻，不過真要說的話，我甚至想要就這樣賞她一記頭錘。

「哎，我和鬼哥像這樣講話的時候，旁邊大致都會死一個人對吧？」

「這種毛骨悚然的法則不存在，不過也差不多了。」

「我能體會鬼哥的心情喔。不過還是死心比較好。我不建議這樣。」

斧乃木突然回到正題。

完全不在意我就這麼抓著她的頭。

「這是身為朋友給你的忠告。」

「但我不記得和妳成為朋友……」

「我早就把鬼哥當成朋友了耶？」

「…………」

依照時機、場合與對象，聽到這句話會讓我很開心……但是在這個狀況就不是很妥當……

不，即使在這個狀況，這句話也讓我開心。我難免感覺自己的人際關係狹隘到必須嚴肅以對。

「我當然感謝臥煙小姐，也希望竭盡所能回報她，不過斧乃木小妹，妳說得對，前提已經變了，這份工作不再安全了。如果剛才遭遇事件的不是神原，早就死掉五、六次了。」

「而且現在又死了一次。」

「這個玩笑我無法接受，所以別再開了。」

「但如果想到這個玩笑來自我這具屍體……」

「更難笑了！」

「現在早就是無法回頭的狀態了。」

斧乃木說。不疾不徐地說。

哎，要求她行事遵循脈絡才是白費力氣。不然她應該不會像那樣扮演英雄，毫無脈絡可循就來救我吧。

「太遲了。不，無論要違反和臥煙小姐的約定還是怎麼做，這都是鬼哥的自由。即使因而毀掉這輩子也是鬼哥的自由。」

「咦……？違反和臥煙小姐的約定，等同於毀掉這一輩子嗎……？」

老實說，我這麼說的時候沒抱持此等覺悟。我只是想讓神原平安回家。

「我……我自認會連神原的分一起幹活，這樣也不行？」

「自以為是也不能沒常識喔，沒常識到令我火大。鬼哥以為自己足以代替臥煙小姐的姪女嗎？」

「血統可以差到這麼多嗎……」

「即使足以代替，你也無法達成自己的目的。」

「我的目的？」

「鬼哥想保護無辜遭殃的學妹吧？我懂喔，我也是過來人。」

「不准講這種只有表面好聽的話。」

妳沒有學妹。

不准在同一個引號裡劃上嚴肅與搞笑的界線。

「確實，聽鬼哥的說法，現狀比臥煙小姐的說明還要惡化，就算這麼說，事到如今讓那個女生回家也不算是保護她，為什麼鬼哥沒這麼想過？」

「嗯……咦？什麼意思？」

「怪異這種東西，光是看見就會被影響，光是遭遇就會被詛咒。不只如此，那個女生還摸過那個鎧甲武士吧？」

「…………」

不只摸過，還打過。

雖說沒成功，但神原還大膽朝對方雙腿擒抱。依照「怪異都具備神格」的觀念，這個行為的後果可不只是遭天譴這麼簡單。

原來如此。

神原駿河已經牽扯進來了。

不是和臥煙小姐的約定，真要說的話，這就像是和世界的約定。是想毀約也無法毀約，不可能撕毀的一紙合約。

「鬼哥，正坐。」

「嗯？」

「正坐。快點。」

「…………？」

「三秒內正坐，我講完還剩兩秒。」

怎麼回事？

除非是「女童要求正坐」這種機率極低的狀況，否則我沒道理聽從這個突如其來的命令，但現在正是這種狀況，所以我放開斧乃木的頭，聽話正坐。

雙手放在大腿上併攏。

「等我一下喔，很快就好。」

斧乃木一邊說一邊抬起單腳，脫掉靴子與褲襪。我不清楚她為什麼在這個時間點當場脫鞋襪，但我立刻得知理由。

斧乃木從靴子抽出腳，然後以腳底踩我的臉。以垂直的角度，踩住我的臉頰使力。

「那個，斧乃木小妹……」

「別妄想可以回頭了。」

不是粗魯的語氣。

是一如往常毫無音調起伏的語氣。

「八九寺真宵的事件也一樣，鬼哥缺乏覺悟。我說啊，你該不會認為人生隨時可以重新來過吧？」

「……………」

「該不會認為發生任何事都不會太遲吧？該不會認為就算失敗、就算大意都還有救吧？該不會認為就算搞砸也來得及挽回吧？」

「…………」

踩啊踩。

斧乃木高雅捏起裙襬，將腿抬到巧妙的角度，用腳踝踩著正坐的我臉部。

斧乃木現在踩的位置，是剛才挨神原膝踢的位置……我的臉頰是女生的腿部休息站嗎？

不知為何，被人赤腳踩在臉上，和踩在後腦杓的感覺完全不同……要是將反射性地差點閉上的雙眼睜大，就會發現斧乃木的裙底風光在大拇趾與食趾縫隙後方若隱若現。

在這段期間，斧乃木一直單腳站著，她這個戰士身體中軸的強韌度果然不同凡響。

「人生到最後是零和？哈，都已經死掉了，當然會變成零吧？」

一如往常毫無音調起伏。

但就算毫無音調起伏，似乎也不是不經思考，毫無想法就說出這番話。看來我的發言觸碰到她心中柔軟的部位。

不過前提當然是人偶擁有心。

「那個，剛才在討論什麼？」

「天曉得……」

「在討論我大熱天穿長靴悶得溼熱的腳讓鬼哥興奮起來？」

「不准使用溼熱這種具體的描述。夢想會破滅。」

「放心，我是屍體所以不會溼熱。」

「這樣啊……」

「用不著這麼失望。別這樣，露出這種表情會讓我過意不去。好啦，所以鬼哥今後的行動指針是……」

「等一下！不准講得好像我真的露出失望表情，就這樣進入下一個話題！」

「時間不等人。」

「時間跟話題都不會這麼急著趕路吧！」

「好好跟上我的步調喔。我沒辦法配合慢吞吞的傢伙。」

斧乃木說到這裡像是滿足般，從我的臉上移開腳……我在這段時間一直毫無抵抗，我認為這樣或許能讓世間知道我的雅量。

實際上，要是斧乃木在那個時間點以腳發動「例外較多之規則」，我的腦袋應該會跟身體分家吧。想到這裡內心就更加感慨。

「但我認為鬼哥展現的不是雅量，是業障。所以鬼哥，如果你真的為那個女生著想，就不要不負責任在這時候讓她回家，反倒更應該帶她去臥煙小姐那裡，然後讓臥煙小姐保護。」

「讓臥煙小姐……」

「沒錯。應該堅守約定，堅守她的安全。」

斧乃木講的雙關語像是臨時想到的，但是不同於這種硬凹的感覺，這番話的內容富含啟示。

確實，若要說不負責任，這時候讓神原回家才更不負責任。

被我的任性殃及，卻因為事情和想像中不太一樣，就拉下鐵門趕她回家，這種做法絕對不一定正確。

神原遭遇了。

雖然完全是被我拖下水，但她遭遇那個鎧甲武士，就某方面來說，她和這個現象的關係比我還深。

那麼或許如斧乃木所說，讓神原回家獨處反而更危險。若要討論責任，陪神原共同行動到最後才是最負責任的行為吧。

既然這樣，在還沒瞭解詳情的現在，我扔下受託的工作，並且和神原一樣回家，聽起來是最好的做法，但我這個考生絕對不想因為違反和臥煙小姐的約定而毀掉這輩子。

即使除去這一點，我也想守約。

應該守約。

……不，誠實以對吧。

我當然不希望神原和那麼危險的鎧甲武士有所牽扯，但若問我自己是否不想有所牽扯，我會回答絕對沒這回事。

我反倒認為自己非得介入這個事件。

那個傢伙要我轉達一個訊息。

給「吾之主」的訊息。

既然這樣，我至少要傳達到這個訊息，才能放下這個職責。如果那個鎧甲武士的真實身分正如我的推測，即使認為絕對不可能有這種事，但是只要這種可能性不是零，我就不能放任不管。

在知道真相之前，我不能回家。

「…………」

「看來做出結論了。真是的，朋友這種東西真麻煩。」

斧乃木一邊說，一邊將褲襪與靴子穿回去。哎，即使不會溼熱，在這種大熱天只要看到靴子就覺得熱，但是個人的生活習慣不容他人插嘴。

不過以斧乃木的狀況，與其說她是「個人」，不如說她是「故人」。

……她生前究竟是什麼樣的孩子？

依照之前聽到的情報，現在的性格與氣質是她誕生為怪異之後習得的……

不過，比方說式神，就算是憑喪神，既然是能自主運作到這種程度的規格，為什麼她的主人，也就是陰陽師影縫余弦，沒有幫她增加一個改變表情的功能？我對此感到詫異。

但我單純只是想看斧乃木的笑容就是了……

「接下來，我要去找鬼哥目擊的那個鎧甲武士怪異。從他消失的方式來看，我不認為找得到他，但我的工作就是負責白跑一趟。」

「…………」

「我的工作就是往鬼哥的臉白踩一腳。」

「不准改口。不准因為工作就踩我的臉。」

「所以鬼哥就用新娘抱的方式，帶那個姪女和臥煙小姐會合吧。然後要說明原委。」

「聽妳這樣講，神原好像是我的姪女……」

而且比神原更不適合新娘抱的傢伙還真難找……我和剛才一樣用背的吧。

「話說回來，『龍貓』的梅……」

「她是妹妹。」

「我不希望被搶先吐槽。總之，只要誠心誠意、盡心盡力地說明，臥煙小姐應該不會強迫你們幫忙做危險的工作吧。我個人認為鬼哥你們光是提供那個鎧甲武士的情報，就盡到臥煙小姐期待的職責了。」

「…………」

「無論如何，我差不多也該遠離鬼哥你們比較好。要在焚燬大樓前面一直沉浸在感傷情緒也無妨，不過警消人員差不多要來了。如果不想被盤問無關痛癢的情報，現在是撤退的時機。伺機收手也是專家的必備技能喔。」

說到這裡，斧乃木穿好靴子了。看來她是故意多花時間穿靴子，盡可能和我交談久一點。

自始至終面無表情。

……不能想辦法看見她的笑容嗎？如此心想的我，再度將雙手伸向斧乃木的臉。這次沒帶著怒氣，當然也不是要報復她剛才踩我的臉。

即使斧乃木再怎麼面無表情，只要使拉表情肌，或許還是能做出類似笑容的表情吧？我只是抱持這個企圖罷了。

這個朋友救了我與神原一命，在我心態軟弱時給我寶貴的建議，我想要盡量回報這份恩情。

「鬼哥，什麼事？」

「…………」

看起來好怪。

007

講到炸彈滅火我就想到，炸藥發明人阿爾弗雷德・諾貝爾寫遺囑設立的諾貝爾獎，分成物理學獎、化學獎、生理學或醫學獎、文學獎、和平獎與經濟學獎共六個獎項，卻不知為何沒有數學獎。像這樣列出來就覺得應該要有，聽說因為諾貝爾當年的情敵是數學家，才沒有設立數學獎。這是無從證實真假的都市傳說，然而即使是世界公認價值非凡的諾貝爾獎都扯上感情問題，總覺得耐人尋味。只談過青少年戀愛的我或許沒資格評論，不過這種情感會像這樣連死後都放不下？喜歡他人的這種情感，經過多少年都不會消失嗎？不會成為回憶，或是遺忘，或是美化，或是成為玩笑話題，永遠留在人的心中，留在世界的歷史嗎？

回想起來，偉人的軼事無論如何總是容易扯上兩性關係，而且俗話說英雄愛美人，或許沒有任何故事能夠完全排除這種因素。

不提這個，好一陣子任我玩弄、任我玩臉的斧乃木，終於一臉正經（面無表情）說出「外行人，鬧夠了沒」，以有點火大的動作煩躁掙脫我，然後快步離開繼續工作。

應該是要追鎧甲武士吧。

依照我提供的情報，她肯定沒辦法推測對方往哪裡走或是去了哪裡，但或許某些蛛絲馬跡只有專家看得出來。

我不確定「外行人，鬧夠了沒」這句話是什麼意思（不知道是我玩臉頰的技術不內行，還是我的怪異知識只算外行），無論如何，我都應該聽從她的忠告。即使補習班廢墟大樓失火的原因不在我身上，但要是以關係人身分被偵訊，我今晚就無法自由行動，家裡也會收到通知吧。

我可不希望爸媽或妹妹知道這件事。

我會被燒掉。被處以火刑。

雖然有這種自私的隱情，但要是擴大解釋斧乃木的忠告，假設我被帶到局裡（消防局？警察局？），當然可能會添那裡的麻煩。因為不只是神原遭遇神祕鎧甲武士，不用說，我當然也遭遇了。

我並不是有什麼明確的想法，但我背起神原，決定往斧乃木離去的反方向移動。總之，如果斧乃木在追鎧甲武士，我們只要走反方向應該就不會再度遇到那傢伙。我基於這種膚淺的推測採取行動。

現在的我完全缺乏吸血鬼威能，而且神原雖然年紀比我小又是女生，卻是健壯的運動員，我背著她走不快，所以我想盡可能挑選安全路線移動，前往和臥煙小姐會合的地點。

我原本計畫在補習班廢墟和神原會合，說明事由之後一起前往會合地點，所以雖然過程迂迴曲折，應該說是九彎十八拐，如今也總算回到原本的路線。不過背著年紀相近的人，果然和背著妹妹或幼女不一樣。

我莫名緊張起來。

如果太久沒醒會讓我擔心，但我行走一段時間，走到完全看不見補習班廢墟的時候，我的學妹神原駿河似乎恢復意識了。

「唔～～嗯……」

「喔，醒了嗎？」

「唔～～阿良良木學長，不可能啦……我禁不起這種玩法……」

「給我醒來！這夢話是怎麼回事？妳夢中的我個性到底多偏激啊！」

會讓妳畏縮的玩法是怎樣的玩法？

我的吐槽使得神原「呃！」地抬起頭，東張西望。看來她一時之間沒能掌握現狀。

哎，既然是在複燃現象發生的時候昏迷，無論如何都想不到現在為何被我背著在城鎮移動逃亡吧。不對，聽說人會失去昏迷前不久的記憶，說不定神原感覺自己還在和鎧甲武士交戰。這麼一來，和她身體緊貼的這個狀況不太妙……她搞不好會用裸絞收拾我。（註3）

裸絞。這招式名稱真適合神原。

「啊……阿良良木學長！您沒事嗎？」

無視於我這份擔心，神原（除去不得體的夢話）一開口就先關心我。這傢伙真是學妹的榜樣。

「那……那傢伙呢？那個傢伙怎麼了？那個戴著頭盔，頭盔額頭還寫『愛』的那個傢伙呢？」

「不，我們並沒有和直江兼續戰鬥。」

看來她的記憶果然混亂了。

但如果只是這種程度，應該很快就能復原吧。我暫時停下腳步，要將我背上已

註3　柔道的鎖喉招式。

經清醒的神原放下來。

放不下來。

她反而緊抱住我。

我放開她的雙腿，她的腿卻夾住我的身體，真的像是裸絞般抱著不肯離開。如果我是尤加利樹，神原就是無尾熊。

「這是想做什麼？」

「雖然不清楚狀況，但我的本能告知我不能錯過這個機會。」

「妳的本能真厲害……」

這是哪門子的告知？

簡直是打小報告。

「我好像還沒辦法自己走路，決定就這麼繼續給學長背。」

神原告知這個既定事項。

妳的本能把我也當成告知對象？

還沒辦法自己走路的傢伙，雙腳卻像是蟹螯一樣夾住我的身體不放……感覺以神原的腿力，我的身體可能就這麼被攔腰夾斷。

而且她的雙手，其中一條手臂是怪異。

不准任性，給我下來自己走……我不可能這麼說，只能裝出學長的樣子說「真拿妳沒辦法，只能再一下下喔，別以為今後還能讓妳這樣撒嬌」。我自己都知道聲音稍微高八度……即使想裝個學長的樣子都裝不像。

「唔哇，阿良良木學長的後腦杓好近……原來活著就會遭遇這種好事啊。」

「可以不要對我的後腦杓興奮嗎？」

「髮旋好帥。」

「不要對我沒掌握的部位亢奮好嗎？」

「無論是阿良良木學長還是我，和初次見面比起來，頭髮都留長了。」

「嗯？哎，說得也是。」

背著神原走在夜路，我們相處得非常融洽，不過回想起來，我是在短短幾個月之前開始和神原交流。當時她還是短髮，我後頸的頭髮也沒現在長。

「好想讓頭髮交纏在一起。如果我們頭髮都再留長一點，我想把頭髮和阿良良木學長的頭髮纏在一起。能夠像是兩本雜誌黏在一起那樣嗎？」

「那是紙張交疊時的物理現象吧？是物理實驗吧？」

總覺得變態程度太高超，開始搞不懂妳講的話哪裡下流了。

彼此頭髮纏在一起只會很痛吧？

「也對。不過疼痛是很重要的因素。」

「如果妳想痛一下，我可以就這樣往後倒啊？這是小事一樁。」

「不，阿良良木學長，拜託現在不要。先不提身體，我精神上確實很累。總覺得狀況很差。」

「狀況……？」

妳狀況差還能有這種活力？我不禁戰慄，但是既然她說狀況差，我就不能當成沒聽到。

「總覺得會想起北白蛇神社那時候……」

我追問之後，她這麼說。

北白蛇神社——我們城鎮某座小山山頂的廢棄神社。與其說是神社，那裡荒廢到形容為遺跡比較正確，我與神原在六月曾經一起前往那座神社。

沒錯，神原當時身體就出了問題。如同被神社空氣傷身般失去力氣。

和那時候一樣……？

咦？

當時神原的身體是在何種狀況，基於何種原因出問題？記憶混亂的該不會是我吧？我一時之間想不起來。

不提這個，現在我更希望盡快遠離補習班廢墟，盡快和臥煙小姐會合。這個心態近乎焦急，原本是應該壓抑的衝動。

「想起來了……在那座神社的樹下，我和阿良良木學長第一次接吻。」

「看來記憶混亂的果然是妳。」

「咦？是第二次？還是第三次？」

「別講得好像真的有第一次。還有，和妳一起去北白蛇神社那時候，那附近的樹木都釘著分屍的蛇。」

我想起來了。

是的，專家忍野咩咩曾經委託我與神原一份工作。我們前往北白蛇神社，淨化怪異前身的怪異現象——「髒東西」堆積的境內。

當時神原受到這些「髒東西」的影響，導致身體出問題。受到忍保護的我則是沒什麼大礙，完成忍野交付的工作。

……那次是受到忍野的委託而行動，這次是受到忍野的學姊——臥煙伊豆湖的委託而行動。雖說狀況本身完全不同，但我與神原這對搭檔或許算是背負這種宿命吧。

只是這麼一來，神原說她身體和當時一樣出問題，這番話果然不容忽略。這傢伙應該不可能為了繼續讓我背而說這種謊。

「沒錯沒錯，我就是在那時候第一次見到千石小妹。是的，我在那棵釘著許多蛇的樹下第一次接吻的對象是千石小妹。」

「到了這種程度，妳的記憶不只是混亂，而是竄改了吧？」

「確實有某些人稱我是『記憶的指揮家』。」

「『記憶的指揮家』是什麼東西？能夠自由指揮記憶？」

神原為了讓我繼續背她而說謊的可能性驟增。

「不過只要預先這樣講，等到將來不小心改編成動畫的時候，就會插入我和千石小妹接吻的想像場景。」

「最終季不會改編的。與其說最終季不會改編，應該說妳講的這番話，妳登場的橋段不會改編……神原，我想問一下當參考，雖然我不太清楚這種感覺，不過被別人背是這麼讓人高興的事嗎？」

「沒有啦，畢竟我曾經是籃球社王牌的立場，所以能像這樣光明正大對學長撒嬌，果然會很高興。上次被背是國中時代的事，背我的是戰場原學姊。」

「…………」

戰場原的辛勞可想而知。

國中時代的聖殿組合，究竟有什麼樣的外傳故事呢……總之神原雖然英氣傲人，卻意外地擅長撒嬌。

相對的，我其實不太會撒嬌。

「嗯，身為記憶的指揮家，這次留下相當不錯的回憶，不過阿良良木學長，現在正要去見您想介紹的那個人嗎？」

「啊啊……嗯，沒錯。不過神原，關於這方面，我得向妳道歉。」

說得也是。

神原過於胡鬧，所以我忘了道歉。

因為無論是鎧甲武士事件還是火災，我這次草率叫神原過來，真的是差點將她送進鬼門關無誤。

「呵，不用謝罪，我反倒希望您別道歉。讓阿良良木學長低頭有損神原駿河的名聲。」

「既然這樣，被我背更是損害神原駿河的名聲吧……損害到不成原形了。沒有啦，老實說，我認為妳可能想回家了，不過抱歉，現在讓妳回去可能更危險。至少在瞭解原委之前和我共同行動吧。」

「哎，既然要求和我共同睡一張床，我很樂意喔。」

「我要求的是共同行動。」

「就某方面來說，同睡一張床也稱得上是共同行動吧？」

「一點都稱不上。妳是二十年前輕小說裡常見的發情女主角嗎？」

「發情女主角……這是令人臉紅心跳的新詞耶。」

「不准臉紅心跳。」

「只不過實際上，發情女主角在純文學比較常見。」

「不准諷刺。」

我開始思考。在聽到這番諷刺的時候思考。

至少在這個時間點，我好歹應該說明自己知道的情報吧？如同剛才對斧乃木的說明，把能講的盡量講出來吧？

不過，現在我想盡快和臥煙小姐會合。不只如此，由於我自己也幾乎完全沒掌握現狀，所以我能抱持確信對神原說明的事項堪稱幾乎是零。

等同於一無所知。

早知如此，我應該先主動向臥煙小姐詢問工作的具體內容。雖說狀況不允許這麼做，但我莫名有種矇眼闖迷宮的感覺。

「今後我一定會補償，所以只有今晚忍著點。」

「別說只有今晚，不要講得這麼孤單。我每天晚上都在等阿良良木學長找我出來。」

「既然這樣，可以的話希望妳在晚上以外的時間也能等……」

「對於阿良良木學長的拜託，我永遠只會這樣回答。」

神原壓低聲音。

「請慢用♪」

「煩死了！而且真可愛！」

我拜託過什麼事啊？

真要說拜託的話，拜託不要老是講得讓我想把妳扔在原地。我可不是要把妳背到山上棄養。

「只是，我至少問一下現在要去哪裡吧，阿良良木學長。如果是遠離火災避難，您也跑太遠了吧？不用報警嗎？」

明明是可能會被別人報警抓走的女生，這個問題卻挺中肯的。

「那場火災已經撲滅，也沒有人受害，所以沒事的……現在正要去我說的會合地點。那個……妳知道那裡嗎？」

現在補習班廢墟周邊或許發生不小的騷動吧。不，那棟建築物遠離民宅，位於很難察覺的地方，又是瞬間焚燬，或許出乎意料沒人報案……

「就是叫做浪白公園的地方。」

「念作音讀的『ROUHAKU』？」

「可能是訓讀的『NAMISHIRO』。」

我到現在都還不知道正確念法。總之是這座城鎮還算大的公園。那裡是我初遇八九寺真宵的場所，而且現在回想起來，也是戰場原黑儀對我表白的場所。

基於這層意義，我不太想把那座公園當成工作的會合地點……但這是臥煙小姐指定的，我也沒辦法。

這麼說來，「無所不知」的臥煙小姐，應該知道那座公園的正式念法吧？

「ROUHAKU公園……NAMISHIRO公園……唔～～那座公園有籃球場嗎？」

「不，我記得沒有。」

「那我就不知道。」

「這是哪門子的基準……啊啊，但妳可能只是忘記吧？因為那座公園的周邊是戰場原國中時代的地盤。」

形容成「地盤」令我不以為然，但當事人就是這樣形容，我也沒辦法。總之既然這樣，戰場原與神原在聖殿組合時代，或許曾經在那座公園玩過。

女國中生會不會在公園玩耍，不諳這種事的我無法斷言，不過至少我妹阿良良木火憐經常在公園玩。坐在鞦韆上將鞋子踢得遠遠的。

……我不經意擔心妹妹的未來。

「唔～～那我看到之後可能會想起來。戰場原學姊以前的家嗎……呵呵。」

神原在我背上輕聲一笑。

就某種角度來看，她或許是想起昔日和戰場原更加親密的那個時代，感覺心頭一暖。我不知道戰場原以前住哪裡，所以想詢問這方面的事。

「妳當年果然被邀請到她家嗎？」

「嗯，曾經被叫去。是一間小而美的豪宅喔，挺不錯的。」

「…………」

這學妹真的很失禮。

哎，這也是因為神原住的日式宅邸超越「豪宅」的規模。童年的教養方式就是如此影響個性。

「不，阿良良木學長，我童年生活過得挺清寒喔。畢竟爸媽是私奔，所以真的是貧窮生活。」

「就算妳講得這麼愉快……」

她的人生真是起起伏伏。

我想，這也是形成神原駿河個性的基礎吧。

爸媽私奔。神原家的獨生子和臥煙家的長女，沒受到家長的認同就結婚……記得是這麼回事。這位臥煙家的長女，是臥煙小姐的姊姊……

而且神原的父母車禍身亡之後，獨自留在世間的女兒被神原家收養。

「阿良良木學長，無論如何我都知道了。現在正要前往那座公園吧？您想讓我見面的人就在那裡吧？」

「嗯，沒錯。」

說到我是否想讓兩人見面，老實說，我相當不想讓兩人見面。想到神原家與臥煙家目前斷絕往來，想到我們所處的現狀，我就更不想讓兩人見面。

……不只是和臥煙小姐，我個人也想盡快和忍會合。最近我總是和那個傢伙在一起，所以像這樣隔離之後果然會不安。剛才在補習班廢墟也是，如果忍在場的話……不，忍當時不在場應該比較好……總之無論如何，為了回復我與忍的連結，我也得和臥煙小姐會合。

「可是，阿良良木學長，既然這樣……」

神原說。

「方向是不是完全相反了？」

008

相反。

聽神原這麼說完，我停下腳步。神原不知道浪白公園的念法，卻如我剛才所說，並不是不熟悉這附近的地理環境。到頭來，神原和戰場原就讀相同國中，從地圖來看肯定也距離那裡不遠。

所以她才得以判斷我們現在行進的方向是否正確吧。要是我在補習班廢墟，在如今成為焦土的遺址和神原道別，我應該會更晚，搞不好要到天亮才察覺。

察覺我正在迷路。

「呃……咦？可是……」

我不知所措。

確實，在一開始的階段，我專注於無論如何先離開火災現場，沒有特別朝浪白公園前進。我自認是在距離夠遠之後修正路徑。

因此，稍微迷失也算是在所難免……但我修正路徑至今很久了。

若要沿用「地盤」這個說法，浪白公園周邊完全不是我的地盤，我並不是經常前往，但那裡是留下各種深刻回憶的場所。不只是回憶，也是留下各種恩怨的場所。

阿良良木曆在前往那裡的途中迷路，這成何體統？

「是不是平常都騎腳踏車，所以偶爾用走的就走不順？老實說，我一直搞不懂您要帶我去哪裡。」

「這樣嗎……」

「『不不不，阿良良木學長，那裡沒有約會熱點喔。』我一直這麼想。」

「我沒理由帶妳去約會熱點。」

哎，聽她說原因在於我平常都騎腳踏車，我就無從回嘴。我擁有的兩輛腳踏車，其中一輛在五月被神原破壞，另一輛也在不久前失去，接下來好一段時間得過著徒步生活的我，原本不應該這樣迷路才對。

「稍微回頭修正路徑吧……抱歉神原，在這種時候浪費時間。」

「沒什麼，無妨。我一概不過問。任憑阿良良木學長想怎麼做吧。」

「…………」

很高興她表現得如此寬容，不過這傢伙明明放低姿態卻擺高架子的個性，真的不能改一下嗎？這傢伙是怎麼對老師說話的？

這是認定他人理所當然要為自己付出的言行舉止。以現代的說法就是欠揍。

總之，身為全權負責的學長，我為了學妹鼓足幹勁回頭變更路徑，試圖洗刷汙名挽回名譽。

我的手機沒搭載地圖或導航功能（或許有，但就算有搭載，我也不懂），所以是看著沿路的交通標誌或導覽地圖行動。這樣應該再也不會迷路了，雖然剛才疏於確認而浪費時間，但這麼一來肯定能挽回。

我原本是這麼認為的。然而……

「……咦？」

這令我想起斧乃木的那番話。那番尖酸刻薄的話語。

該不會認為就算搞砸也來得及挽回吧？

一小時後──當然是我和神原發神經拌嘴的一小時後，我迎接的結果不得不令我剪掉剛才的所有對話。

我們完全位於不知道是哪裡的某處。當然不是迷路闖進哪個叢林或荒野，這裡肯定是我們居住的鎮上，但我們迷路了。

迷路到奇妙的程度。不可思議的程度。

「阿良良木學長，您是路痴嗎？還是想盡量和我共處，所以刻意繞路？」

「我沒用這種麻煩的方式追求妳……」

體力撐不住。

背著一個人走到現在，我終究達到極限。

走著走著，現在已經超過凌晨零點，已經換日了。

八月二十四日。

這天是暑假結束的第四天，但我究竟什麼時候才去得了學校？到我上學的那一天，戰場原或羽川將會責備我為何曠課，想到這裡，就算真的能上學了，我恐怕也會有所抗拒……

只是就算這麼說，我也不能據實報告現狀。都已經將神原捲進來了，我不可能還把戰場原或羽川捲進來。

我和神原聊得太愉快，不小心差點忘記，現在其實是非常緊急的事態。

可是……迷路？發生這麼緊急的事態，我為什麼還悠哉迷路？

這個失誤過於格格不入，就某方面來說太溫吞，我甚至感覺煩躁。然而讓我冷靜下來的不是別人，正是神原駿河。

「這麼說來，阿良良木學長，您是不是說過，您以前也曾經迷路或沒迷路或是好像迷路？就是和八九寺小妹……」

「嗯……啊。」

我沒說過我好像迷路過，但我聽她這麼說就想起來了。我應該在她這麼說之前就想起來的。

是的，沒錯。

對我來說，這個現象是發生第二次的現象。

三個月前。

五月的母親節，我和八九寺真宵、戰場原黑儀一起迷路了。

迷牛。

名為迷牛的怪異。

「讓人迷路的怪異……咦？可是，為什麼迷牛會在現在這個時間點……」

不，慢著慢著，不要隨便下結論。

確實，像這樣如同抓準最不方便的時機般迷路，我可以理解自己忍不住想套一個合理的解釋，但或許只是我一時慌張左右不分罷了。後者的機率高得多。

迷牛肯定已經不存在了。

在那天，由忍野咩咩幫忙解決了。

十一年來，在這座城鎮一直讓人迷路的那個怪異，如今再也不會讓任何人迷路了。最清楚這一點的肯定是我。

我比任何人都痛切體認到這一點。

所以肯定不是這樣。神原的指摘肯定只是錯誤的回想。

……然而，我免不了回想起來。

在那場火災中，發出響亮笑聲離去的鎧甲武士留下的那段話。

『汝最好也別繞遠路，筆直回家吧！』

他這麼說。

不，嚴格來說，那具甲冑告訴我的「訊息」還有後續。所以真要說的話，這是位於前一個階段的話語，我差點當成開場白聽過就忘……不過仔細想想，這不是很奇怪嗎？

在那個狀況下，那個鎧甲武士為什麼提醒我回家路上要小心？就算那場大火不是鎧甲武士造成的，而是反常的事故，直到前一秒都掐著我的傢伙也不應該講這種話。

畢竟他不是校長，所以也不可能秉持「戰鬥要到回家才算結束」這種宗旨。

如果他那段話，我差點忘掉的那段話隱含另一種意思，隱含相反的意思……

「…………」

咦？

不，可是可是……這麼一來，那個鎧甲武士做這種事也太爛了吧？

雖然這樣形容不太好，但是這和他先前狂暴、頑強的形象相反。

被打到分解依然復活，將這邊的攻擊悉數擋下、吸收，奪走我的聲音，化為煙霧消失。發出響亮笑聲離去。

這樣的傢伙，會做出這種比惡整還不如，只像是惡作劇的行徑嗎？如果那個鎧甲武士的身分正如我的推測，那就更不可能了。

和勇猛武士的形象完全不一致。

而且，就算這次「迷路」是他幹的好事，也搞不懂他的目的。讓我與神原迷路是基於何種企圖？難道說，這是基於我們猜不透的城府？不過前提是那具鎧甲擁有思緒這種東西……

「神原，我暫時放下喔。」

「放下屠刀？」

「放下妳。」

我將背到現在的神原放下。這次神原終究也沒抱著我抵抗。與其說她明白事情的嚴重性，或許是「暫時」這兩個字聽起來像是保證還有下次，她才乖乖聽話。總之神原雙腳站在地面之後又蹲又跳，確認自己的身體狀況。看來被人背著也絕不輕鬆。擅長撒嬌也很辛苦。

這段期間，我拿出手機。

之所以拿出沒有地圖軟體與導航功能的手機，講得軟弱一點，就是因為我早早投降。

很早很早就投降。

不過，就算會被說軟弱或是自己努力不足，事情演變到現在，我只能打電話給臥煙小姐。

上次道別時，她將手機號碼告訴我。

五月因為蝸牛而迷路的那時候，我也是向人求助，但當時的求助對象是沒有通訊機器的忍野，所以拐彎抹角費了好一番工夫。不過這次的求助對象是隨身攜帶五支手機的臥煙小姐，所以要聯絡並非難事。

不過，我就是為了回報她曾經幫我一次的恩情，才陷入這種棘手的狀況。我不想輕易或隨便就向那個人求助，所以至今都沒聯絡，但事到如今我想早點處理現狀。

只是套用斧乃木的說法，阿良良木曆就算現在這麼做也慢了好幾拍吧……

「怎麼了，阿良良木學長？我知道了，傳訊息給戰場原學姊道晚安是吧？這麼恩愛真是不簡單耶。」

「是妳的想法太簡單了……我說啊，神原……」

我沒講完就收回。

雖然是小事，但那個鎧甲武士說「筆直回家」的時候，主詞不是「你們」，而是「你」。既然這樣，如果這次的迷路是那傢伙設計的，那麼對象可能只有我一人。

換句話說，若是神原在這時候和我分頭行動，若是只有她一人，或許可以脫離這個像是沒有出口的奇妙迷宮。我如此認為而想要提議，但是無論怎麼想，這個學妹都不會接受這種提議。

即使在熊熊燃燒的火場，她都沒有扔下我逃走。忠心到嚇人的這個學妹，我不認為區區的迷路就能讓她答應分頭行動。

唔～～……

雖然這麼說不太對，但是過度忠心和依賴沒什麼兩樣……我曾經聽戰場原對於她和神原的關係發牢騷，感覺如今得到證實了。

在這種場合，棘手之處在於神原駿河身為人類的各種數值，普遍高於我與戰場原。

「嗯？阿良良木學長，怎麼了？」

「不，沒事……我要打個電話，可以安靜一下嗎？」

「好吧。我勉為其難忍一下。」

「這應該不到強人所難的程度吧……」

不過，神原基本上只要醒著就會一直說話，所以「安靜一下」或許是嚴苛的要求。

「呼……」

我像是重新上發條般調整呼吸，鼓起勇氣，

從手機通訊錄選擇臥煙伊豆湖這個名字。

果然。

鈴聲連一聲都沒響完。

「嗨，曆曆，我等好久了，都快等不及了。就覺得你該打電話來了。」

電話另一頭傳來回應。

開朗無比，感覺不像是深夜說話的聲音。

語氣完全不帶嚴肅的氣息，令我覺得她確實是神原的阿姨。

009

臥煙伊豆湖。

無所不知的大姊姊。

忍野咩咩、影縫余弦、貝木泥舟的學姊，怪異事件的總管。我在各處聽聞這號人物，卻是在不久之前第一次見到她。

完全不像是忍野的學姊，完全看不出年齡的時尚大姊姊，莫名友善又親切的態度，可以說是源自擅長經營人際關係的神原家血統。

但在另一方面，這位大姊姊給人的感覺，和神原駿河那種大好人的個性有著明顯的區隔。若是不怕被誤解直接講明，並不是令人想建立交情、深入來往的類型。基於這層意義，她確實是忍野、影縫與貝木的學姊……

現在身處於新的怪異現象之中，卻還能以手機和外部聯絡，我或許應該為這份僥倖感到高興。但我甚至想過，如果基地台遭到干擾，導致手機在鎮上都收不到訊號，以這種結果收場或許比較好。

這次和臥煙小姐會合，地點指定在浪白公園，卻沒明確指定會合時間。因為我不知道和神原說明（閒聊）要花多少時間。

所以臥煙小姐肯定不知道我何時會出現在浪白公園，更不可能預料到我會不會打電話給她。但是臥煙小姐接到我的來電時完全不為所動。

如她所說。

如同等好久了。

「不不不，沒有啦，曆曆，不要說得好像我擁有超能力，大姊姊我不是那麼了不起的傢伙。只是因為余接剛才將事情經過大致回報給我，我才覺得你應該會打電話過來。」

「…………」

「看來似乎遭遇各種麻煩事，不過曆曆，你們沒事就好。」

「很難稱得上沒事就是了……」

我好不容易克制想要抱怨的衝動。我知道這時候朝臥煙小姐破口大罵也於事無補。

畢竟正如斧乃木所說，她應該也沒預料到那種事態……而且我接下來要請她指點迷津，講話必須客氣一點。

不只是基於禮貌，也是單純基於利益得失。

「你們沒事。」

臥煙小姐說。

不改斷定的語氣。

「人光是活著就應該算是沒事。沒死掉真是太好了。不，我是說真的喔。如果你死在這裡，我終究也沒笑臉見咩咩。」

「…………」

這個人真輕浮。

每句話都令人這麼認為。

沒笑臉見人……是討人歡心的意思嗎？不過，我某些時候也是因為這份輕浮而得就……

「所以？現在是什麼狀況？告訴臥煙大姊姊吧。」

「那個……」

「是蟹？蝸牛？猿猴？蛇？還是貓？」

「咦……？」

她講得像是在搶話，我不禁困惑。明明是打電話要商量事情，卻覺得好像被她從背後捅一刀。

蝸牛──迷牛。

「您……您知道什麼嗎？」

「如你所知，我無所不知喔。」

臥煙小姐說。

我沉默了。要是不沉默，我可能無法壓抑內心冒出的疑惑（不是抱怨）。

因為我開始懷疑斧乃木所說「現狀對於臥煙小姐來說也是超乎預料的演變」這句話。即使斧乃木回報哪些內容，位於遠方公園的臥煙小姐，肯定也不知道我們現在迷路，不知道我們像是被迷牛捉弄般迷路。

不過，或許是從我這股沉默解讀到可以解讀的東西吧。

「啊哈哈！」

臥煙小姐笑了。

「開玩笑的啦，開玩笑的。曆曆，你怎麼認真起來了？這只是自我誇大的手法啦。猜五次總會猜中一次吧？這是大人的卑鄙做法。」

「…………」

「所以，是哪個？大姊姊完全不知道，所以告訴我吧。但我個人預料應該是蝸牛。」

明明猜中了。

「猜五次總會猜中一次」這個說法具備一定的說服力，後續的補充卻親自搞砸這一切。這個人究竟想釐清還是加深別人對她的質疑？

單純來想，應該只是逗著我玩吧。但是被玩弄的我肯定不舒服。

「沒什麼啦，只是因為你有餘力打電話求助，所以我認為應該是蝸牛。這是類推。所以，實際上呢？」

「一點都沒錯……是的，我和神原兩人正要去會合的公園，卻已經走了一個多小時……」

「哈哈哈！」

臥煙小姐又笑了。

和上次一樣，感覺這邊的事態嚴重性完全沒傳達給她。

「究竟是什麼樣的傢伙，我做了各種想像，結果是我設想之中最簡單的。」

「…………？」

我聽不懂臥煙小姐這番話的真正意思，所以沒能接話，但她暗自掛念的某個事項似乎解決了，原本就開朗的語氣變得更開朗。

「曆曆。」她這麼叫我。「真要說的話，這對我來說是好消息。對你來說應該也是。真的可喜可賀。我甚至想準備蛋糕插蠟燭慶祝。」

「蛋糕……？」

「開玩笑的啦，別在意。所以請趕快來會合吧。我開始想當面問詳情了。聽余接報告的時候，老實說我認為或許不太妙，但曆曆的情報帶來一絲光明喔。」

「啊，不，就說了，現在的我沒辦法會合。這樣下去，我可能會永遠迷路，所以希望您指點迷津……」

「用不著我指點迷津喔。這只是小小的『找碴』。如果這種程度的困境都沒辦法獨力克服，我會很為難的。」

明明不是冷漠或嚴厲的語氣，卻是明確的拒絕。以開朗的語氣明確拒絕。

她說她會為難，但為難的應該是這邊才對。到頭來，害我們陷入這種狀況的肯定是臥煙小姐。

「不不不，曆曆，正是因為這樣喔。找我指點迷津是什麼意思，你肯定早就知道了吧？正因為我幫過你，你現在才會處於這種困境。曆曆總不會奇特到想一直和我進行無止盡的互助吧？找出和我之間最理想的距離吧。幸好這不是第一次迷路，所以曆曆，這時候就依照咩咩的主義，自己救自己吧。不對……」

臥煙小姐在這時候稍微停頓。

然後講得暗藏玄機。

「你不是只有你自己。現在你身邊有個可靠的學妹。既然這樣，依賴那個孩子應該就行了。」

「您……您說依賴……」

依賴神原？

依賴已經被殃及到這種程度的神原？

不只是鎧甲武士事件，想到從暑假最後一天延續至今的一連串事件，身為局外人的神原絲毫沒道理和我一起在這裡迷路，不只如此，還要我依賴完全無辜遭殃的她？

「您……您把神原當成什麼人了？神原是……」

「神原駿河是我姊姊的女兒。」

臥煙小姐愉快回答。

「讓這份才能沉眠的話太可惜了。」

010

好不容易打通的電話被單方面掛斷。我原本想重打，卻覺得重打也沒什麼意義。雖然臥煙小姐應該不會無視於我，但應該只會做出相同的回應吧。本次工作的細節，臥煙小姐肯定也不會說明。究竟是帶來什麼光明？

總之關於這方面，可以的話我也想當面詢問……我收起手機，看向神原。

神原的伸展操（也可能是暖身操）在我沒注意的這段時間，變成像是瑜伽的姿勢。人體可以彎曲到這種角度？我倒抽一口氣。

「喔，阿良良木學長，講完電話了？」

看來神原遵照禮儀，沒有偷聽我和臥煙小姐的對話。不過究竟是基於禮儀還是不感興趣，其實不得而知。

因為這傢伙對於不感興趣的事物真的不感興趣。

「看您的表情，想必有事要吩咐您的奴隸。」

「我沒有奴隸……」

「那就是不需要我的意見嗎？真可靠。」

「不，我……」

臥煙小姐沒有指點迷津。

即使如此，如果盡量從善意方向解讀她那番話，脫離這個困境（或許不到困境的程度，卻是神祕的迷路狀況）的關鍵，掌握在神原手中。就算我做不到，只要神原出馬就能脫離這個無盡的迷宮。臥煙小姐讓我知道這一點。總之，確實如此。

老話重提，臥煙小姐不是因為想和生離多年的姪女見面，才要我從中牽線介紹彼此認識。她需要神原的「手腕」完成工作，才以「協助我們」為條件拉攏神原。「手腕」這個詞，我直接依照字面解釋成「左手」、「怪物之手」。但如果「手腕」是「才能」的意思，那麼「依賴神原應付怪異現象」的這個想法絕對不是毫無根據。

剛才也是，神原勇敢面對「鎧甲武士」這個怪異現象。不知道這種行為該解釋成魯莽還是大膽。

無論如何，這時候維持學長的面子已經毫無意義，應該別把神原當成學妹或奴隸，而是當成搭檔協力前進。

「需要。神原，有什麼意見儘管拿出來吧。」

「喔喔，不過只要拿出意見就好嗎？」

神原咧嘴一笑。

「您希望的話，我也可以拿出奶子喔。」

「不希望。妳笑嘻嘻講這什麼話？就算是半夜也不准拿出半夜的幹勁。」

「不，當我收到阿良良木學長找我出來的郵件，我就預料今晚是漫漫長夜，在學校睡飽才過來。」

「所以這不是半夜的幹勁，是剛起床的幹勁啊……」

這就某方面來說很難熬……

我切換心情，詢問神原該怎麼做才能脫離這個狀況，問她有沒有好點子。

「聽說迷路時的最高原則是待在原地別動。」

這麼說的神原不再擺出瑜伽姿勢，繞到我身後。我以為她想模仿名偵探繞圈子醞釀氣氛，但神原在我背後停下腳步，就這麼想跳上我的背。

我躲開了。

「咦？為什麼要躲？」

「我才要說，不准像是理所當然要跳到我背上。」

「因為您好像講完電話了。」

「為什麼我要背著一個跳得高的傢伙走路？就算真的要再背妳一次，至少也要先決定行動方針。我的背可不是妳的對號座。」

「說得也是，記得學長的背是自由座。」

神原說出就某方面來說唯恐天下不亂的結論，放棄爬到我背上，然後繼續說下去。

「不過，如果有目的地就不在此限。為了避免誤會，所以我請教一下以防萬一，阿良良木學長，我可以認定現狀和您昔日迷路的經歷差不多吧？並非單純的迷路，而是某種怪異現象吧？」

「嗯……我認為沒錯。」

雖然還沒有確切證據，但是依照臥煙小姐的反應，應該可以這樣認定。

「就算這樣，也不是和我當時的經歷完全相同吧……該說細節不同嗎……」

「唔～～順便問一下，阿良良木學長五月那時候是怎麼應對的？」

「我想想……」

我身為考生，對記性卻沒有自信。突然聽她這麼問，我一時之間答不出來，但終究想起來了。只是就算想起來，這次也無法沿用相同的方法。

無法沿用的原因很多，最大的原因在於「使用手機（地圖應用程式）的熟練程度，至少要有戰場原那種水準」。我與神原都很不會使用電子產品。神原現在帶的手機和我不一樣，是智慧型機種（她喜歡新玩意），但要是用得不熟就沒有兩樣。

即使如此，我認為還是可以當成某些參考，所以我向神原說明當時應付迷牛的方法。

神原板著臉聆聽。

「唔～～」

她聽完之後，將頭撇向旁邊。

是想到什麼點子嗎？不，在這個階段就如此期待終究太強人所難。雖然臥煙小姐剛才說得煞有其事，但神原始終是籃球選手，不是怪異專家。

無論母親與親戚是不是專家。

無論「左手」是不是與眾不同。

在這個時候，果然應該由經歷怪異現象較多的我來主導思考吧。

「阿良良木學長，您知道這件事嗎？」

我正要開口時，神原這麼說。

就這麼看著旁邊說。

「警察巡邏不是會騎腳踏車嗎？是關於那種腳踏車的事。」

「嗯……不，我想我應該不知道警察的腳踏車有什麼祕密。」

「那種腳踏車沒有鎖頭。」

「咦？是嗎？前輪跟後輪都沒有？」

「前輪跟後輪都沒有。換句話說就是完全不鎖，以便發生狀況的時候可以立刻出動。沒人敢偷警察的腳踏車所以不用上鎖，正因如此才不需要加裝鎖頭。」

「是喔……」

我不知道。

不過，聽她這麼說就覺得原來如此。聽起來煞有其事。

然而在我覺得原來如此的下一瞬間……

「不過，這是假的。」

神原接著這麼說。

「居然是假的？真的只是聽起來煞有其事？」

「那還用說，當然是假的。警察先生的腳踏車，要是別人偷走做壞事不就很麻煩嗎？應該是最需要保護的腳踏車吧？」

「…………」

為什麼變得像是上當的我反而被罵啊……不過這個謊言編得很完美。如果她把腳踏車改成警車或偵防車，我終究聽得出來是謊言。

「所以，為什麼現在講這個？該不會要去派出所問路吧？」

「不，只是因為我不經意想到完全無關的事情，覺得趕快講出來應該就不會忘了。」

「不准拿我當備忘錄！」

而且不准在這時候想到完全無關的事情！

雖然只是迷路，但現在是緊急事態！

「抱歉抱歉。」

神原以毫無罪惡感的笑容隨口道歉。

「因為我想到備案，所以現在很閒。」

「就算很閒……咦？你想到備案？」

「嗯。」

神原點頭回應。

接著她採取行動。對象是電線桿。

她朝著不遠處，鎮上隨處可見的電線桿伸手。不對，不只是伸出手，而是伸出四肢。

神原真的像是猿猴般運用四肢，俐落爬起電線桿。

「不，阿良良木學長，這不是電線桿，是電信桿啊？」

「哪種都沒差啦！」

「電線桿的話可能會觸電，所以還是有差。」

神原一邊說（也就是從容不迫），一邊像是爬竿般爬到電線桿……更正，電信桿的頂端，接著眺望四周沒多久就下來。

這是發生在轉眼間的事。

看完神原的行動，就非常清楚她為何這麼做。應該是從電信桿頂端這個高處親眼確認周邊的路線圖，也可能是只要爬到電信桿頂端，就可以確認目的地浪白公園的位置。即使如此，老大不小的高中生爬電線桿是相當奇特的行為，即使有人看到之後報警也不奇怪。即使不會觸電依然有危險吧。

爬到高處眺望風景很帥氣，始終只是動畫裡的世界觀。

「好，我知道了。往這裡。」

著地的神原指向剛才確認的方向。

「雖然不知道公園在哪裡，但是既然戰場原學姊以前的家在那附近，我就能用嗅覺找到大致的方向。走吧。」

「居然不是用視覺，是用嗅覺……現在是要走哪裡？」

我沒想過爬電信桿確認周邊，但說到要確認目的地的方向，我也在用交通標誌與住宅地圖做相同的事，可惜還是迷路了。

即使地圖或導航再怎麼正確，如果我們基本的方向知覺出錯，果然沒辦法抵達目的地。

我正想要對神原說出這個無須強調的事實時，她已經進行下一個行動。這次不需要攀爬。

她光是助跑幾步一蹬，就跳上電信桿後方的圍牆，然後轉身朝我伸手。

「來，阿良良木學長。」

「妳……妳是忍者嗎？」

身手也太矯捷了。

不，我早就體認到神原的身手多麼矯捷，問題在於她為何這時候跳上圍牆。

還對我伸手。

簡直是叫我一起爬上去……

「咦？阿良良木學長，因為那個叫做迷牛的怪異，是讓人迷路的怪異吧？」

神原一臉理所當然的表情，如同告知極為淺顯易懂的解答般說。

「既然這樣，別走在路上不就好了？」

011

因為走在路上會迷路，所以走沒路的路就好。

神原提出的解決方法洋溢復古氣息，聽她講得煞有其事就覺得真有其事，實際上卻沒有她說的那麼簡單。

不過，以這種惡作劇問答的解決方式脫離這個困境比較會讓我不安，所以做起來不簡單反倒讓我安心。從結論來說，我與神原後來成功抵達和臥煙小姐約定會合的浪白公園。

只是花費的時間超乎預料。不，應該坦承是我扯神原後腿。我的平衡感不足以走在圍牆上。我心愛的妹妹阿良良木火憐有一項特技，她在任何地形都能倒立前進，但是很可惜……應該說幸好我沒這種特技。何況我現在是失去吸血鬼技能的平凡模式。不只是爬上圍牆的時候，後來我也是由神原牽著，像是走平衡木般戰戰兢兢搖搖晃晃地移動。

居然被學妹牽著走路。

做學長的威嚴蕩然無存。

缺乏威嚴的程度沒有極限。

不只如此，民宅圍牆也不是一直延伸。牆不可能一直筆直延伸到浪白公園。

斧乃木服侍的暴力陰陽師影縫余弦，秉持著絕對不走地面的奇怪原則，移動時不只是走圍牆上面，還會在郵筒上、柵欄上甚至真的在電線桿上蹦跳前進，我與神原在這時候也做出和她差不多的行徑。不，我好幾次掉回地面，若是形容我和影縫差不多，或許她會笑我。

該說蠻橫還是硬來？當時由忍野提議、戰場原實行的解決方式，缺乏精明的程度也和現在差不多，但是「別走在路上」是脫離迷宮的有效方法。該怎麼說，這種卑鄙手法就像是挑戰畫在紙上的迷宮時描線尋找出口，不過說來慚愧，我在五月那次與現在這次都沒想到這個方法，所以只能滿心佩服神原。其實這就像是神社境內的參拜道路不能走，這樣理解就覺得這方法的效果立竿見影。

只不過，這是因為現在是深夜才能這麼做，只能形容為鬼鬼祟祟的這種解決方法，在五月那時候絕對不能拿來用吧……八九寺就算了，我再怎麼發揮想像力也無法想像戰場原走在圍牆上。

說明得詳細一點，圍牆上面不是「路」，同樣的，「側溝」與「空地」也不是「路」，就算是「道路」，只要橫越似乎也不算是走在路上。我們學習這種今後應該派不上用場的知識，在凌晨三點多終於抵達浪白公園。

神原是否和臥煙小姐形容的一樣大顯身手？老實說，我無法判斷。到頭來，即使不需要影縫那種等級，這個方法也必須有神原等級的身體能力才做得到（畢竟我就摔倒好幾次），但我們沒接受會合對象的協助就抵達目的地。

只不過，我沒辦法盡情表達喜悅。

不，並不是因為我摔下圍牆的時候傷到手臂所以沒辦法盡情表達喜悅（僅止於擦傷），而是另有兩個原因。

第一，雖然多虧神原而脫離這個莫名其妙的迷路狀態，但是到頭來，我們還是不清楚自己為何迷路，只能說是暫時克服這一關。就算這是那個鎧甲武士幹的好事，也完全不知道他為何這麼做。不，真要這麼說的話，現階段也不知道鎧甲武士的真實身分與目的……總之，我們所做的只是躲開扔過來的球，並沒有接住球成功分析。即使解決問題的其中一面，從問題整體來看也幾乎等於沒有建樹，所以我沒辦法盡情表達喜悅。

只是真要這麼說的話，沒辦法盡情表達喜悅的第二個原因重要得多，如果沒有這第二個原因，就用不著說出第一個原因，我這個外行人就用不著貪婪地企圖分析個中原因了。

換句話說，只要請內行人說明就好。

「…………」

她不在。

關鍵的內行人臥煙伊豆湖，不在約定會合的浪白公園。

「咦……？」

因為來這裡花費的時間出乎預料，所以臥煙小姐回去了？她就這樣走了？可是就算要回去，那個人要回去哪裡？臥煙小姐洋溢都會氣息，最重要的在於她是女性，應該不會和忍野一樣露宿……但這附近沒旅館啊？是去鄰鎮嗎？

那個人平易近人，感覺很可能找附近的民宅投宿……

「喂喂喂，怎麼可以這樣……居然在這種地方被斷了後路……」

我轉身看向神原，發現她眼神閃閃發亮。不妙，神原開始認為「阿良良木學長把我騙進半夜四下無人的公園」這個說法是真的。

為了保住我的名聲，無論如何，臥煙小姐都必須位於這座公園……不過乍看之下，周邊完全沒人。

不，我要冷靜。

雖說來這裡花了不少工夫，但是再怎麼樣，距離剛才打電話也只有三小時，臥煙小姐不可能這樣就等不下去而離開，我不認為她這麼性急。就算不會當成夜路不日落般一直等下去，但那個人比較算是……應該說確實是會耐心等待時機成熟的人。

肯定躲在某處想嚇我們。那位大姊姊看起來有這種調皮個性（但願如此）。

「可是阿良良木學長，正常人在半夜等三小時應該會回去吧？」

「妳這麼說或許沒錯，但我們會合可不是為了一起去玩……」

如果是要去玩，這夜遊也太晚了。這時間對於釣客來說已經算早上了。

「是喔……阿良良木學長究竟要和什麼樣的人碰面呢？啊，不用說不用說不用說。我的忠誠心正在接受考驗。」

「妳的忠誠心事到如今用不著考驗了……我反倒想問妳為什麼不多懷疑我一點。」

一不小心就變成跟蹤狂耶？我原本想這麼說，不過這麼說來，這學妹首度登場時，就是衝著我來的跟蹤狂。我回想起這個設定。

這傢伙真的在各方面都走在危險邊緣……

無論如何，雖然原本想請臥煙小姐親口說明，但是既然不在，我覺得終究該告訴神原了。原本約好見面的對象是她的阿姨。何況我要是不請臥煙小姐保護神原，我應該依照一開始的想法讓神原回家。

真是的，不愧是忍野的學妹，沒那麼好應付……我傻眼到一半，想到另一種可能性。

沒錯。被捲入怪異現象的權利，不可能只由我一個人壟斷。

如同我迷路，在這裡等待的臥煙小姐，或許遭到某種怪異現象襲擊，因而不在這裡。也可能是這種狀況吧？

如果「被捲入」這種說法偏向於被害妄想，總之，不同於被找來當幫手的我與神原，臥煙小姐這次是為了自己的主業，以正職專家的身分造訪這座城鎮。基於這層意義，臥煙小姐遭遇怪異的機率肯定比我們高。

而且就算是專家，也不一定會在遭遇怪異時全身而退，不一定在面對各種事態時都輕鬆應付。即使是那個忍野，不也在對付黑羽川的時候遍體鱗傷嗎？

臥煙小姐是總管，忍野當然不能和她相提並論吧，但我們在圍牆上走平衡木的時候，臥煙小姐或許在這座公園被那個鎧甲武士襲擊，陷入不能大意的狀況，正在等待我的協助。

……講到「或許正在等待我的協助」這句話，我的推測就完全失去真實性，就算不是如此，擔心那個人也幾乎是無謂之舉。擔心臥煙小姐有什麼三長兩短，就像是擔心隕石可能砸中腦袋，可能性微乎其微。

就算這麼說，一旦想到這種可能性，加上沒看到她的身影，我可不能就這樣直接回家。

「神原，我想拜託一件事。」

「請慢用♪」

「不對。雖然可能會白費力氣，但我想分頭在公園徹底找一遍。」

「什麼嘛，您說約見對象可能躲在某處想嚇我們，原來是當真的？」

「不對。」

「那麼是假設對方在玩捉迷藏？」

「不准提倡新的假說。可能有人倒在暗處或樹叢，希望妳幫忙找找看。有什麼狀況的話叫我一下。」

「哀號就行了嗎？」

「別哀號。我會被逮捕。」

「收到，立刻出動！」

神原一邊說一邊往前跑。剛才說身體不舒服的她似乎完全康復。我當然不能只讓學妹幹活，因此從神原的反方向……

「阿良良木學長！找到了！」

「…………」

她不想讓學長幹活嗎？

我從剛才就完全沒有表現的機會。

而且我還沒踏出第一步，神原似乎就繞了公園約四分之三圈，因為她叫我的聲音來自我的正前方。

我抱著無奈的心情走過去一看，是鞦韆。神原站在鞦韆旁邊。

嗯？

慢著，她雖然大聲叫我，但她身邊別說臥煙小姐，似乎沒任何人……

「不不不，阿良良木學長，這裡，您仔細看。」

神原說著伸出手指，指向地面。

講得更正確一點，她指向鞦韆的正下方。說來神奇，居然有個人影仰躺在那種地方。

躺在鞦韆正下方睡覺。

以世界最危險方式玩鞦韆的這個人物，我直到神原手指告知才發現。因為這個人影比我找的人物還小，只有臥煙小姐的一半，不，甚至不到一半。

與其將這個人影形容為「小」，形容為「幼」或許更接近事實。但是這種大小完全不構成藉口。

對我來說，沒能立刻察覺是我的恥辱。這個金髮金眼的幼女，我明明應該比所有人更快、更早發現才對。

「忍……忍！」

「呼……」

居然呼呼大睡。

總之，我在原本預定和臥煙小姐會合的浪白公園，如願以償再度見到和我異體同心，現在因為某個意外而斷絕連結的搭檔——前吸血鬼忍野忍。

012

「喔喔，是汝這位大爺啊。來得真慢。居然讓吾夜不闔眼等到現在，架子擺得真大啊。」

「妳明明睡得很熟吧？妳的夜行性設定跑去哪裡了？」

「吾現在日夜顛倒。」

「吸血鬼日夜顛倒會變得很健康吧？」

「唔嗯唔嗯……」

忍揉著睡眼起身……正要起身時，額頭撞到上方的鞦韆，發出「咕啊」的聲音再度仰躺。

挺可愛的嘛……

神原只以溫暖眼神守護幼女的這段反應（這麼說來，記得神原是第一次見到肯說話的忍），但我當然不是只有溫暖守護。

反倒是因為歷經不知道彼此是生是死的離別，所以姑且是感動的重逢，但是時機太差了。感覺像是在等待快速球的時候，投過來的卻是慢速曲球。

差點眼睜睜放過。

無論如何，即使將一切放在一旁，我也必須先問忍為什麼在這裡（我當然也得對忍說明自己後來發生什麼事）。我將鞦韆拉到旁邊，協助忍起身。

「喂，忍……妳為什麼在這裡？」

「吾知道吾知道。無須慌張，吾之主。吾會好好說明……呼……」

「妳根本不想說明吧？只想睡覺吧……嗯？」

我在這時候察覺了。牽起忍，近距離看著她才終於察覺。忍晶瑩剔透的雪白肌膚各處，殘留像是抓傷的痕跡。

抓傷？

傷痕？

我原本以為是她以那個姿勢仰躺玩鞦韆的結果（若是這樣，我真的要好好唸她一頓）……不對，玩鞦韆不會造成抓傷。

那麼，這究竟……簡直像是在前來這座公園的途中經歷一場戰鬥的痕跡。那麼，忍在深夜睡覺，難道是要消除戰鬥的疲勞……？

「喀喀！」

忍笑了。接著她面向神原。

明明全身滿是抓傷，卻露出無懼一切的笑。

仔細想想，我也渾身瘀青或擦傷，說不定即使切斷連結，就某方面來說依然維持異體同心的感覺。

「猿猴嗎……哼，真是添了吾不少麻煩。」

「……？」

忍隨著笑容輕聲說出這句話，使我歪過腦袋。這就怪了，神原左手事件那時候，忍還不在我的影子裡，而是和忍野一起住在補習班廢墟，當時我確實借用她的力量，但神原肯定沒有直接對忍「添麻煩」才對……

「呵。這隻小貓咪確實費了我不少工夫。」

神原基於神祕的妄想如此回應。雖然很抱歉，但我希望她暫時閉嘴，不然事情會變得複雜。

要是小貓咪這個稱呼激怒忍怎麼辦？神原肯定知道這個幼女是吸血鬼吧？

「貓啊……」

不過忍沒生氣，而是加深笑容。

到頭來，忍對於我以外的「人類」幾乎不感興趣。她在這方面的本質，和她昔日抱著雙腿默默坐在補習班廢墟教室角落那時候沒有兩樣。

剛才的對話也是，聽起來像是在和神原對話，其實只是自言自語。忍很乾脆地將神原排除在視野範圍之外，轉為面向我。

雖然有一半是自作自受，但是神原被當成空氣了。這樣的神原如同獲得快感頻頻顫抖。這個變態就先扔到旁邊不管吧。

「不，汝這位大爺，吾提到之『猿猴』不是這個姑娘。雖然穿雨衣加長靴，卻和這傢伙是不同人。」

「不同人？」

「應該說不同怪異。總之，是在某處和吾交戰到剛才之怪異。和貓一起。」

「咦？妳……妳在說什麼？」

我遭遇怪異現象迷路時，忍也遭遇某種怪異現象？是沒錯啦，我剛才也認為並不是唯獨我有權利被怪異襲擊……而且是貓？

「貓」是怎麼回事？

這座城鎮究竟正在發生什麼事？

「啊……那麼，妳全身被抓傷……是那個猿猴造成的？」

忍說這裡提到的「猿猴」和神原的左手無關，不過說到「抓」果然會令人想到「猿猴」吧。

畢竟日文的「敵人不可小覷」的諧音就是「敵人是猴又抓」。

嚴格來說，我這次迷路也和五月遭遇的蝸牛不同。不過，如同複製昔日經歷般老是遇到相似的怪異，究竟是怎麼回事？

「相似……應該說根本是粗製濫造。哎，若要說得詳細一點，吾之抓傷一半是被貓殃及。」

「被貓殃及……？忍，我從剛才就聽不太懂妳在說什麼，但妳說的『貓』也是剛才在某處戰鬥的對手嗎？」

「非也非也……吾和貓站在相同陣線，就各方面來說是夢幻同台演出。總之這種程度只是小傷，毫無大礙。吾才要說汝這位大爺沒事嗎？」

「啊……啊啊。和妳分開之後，我想想……關於那個『闇』的事件……」

在神原面前，這方面的事情我還想繼續隱瞞。我如此心想而打算慎選言詞說明，但這似乎是沒必要的顧慮。

「不。」忍說。「這方面吾已經略有耳聞。看來吾在各方面亦誤會四百年以上了。完全是吾之疏忽。」

「…………」

四百年。

這三個字使得我的記憶聯想到完全不一樣的事情。那個鎧甲武士要我轉告忍的話語。

借用四百年以上的妖刀……

不過，我現在該注意的是「略有耳聞」這部分。她是聽誰說的？臥煙小姐？

不，臥煙小姐目前和忍沒有交集。我首次見到臥煙小姐那時候，已經和忍斷絕連結。

臥煙小姐說好要再度幫我和忍建立連結……對了，為什麼待在這座浪白公園的不是臥煙小姐而是忍？這我也想問個清楚。

「哼，哪還用說嗎？」

忍從俯角如同睥睨般仰望我。如同瞧不起般仰望我。臉上洋溢極具虐待氣息的微笑。

「是踩踏汝這位大爺之女童說的。」

「踩踏我的女童？啊？啊？啊？奇怪，我完全聽不懂這是在說什麼……忍，至今只有妳曾經赤腳踩我啊？」

「吾可沒說是赤腳踩的。」

「唔！糟糕！這就是所謂的不打自招嗎？」

「感覺根本是不打全招了……」忍傻眼般搖頭。「而且啊，汝臉上還清晰留著可愛之腳印喔。」

「什麼！」

我面向神原確認。

神原尷尬說著「啊，嗯」點頭回應。

「我昏迷的時候究竟發生什麼事？這個問題我一直藏在心裡。」

「既然察覺就該講吧！妳被這樣的學長背著走居然還樂在其中？」

「即使我再怎麼尊敬阿良良木學長，我也不能介入您私底下的性嗜好……」

「為什麼只在這時候客氣啊？應該躍躍欲試吧！現在不是妳的主場嗎？歡迎批評指教啊！這時候才應該大剌剌放馬過來吧！」

「不過其實赤腳比較好吧？」

「並不是這樣！」

不會吧……我在鎮上徘徊的時候，臉上一直留著腳印嗎……嚴肅的氣氛根本蕩然無存吧？

斧乃木，妳到底踩得多用力？

「哎，就某方面來說，此為小說文字特有之陷阱。」

「不准說這是小說文字特有的。」

「哼……總之，原本吾氣到想把這種印記連同皮膚剝掉，但即使非吾所願，那個人偶姑娘亦救了吾，只有這次寬宏大量原諒她吧。」

忍說出極度危險，我不能當成沒聽到的話語，但是「救了吾」這三個字更不能當成沒聽到。

斧乃木不只是說明我的狀況，還救了忍？

「喂喂喂……忍，說真的，發生了什麼事？」

「就說了，真正想問的應該是吾……分頭行動之短暫期間，汝究竟發生了什麼事，導致臉上留下女童之腳印？」

「喔，我該回房間用真空管擴大機播放紙盒CD了。」

「不准用這種莫名其妙的方式耍帥。真空管擴大機與紙盒CD是怎樣？汝這位大爺腦袋真空，膚淺如紙嗎？吾在問汝為何臉上留著腳印。」

「老實說，就算妳這麼問，我也不曉得為什麼。」

我以為巧妙帶過，卻遭受更不留情的追問，就算這麼說，不只是這次的腳印事件，現在發生的所有事情，我幾乎都不知情。所以希望至少知道忍發生了什麼事。

「沒什麼，不值一提。吾與貓被猿猴襲擊時……陷入苦戰時，那個人偶姑娘突然出現，還令人感動地加入戰局，如此而已。叫什麼來著？那姑娘之必殺絕招『例外較多之規則』打碎猿猴之右半身。」

「…………」

斧乃木真是大顯身手。

縱橫各處。

換句話說，在補習班廢墟，在火場聽我說明之後去追鎧甲武士的斧乃木，不知道是基於偶然還是必然，邂逅了遭遇怪異現象的忍。

這麼想就覺得忍與斧乃木有著奇妙的緣分。初遇時明明是打得你死我活的交情。

當時是忍大獲全勝，但那時的忍強化到幾近極限。現在的忍和我斷絕連結，戰鬥能力和普通幼女沒什麼兩樣。即使是斷言粗製濫造的「猿猴」，忍也承認陷入苦戰，從她愛逞強又愛面子的個性來看，這其實相當稀奇……

「所以是在得救之後，從斧乃木小妹那裡得知後來的事情嗎？那麼……」

假設她當時得知「闇」的事件，那麼後來的鎧甲武士事件，她也聽斧乃木說明了嗎？不，看起來不像。如果忍早就知道，就不會再三問我發生了什麼事。

斧乃木基本上和忍不和，應該也沒義務說明這麼多吧。大概是向忍說明我預定和臥煙小姐會合的地點，也就是浪白公園的位置之後，匆忙離開繼續去找那個鎧甲武士了。

真是的，那個勤勞的傢伙。

我佩服斧乃木的行動力，但是在另一方面，斧乃木沒將那個鎧甲武士的事告知忍，我不知道該以何種心情來面對。

斧乃木已經告知的話反倒輕鬆。雖然抱著這樣的心情，但即使不用傳話，我認為告知鎧甲武士的事件也是我的職責，這是一種來路不明的自負。

「哎，彼此沒事就好。不，也不算是沒事嗎……」

「…………」

總之，光是活著就算沒事──這果然只是臥煙小姐個人的說法吧。

「聽說那個夏威夷衫小子之師父，可以修復吾與汝這位大爺之連結？人偶姑娘說既然這樣，吾也一起過來會合就好……但吾前來一看，汝這位大爺與那個師父都不在，所以……」

「嗯？『所以』就躺在鞦韆下面睡覺？這是哪門子的想法？這是哪門子的靈機一動啊？就算意外打一場架很累，要睡至少也該選其他地方吧？明明好不容易被斧乃木小妹搭救，好不容易結束戰鬥，為什麼要故意冒這種風險……」

「汝這位大爺。」

忍突然制止我。

洋溢虐待氣息的笑容消失，表情突然嚴肅。

「這件事晚點再說吧。很遺憾，戰鬥似乎尚未結束。戰鬥似乎尚未結束。」

「嗯？」

「看來吾等之戰鬥現在才開始。」

仔細一看，朝忍以下巴示意的方向看去，

「那個」位於公園廣場的正中央。

神原已經看得目不轉睛了。

犀利注視。

原來如此，確實如忍所說。穿雨衣的長靴猿猴。似曾相識的高大猿猴。

但是，只有左半邊。
斧乃木以「例外較多之規則」打掉的右半邊，是巨大的甲殼類。
以「蟹」填補為完整的身軀。

013

左半邊是猴，右半邊是蟹。
不是猴蟹大戰，是猴蟹合體。
這真的是小說文字特有的怪物。完全不知道兩者是怎麼連接起來的。
即使實體就在面前，也只覺得是虛像。
無法完全接受親眼目睹的光景。
只能以文字傳達。
這個猴蟹對我們散發敵意與惡意，研磨淬練的攻擊衝動。
我只能傳播這種感覺。

不過，這裡所說的「我們」，感覺只限於我與忍兩人。神原駿河這個女高中生似乎沒列入對象範圍。可以形容為「沒放在眼裡」或是「不以為意」。

但如果是金髮金眼的幼女就算了，被這種光看就覺得危險的怪物無視，我的學妹不會因而愉悅。她沒有變態到這種程度。

她當然也不會冒出「對方不理我，我真幸運♪」的想法。反倒會因而激昂。

證據就是她比我或忍更早架起左手備戰。

回憶這時候的狀況就覺得，比起出現在浪白公園，應該是追著忍前來的這種怪異現象，神原動不動就開打的個性或許更恐怖。

完全沒有這時代孩子的厭戰感。

沒有啦，面對鎧甲武士也勇敢對抗的神原駿河，即使這種像是合成獸的怪物當前，我也不期待她做出害怕尖叫逃走的制式反應，不過這傢伙處於危機狀況都不會受驚或發抖嗎？

當然會吧。就算她是全國大賽的明星選手，也依然還是高中生，更不是怪異專家。

不過，這個學妹懷抱著足以克服這種緊張的覺悟走過這一生，走到現在。

從小學時代，向猿猴許願並遭受報應的那一天，直到現在。

「我往右，阿良良木學長往左。」

「啊，嗯……」

而且她的指示恰如其分。

這麼一來，總覺得我才是學弟。她姑且把我當成戰力，我該高興嗎？

「上吧！」

「啊，遵命！」

我的回應變成「遵命」了。不提這個，但這次和鎧甲武士那時候一樣，試圖先發制人的神原再度出師不利。

有伏筆。

記得神原在逃離火災現場時說過她是左撇子，所以偶爾會左右不分。而且應該先踏右腳的她，實際上也搞錯變成先踏出左腳。

當時只是踏錯腳所以沒什麼大礙，但這次是跑錯方向。我在神原下令的同時開始行動，卻在第一步就撞到她。想往左邊跑的我，和同樣要往左邊跑的神原相撞。

第一步就能以最高速衝刺的腿力，使得神原引發蝴蝶刀現象（這是比較帥氣的講法）。我也和她摔成一團。神原以天生的運動細胞往前翻一圈立刻起身，我卻悽慘重摔在地。不得已，我以右手拍向地面，假裝做出柔道的受身動作，卻只被小石頭弄痛手掌。

居然假裝做出受身動作。

我是對誰虛張聲勢啊？

這次完全是左右不分的神原不對，不過綜合來看，不習慣並肩作戰的我們完全展露出凡人之姿。哎，畢竟雙人戰似乎需要相當高超的技術。

即使是能在籃球場發揮領導能力的神原駿河也不例外嗎……我重新體認到之前和忍並肩作戰都是多虧彼此的連結。

說到忍，我轉身一看，她不知為何坐在鞦韆上。面臨危機狀況時立刻應戰的神原也不同凡響，但忍為什麼在追殺她的怪異出現之後立刻玩起遊樂設施？這不是不同凡響，而是不合常理吧？難道她想假裝成幼女逃離危機？

話說在前面，即使比不上猴蟹，但是金髮金眼的幼女在深夜公園盪鞦韆，光是這樣就足以嚇死人啊？

我分神注意忍盪鞦韆的這時候，神原沒等我起身就再度行動。雖然我感覺被拋棄，但是實際上，神原是隻身面對怪物。那麼她其實是在保護依然倒地的我。

我們摔倒的這段期間，猴蟹合體的怪異當然也不是呆站在原地，並沒有乖乖當肉靶，而是朝我們接近。

不過，畢竟半邊身體是橫著走的螃蟹，所以速度不快。但因為動作奇怪到光是看見就想移開目光，所以即使速度不快，這動作依然無法預料、擾亂內心。

然而對於神原駿河的鋼鐵心理來說，怪物的動作甚至激不起一絲漣漪。以我的個性不敢輕易接近這個怪異，她卻一下子就衝到怪異的跟前，以包著繃帶的左手連續出拳。曾經拆掉鎧甲武士一次的強力拳頭。

神原雖然是運動健將，卻不像火憐在練空手道，所以出拳時不會高聲吆喝，但我即使在遠處觀看，也知道她這一招完全沒放水。

然而，這一拳被擋下了。

被猴蟹右半邊的螃蟹部分——被蟹螯擋下。

「……………！」

這幅光景若以猜拳來形容，就是石頭輸給剪刀。回想起來，螃蟹是外骨骼生物，或許應該預料到毆打的效果差強人意。

神原在這方面思慮不周。既然是隻身攻擊，始終應該攻擊猿猴那一邊。

就算這麼說，但是和移動速度比起來，蟹螯的動作快得匪夷所思，簡直像是「沒有重量」般成為盾牌擋住神原的拳頭。

而且，神原本應鎖定的左半邊，猿猴的那半邊開始反擊。

猿猴的手抓向神原。

將忍抓得滿身傷的爪子，神原扭動身體，以毫釐之差躲過。

毫釐之差。應該說一件衣服的厚度。

運動服破了。

糟糕，現在的神原沒穿胸罩！

我鞭策疼痛的身體站起來。體內軋軋作響。不只是剛才摔成一團時的痛楚，擺脫迷路現象時的跌打損傷，以及鎧甲武士肩撞的打擊都還累積在體內。

這時候我也再度體認到，自己這段時間是多麼依賴吸血鬼的不死特性戰鬥。然而這種反省是之後的事。

現在無論如何，即使不是不死之身，我也非得去支援神原！

「汝這位大爺，且慢。」

就在這時候，後方的鞦韆傳來聲音。

不知為何處於觀戰模式的忍說話了。

且慢什麼？那個猴蟹至少左半邊是追殺妳來到這裡的傢伙吧？為什麼在這時候變成觀眾？就在我喘口氣想如此吐槽的時候……

「用吧。」

忍這麼說，扔了一個東西過來。

一時之間，我不知道忍扔了什麼過來，反射性地伸手去接，卻在最後關頭看出那是什麼東西。

「咦？唔喔喔喔喔喔！」

我在千鈞一髮之際躲開。當然不像神原躲得那麼俐落，好不容易站起來的我再度趴到地上。如果神原是以一件衣服的厚度躲過猴蟹的爪子，我就是以一層皮的厚度躲過這個物體。

這個物體。

也就是日本刀——大太刀。

插在地面的出鞘長刀。

「妳……妳做什麼啊！真的想剝下我的皮膚嗎？」

「把吸血鬼當成生剝鬼是吧？」

忍維持扔出刀的姿勢，就這麼坐在鞦韆上毫不內疚地說。

「用吧。」

然後，她再說一次。

我也察覺這把刀是什麼刀了。

忍野忍平常收在自己嬌小身軀的妖刀──「心渡」。

斬妖除魔的利器。

別名「怪異殺手」。

「…………」

「無須躊躇，『那個』是怪異亦不是怪異，是怪異前身之『髒東西』。即使砍了也不會遭受報應。」

確實，不用說，現在不是躊躇的時候。

我握住直立在公園地面的大太刀刀柄，當成石中劍拔起來。

當然不是石中劍這種神兵。

追根究柢，這把太刀不是完全原創，是某人以自己的血肉辛苦打造而成……
——鎧甲武士缺了刀果然不算完整——
——畢竟借了四百年——
「喔喔喔喔喔喔喔喔喔喔！」
我如同要揮別所有迷惘般吶喊振奮自己，握著這把刀往前跑。我跑的速度當然沒有我想像的快吧。
畢竟很重。
而且長到難以操控。
我可以理解忍為何放棄戰線跑去邋鞦韆。幼女的身高體型不可能操縱這麼長的武器揮砍。
「…………」
不，我還是不能理解。
妳也給我工作好嗎？稍微學一下斧乃木好嗎？
忍基於和神原不同的意義慣於指使他人。我從她面前跑到猴蟹那裡大約需要十秒。神原在這段時間當然持續奮戰。

運動服各處已經殘破不堪。

神原衣服絕妙的殘破程度，令我以為她是故意以毫釐之差閃躲攻擊，但即使是變態也終究無法拿捏得這麼精巧。她背對這裡，看起來沒察覺我扛著大太刀跑過來。

這把妖刀是用來斬殺怪異的刀，不是斬殺人類的刀，所以即使就這麼將神原連同猴蟹一起砍下去，她肯定也毫髮無傷，但就算我的大腦知道這一點，是否能實行也另當別論。

舉例來說，這或許像是愛狗人士因為狗吃巧克力會中毒，所以自己也不吃巧克力那樣。

上次的貓事件也和這次不同。咦，這麼說來，忍剛才話中提到的「貓」，我總覺得好像說明得不夠詳盡？

「神原，躲開！」

我一邊大喊，一邊高舉刀。雖然完全是外行人的身手，但日本刀出乎意料打造成外行人也能使用。因為以本身重量就能砍劈。

原本擔憂專心戰鬥的神原是否聽得到我說話，但我白操心了。籃球有一種不看對方就傳球的盲傳，神原在這時候也是神乎其技，頭也不回就躲開後方握刀接近的我。

不，既然她沒回頭，就不知道我拿著大太刀，但即使預先看到，或許也會展現出完全一樣的動作吧。她的閃躲就是如此明白妖刀「心渡」的刀路。

不出所料，我揮下的刀沿著猴蟹的中線，劈向軀體軸心。

如同該處劃上切割線，猴蟹毫無抵抗就被劈成兩半——左右兩半。

左半邊的猴。

右半邊的蟹。

真的是正如字面所述，一刀兩斷。我至今揮過這把大太刀好幾次，但我敢斷言這次劈得很漂亮。甚至不只是兩斷，而是決斷。

不過到頭來，即使手感軟得像是砍豆腐，我也第三次摔在公園地上，所以絕對不算是劈得乾淨俐落。在一場戰鬥中摔倒三次居然還活著，我自己都覺得不可思議。

刀再度深深插在地面，一副要劈開地球的樣子。大概是握得太用力導致肌肉僵硬，我的雙手沒能放開刀柄。我就這麼四腳朝天，如同在沙灘打西瓜失敗的姿勢。

「呼……呼……呼……」

是沒錯啦，獲得這種像是作弊的神兵參戰，所以這種掃興的結局，就某方面來說是理所當然……不過膽小如我還是忍不住鬆了口氣。

一個晚上連續遭遇這麼多怪異現象，可不是常有的事。而且或許還完全沒有結束的跡象。

沒有結束……

真的沒有結束。

「阿良良木學長，危險！」

即使劈成兩半，猴蟹也還沒結束。不，猴蟹結束了。但是尾巴還沒結束。

至今沒看見的那條尾巴。

蛇。

雙頭蛇——不是被劈成兩半，原本就分成兩個頭的蛇，分別朝我與神原齜牙咧嘴。

據說鵺這種妖怪的頭部是猴子、尾部是蛇，難道這個怪異不只是將猴與蟹組合起來，還加入蛇？

蛇。

蛇切繩。

襲擊我妹妹阿良良木月火的朋友——千石撫子的毒蛇。劇毒甚至能讓吸血鬼回復力失效的詛咒朽繩。

明明自己也受到蛇牙威脅，但是提醒我注意的神原，只有在這時候沒閃躲。

不用說，我也沒閃躲。

以我的狀況應該說按照慣例沒閃躲嗎？

我依賴的妖刀「心渡」則是刀身幾乎插入地面，不可能像剛才那樣迅速抽出來。

毫無情感的蛇眼捕捉到我們兩人。

然後，兩根利牙插向……

「喀喀，總之表現得不錯。」

結束了。

從猴蟹變成的猴蟹蛇，這次真的邁向末路了。

忍野忍不知何時站在我的影子上，企圖咬我脖子的蛇，以及企圖咬神原左手的蛇，忍以楓葉般的雙手各抓住一隻，就這麼毫不留情捏碎蛇頭。

然後她這麼說。

「六十二分。」

014

六十二分。

身為考生，打這個分數令我內心刺痛，不過以實際問題來看，我至今的表現只有在公園廣場摔倒兩三次，所以這樣的評價算是非常妥當吧。總歸來說，忍之所以坐在鞦韆上始終當個觀眾，似乎是想見識我獨力能做到何種程度。

或許不是想見識，是想看透。

難怪之前我跪伏好幾天才借得到的妖刀，這次卻輕易就借給我。

「此等對手應該很適合用來測試本事。」

這是她的說法。

現在不是拿出這種觀念的時候吧？妳還不是被斧乃木救的？我很想毫不客氣盡情抱怨，不過對忍來說，這似乎是觀看角度的問題。

就我這個外行又缺乏知識的人來看，猴蟹合成獸看起來就很恐怖，看起來就令人毛骨悚然，不過就忍來看，是臨場隨意拼湊而成的怪異現象。

忍光是應付單隻猿猴就陷入苦戰，被抓得全身是傷，不過被斧乃木打碎半邊身體之後以其他怪異現象填補的這個「髒東西」不足為懼。

就像是劣質品故障之後，拿其他劣質品拼裝到勉強能動的大雜燴。

「實際上，整體戰力似乎亦下降了。那傢伙只以單隻猿猴攻擊吾那當時會操縱『雨』。那是棘手之技能。」

「雨」？

這麼說來，「蟹」那半邊的動作就像是擺脫重力的束縛。「重量」。

這種能力莫名耐人尋味。換句話說，從我的角度來看就是「雖然知道，卻和我知道的不太一樣」。蝸牛那個事件也是如此。

總之，剩下半邊的「猴」甚至失去了操縱「雨」的能力。

因為挨了斧乃木的「例外較多之規則」，所以戰力減弱。

真要說的話，追過來的這個麻煩現象，忍交給我們收拾善後。不對，收拾善後的工作是從「現在」開始。

而且這真的是忍負責的工作。

被劈開的猴與蟹，以及頭部被捏碎的蛇，忍開始大口啃食。忍是吸血鬼，是怪異之王，她這麼做是在攝取營養，雖然這麼說，但這幅光景相當不忍卒睹……

即使是變態神原駿河，終究也移開目光不看忍的這個行為。若要比方的話，就像是看到小貓凌虐老鼠再吃掉的感覺吧？

總之，注視吸血鬼用餐是違反禮儀的行為，而且我想讓神原分心。

「還好嗎？有受傷嗎？」

所以我這麼問。

就我看來，神原完全躲過猿猴的爪子攻擊，卻無法掩蓋運動服的損害程度。即使各處裸露卻神奇地沒有情色的感覺，可見神原是擁有健康美的運動少女。

就算這麼說，也不能一直讓學妹維持這副模樣，所以我脫掉上衣借她穿。不過這件連帽上衣到頭來是忍製作給我的。

「嗯，沒受傷……嘻嘻，好溫暖。有阿良良木學長的味道。」

「那個，可以別講這種戀愛喜劇的台詞嗎？」

「具體來說，是阿良良木學長汗水滲入衣服的味道。」

「也不要說得這麼具體。」

畢竟忍製作這件衣服給我至今，我好幾天沒換衣服了……這部分只能讓她忍著點。

「不過，可以嗎？我穿這件之後，阿良良木學長不就打赤膊了嗎？」

「並沒有打赤膊。不准因為只有文字敘述就亂講話。」

我穿著T恤。

哎，雖然這麼說，不過即使在夏天，晚上只穿這樣還是有點涼意。

「嗯。那麼，等我一下。」

神原說完拉起連帽上衣的拉鍊，在衣服底下動來動去。她從袖子縮回雙手，感覺像是在準備變魔術。

不久，她從胸口抽出穿在裡面的運動服。看來是從連帽上衣底下俐落地脫掉運動服。

「這是運動社團女生的必備技能。穿吧。」

神原說著將脫下的運動服交給我。原來如此，這樣就變成交換上衣了。

「阿良良木學長並不是沒穿胸罩，所以穿破相的運動服應該也沒問題。」

「『我並不是沒穿胸罩』這種說法有點問題。」

「破相的運動服」這種說法也很有問題，但這是國語的用詞問題，所以我不計較這種細節。

我沒穿過女生運動服，不過是我先半強迫她穿我的衣服……所以我很難拒絕這份好意。

老實說，我有點不好意思，不過神原是運動員，或許意外地早就習慣交換隊服吧。

我這個小心眼的學長，不希望學妹看到我間接接吻或共用筷子就不好意思的一面，所以我假裝毫不抗拒地穿上女用運動服。

「喔喔，阿良良木學長好像搖滾巨星耶。」

「搖滾巨星不會穿運動服吧？」

「咦～～不過那件運動服很貴喔。」

既然神原這麼說，應該真的很貴吧。

我害得這件高價的運動服變得破相……更正，變得破爛，我再度對此反省。

「神原，把妳捲進這種事，真的很抱歉。到頭來，籃球選手應該嚴禁鬥毆才對。」

「阿良良木學長，您很煩喔。聽您這樣一直道歉，我甚至會懷疑您是否真的覺得自己錯了。」神原以大方的態度說出意外嚴肅的話語。「無須擔憂。我是籃球選手，但我更是阿良良木學長的親衛隊隊長。」

「等一下，妳什麼時候組織這種神祕部隊了？就我所知，護衛我的傢伙只有妳吧？」

就戰場原看來已經不是護衛了。

勉強說的話，最近的斧乃木算是護衛。

「不，沒問題。我的粉絲團成員全部自動編入阿良良木曆親衛隊。」

「真恐怖的機制。既然這樣，那不就是妳的親衛隊了？妳的親衛隊居然是由妳自己當隊長？」

看過妳今晚的帥氣模樣，我都想加入妳的粉絲團了。我妹妹阿良良木火憐加入的那個組織……不過記得是非官方組織？

「總之，動用暴力確實不妙，但這又不是打架……」

神原說著看向忍。忍剛好用完餐。體格大概是忍三到四倍的猴蟹蛇被吃得乾乾淨淨。

「希望生食別弄壞肚子就好了。」

神原擔心這種沒必要的事。

「啊，這裡的『生食』不是『生理食鹽水』喔。」

「妳這個註解才是沒必要的擔心……喂～～忍？」

「嗯？」

轉過身來的忍，身上的抓傷已經消失。似乎是吃怪異吸取能量之後回復了。

哎，「食療」算是一種健康的系統……能量吸取是吧……

最後，忍像是在吃甜點般，把插在地面的妖刀「心渡」當成大頭菜拔起來，收入自己的身體。

明顯比忍身高還長的大太刀，忍就這樣直直吞下去。這看起來也像是在變魔術，卻絕對不是幼女的必備技能。

不，原本這也不是吸血鬼的必備技能。

到頭來，妖刀「心渡」不是鐵血、熱血、冷血之吸血鬼的武器。

是除妖專家揮砍的武器。

忍野忍原本是被這把大太刀砍殺的對象。

「久等了。吾吃得好飽。」

「哎，應該吃得很痛快吧。」

「好啦，那麼汝這位大爺，繼續剛才之話題吧。」

「妳說繼續……那個，剛才在討論什麼？」

「不是討論小忍為什麼睡在鞦韆下面嗎？」

神原從旁告知。

對喔，我都忘了。

「順帶一提，鞦韆的日文發音是『blanko』。」

「這種事用不著告知。」

「順帶一提，『blanko』音節對調一下就變成戀兄情結『blakon』，所以我看到兄妹盪鞦韆就會心跳加速。」

「這種事更用不著告知。」

「咦？那兩個孩子，該不會……？」

「並沒有。」

「心跳加速，充滿期待！」

「妳的發言令我緊張得心跳加速。慾望薰心的傢伙。」

「雖說充滿期待，但其實是充滿疑惑。」

「我則是充滿殺意。」

火憐這把年紀還會盪鞦韆玩，希望神原別講這種話令我無謂起疑。

忍等待我和神原結束對話。

和剛才一樣，感覺忍不把神原這個人類當成交談對象，不過看來她至少貼心等我們完成這段風趣的拌嘴。

只是老實說，剛經歷那麼危險（先不提對忍來說是否危險，對我來說很危險）的戰鬥，如今忍睡在鞦韆下面的原因一點都不重要……但既然剛才問過一次，「這件事就別管了」這種話我很難說出口。

「就是連結啊，汝這位大爺。不是講到吾與汝這位大爺之連結非得回復嗎？否則應付那種不成材之怪異都會陷入苦戰。」

「嗯……？可是，回復連結和躺在鞦韆下面有什麼關係？那個，這得拜託專家處理吧？」

「汝這位大爺，這種事都是熟能生巧。汝這位大爺自己躺在那個位置看看就知道了。」

「……咦？」

「這麼做就會看到一些端倪喔。好了，我們走吧。」

忍說著走向鞦韆。現在的忍沒被我的影子束縛，可以自由移動。不，就算她像這樣先走，我也不會這麼做啊？我可不幹啊？躺在鞦韆下面的遊戲，只能玩到小學二年級吧？

很抱歉，我已經十八歲了。

如此心想的我跟著忍走過去，接著忍又上了鞦韆。雖然這裡說了「又」，但是不同於剛才當觀眾欣賞我與神原的戰鬥，忍那時候是坐著，這次是站著。

站著盪鞦韆。

這件事或許沒什麼關係，但還是說明一下供各位參考吧。現在的忍穿著連身裙。她穿裙子。

在這種狀態站著盪鞦韆。而且盪得挺高的。

「阿良良木學長，這裡由我代勞吧。」

「不，我不能讓寶貝學妹做這種事。這任務對妳來說還太早。交給我吧。」

我們爭奪起鞦韆下方的位置。

直到剛才都沒人下標的土地，競標率突然飆高。競標的當然只有兩人，所以機率或許只有兩倍吧，但是想到原本是零，天底下沒有比此更駭人的事了。

號稱拿任何數字來乘都是零的那個零，居然不只成為1，甚至成為2。不愧是從中世活到現在的吸血鬼，鍊金術深不可測。

「不不不，阿良良木學長，您硬是叫我過來，害我被捲入莫名其妙的戰鬥，如果您對我抱持一絲愧疚，這時候應該讓給我吧？」

「為什麼這時候態度突然強硬起來？無私無慾的立場去哪裡了？」

「我要求以物易物。我想留下美好的回憶。」

「妳根本是慾望的聚合體吧？不，但我比妳大一歲，所以神原，這時候不是應該重視長幼有序嗎？」

「我想重視的不是長幼之序，是超幼之女。」

「超幼之女是什麼？不准幫忍取奇怪的稱號。我知道了，用猜拳決定吧。」

「猜拳……是可以揍人的猜拳嗎？」

「天底下哪有可以揍人的猜拳？」

「七龍珠初期，孫悟空用的那種猜拳。」

「真令人懷念啊。」

真希望他能在超級賽亞人狀態用那招一次。

「知道了。那就猜拳。」

「嗯。不准記恨啊。」

「這很難。」

「居然會記恨？」

「剪刀，石頭……」

布。

神原出剪刀，我出石頭。神原的剪刀當然不是蟹螯，所以我贏了。我趁她還沒記恨時，如同要盜三壘的二壘跑者，以滑壘的感覺迅速鑽進鞦韆下方。

……唔哇，超恐怖！

比怪異還恐怖！這是什麼？

鞦韆明明盪得不是很快，不過硬物在眼前數公分處前後擺盪，原來具備這種魄力！

鐘擺的速度不是取決於重量，而是長度，不過鞦韆可以依照手抓的位置，在某種程度下控制速度。忍故意藉此控制緩急，擾亂我的視野。

雖然是縱向，卻總令人覺得像是斬首鐮刀擺盪的行刑工具。這樣的話根本看不到幼女或任何東西吧！

忍將我送進這種位置，究竟想讓我做什麼、理解什麼？雖然現在才想到，但我認為忍想說的慣用語不是「熟能生巧」，而是「百聞不如一見」……嗯？

我在這時候察覺了。

我一邊對抗硬物在面前擺盪的恐懼，一邊將動態視力發揮到極限，忽然間察覺那個東西。想到這時候的我只有普通人的視力，我能發現算是了不起了。即使身手只有六十二分，視力應該可以評為二·〇吧。

鞦韆背面貼著一張大頭貼。約好在這裡見面的專家臥煙伊豆湖小姐，在上頭擺出可愛的姿勢。好年輕。

而且她在這張貼紙親筆寫下這行字。

「變更→北白蛇神社」。

015

北白蛇神社——至今提過好幾次，是我們城鎮小山上的某座廢棄神社。崩塌的神社與老舊的鳥居依然就這樣棄置沒清除，反過來說，這裡應該還接受某處的管理，不過就我所見，這裡是完全被遺忘的場所，我不認為會有任何香客造訪。

要不是忍野派我去過一次，我大概也永遠不知道這座神社吧。指定這種地方會合，不愧是「無所不知的大姊姊」。

老實說，不久之前——暑假的最後一天，我與忍去過那座神社，所以是沒隔幾天就再度造訪。

夜晚的山，夜晚的神社。

這樣像是在試膽，我不太想積極前往那種地方，不過走到這一步也沒辦法回頭了。哎，天色肯定會在我們移動的時候變亮吧。

我阿良良木曆抱著這種心情，和幼女忍野忍、變態神原駿河，從浪白公園移動到下一個舞台。

原本擔心神原又要求我背她的話怎麼辦，然而不知道是在忍面前有所顧慮，還是身體狀況已經完全回復，抑或是忘得一乾二淨，總之她沒開口要求。忍同樣不像以往要求坐在我的肩膀上，也沒有躲進影子。

忍沒躲進影子，應該是因為連結還沒回復，但她沒要求坐在我的肩膀上，並不是在意神原的感受。忍在同行途中幾乎沒和神原互動，不可能只在這方面在意神原的目光。

應該是離開浪白公園時，我說的那件事影響忍的心情吧。不，她自己大概會否定，但我這麼認為。

我說的那件事——也就是傳話。

老實說，我直到開口都一直猶豫是否該說出來。但是這個事件已經不只是我與忍之間的問題，我想到現狀就不得不說。

這樣像是完全按照那個鎧甲武士的劇本走，我對此不太高興，但是在補習班廢墟焚燬，我不只迷路還被猴蟹蛇襲擊的現在，那個傢伙的存在與訊息，我不能一直瞞著忍。

「『在下再稍微回復之後，將會前往討回在下重要之妖刀「心渡」……『畢竟借了四百年，最好對逾期費做足心理準備啊』。」

忍聽完之後，若有所思地複誦。

「那名武士是這麼說的？」

「嗯……然後他大笑離開。」

「怎麼笑的？」

「啊？」

「所以說，他是怎麼笑的？重現一次。」

「…………」

要我重現？

這真是強人所難……

「『哈！『哈！『哈哈！『哈哈哈！『哈哈哈哈！『哈哈哈哈！『哈哈哈哈！『哈哈哈哈哈！『哈哈哈哈哈哈哈哈哈哈哈哈哈哈哈哈哈哈哈哈哈哈哈……』大概是這種感覺。」

「嗯。」

我自認重現得很完美，忍卻連笑都不笑，反倒是板著臉，就只是默默思考。既然提出要求，就應該負責任回應一下吧？我冒出這種心情。

「忍，雖然只是我的猜測……」

我耐不住沉默，想說出我首先想到卻應該不可能的可能性，忍卻制止了。

「別在意。」忍說。「不可能。這只是謊言。」

「妳……妳說這是謊言，可是……」

「那個男的四百年前就死了，吾親眼清楚目擊。即使天地倒轉、日夜顛倒，亦只有這件事千真萬確。那番言詞荒唐到不值討論。」

「不，可是，忍……」

「甚至可以形容為荒腔走板。」

「不，我很難理解為什麼要刻意形容為荒腔走板……」

「假設那名武士是偽裝成『他』，應該是基於某種企圖。」

「…………」

「或許是想讓吾與汝這位大爺驚慌失措，所以別在意。只能這樣了。無論對方有何種意圖，那把妖刀，那把『怪異殺手』……」

忍說到這裡笑了。

終於笑了。

「吾都不會讓給任何人。那傢伙若是那個猴怪之幕後黑手，下次將由吾親自斬殺。無須多說什麼了。」

……這個話題就此結束。

我個人想再稍微深入這個話題，忍卻以言外之意抗拒。具體來說，她以自己的肋骨為話題聊下去，轉移我的注意力。等我察覺的時候變成在討論完全不同的事，沒能回頭討論鎧甲武士。

只是，我實在不認為忍沒在意到能夠對我說「別在意」的程度。不只是因為她沒要求坐我肩膀，也是基於我的直覺。

忍絕對沒變得少講話，態度也沒有反常，不過正因為我這半年來始終和忍異體同心，所以我沒什麼根據就這麼認為。

……然而既然這麼說，那個鎧甲武士也有權利這麼認為吧？

不用什麼根據就這麼認為的權利。而且說不定是比我更強的權利。

幸好從浪白公園出發，爬山前往北白蛇神社的路上，我們沒遭遇其他怪異現象的襲擊。

蝸牛。猿猴。蟹。蛇。

照這個順序，我以為接下來將會是蜂或不死鳥擋住我們的去路而提高警覺，因此覺得有點掃興。不過這也代表我們沒遭遇這種阻礙。

這麼一來，我就越來越搞不懂法則了。現在究竟發生什麼事？臥煙小姐想讓我們做什麼？

追根究柢，斧乃木獨自負責的工作全貌為何？

隨著時間經過、隨著事件進展、隨著登場角色增加，謎題就只是不斷增殖，一切都朝著不明的方向前進。

不過，這部分已經不需要思考了。

只要登頂，這次肯定真的可以和臥煙小姐會合，我們也能得到說明。我和忍的連結也將在相隔數天後回復。

清晨終於來臨。解謎的時刻終於來臨。

……像這樣打著如意算盤，說不定臥煙小姐又沒在神社，說不定今晚的我就是如此好事多磨。但他確實位於北白蛇神社凌亂不堪的境內。

臥煙伊豆湖。

業界的泰斗。

專家的總管；忍野咩咩、貝木泥舟、影縫余弦的學姊；神原駿河的阿姨；無所不知的大姊姊。

臥煙伊豆湖就在那裡。

她的衣服和前幾天我在某座村莊見到時不同，但寬鬆的ＸＸＬ衣褲以及壓低的帽子是別具特色的打扮，一眼就認得出她。

臥煙小姐坐在崩塌神社的香油錢箱前方階梯處，一邊滑手機做事，一邊迎接我們三人。不，看機體尺寸應該不是智慧型手機，是平板電腦。她一察覺我們就露出開朗的笑容舉起一隻手。

「嗨，曆曆，我等好久了。」她說。「晚安……不對，這時間好像該說早安了？歡迎你們，很高興終於成功會合了。等我一下，我很快就告一段落。」

走近一看，臥煙小姐並不是在用平板電腦工作，而是玩網路遊戲。

……居然在別人遭遇危機的時候玩遊戲。

不過她靈巧的手指以及俐落的玩法，使我不小心看得入迷，完全說不出這種抱怨的話語。

「呼。好，結束。」

我不知道現在是什麼狀況，也不知道哪裡結束，臥煙小姐就這麼關閉程式。她將平板電腦放在身旁，接著從褲子取出另一支手機。

這次是寫電子郵件。

「我在寫公務郵件給余接，告知我順利和曆曆會合。所以我讓她帶著兒童手機。哈哈哈，看來那個人偶很在意你的安危，真不像她的個性。雖說『看來』，但其實看你的臉就知道了。」

「臉？」

我疑惑心想她在說什麼，卻立刻想到答案。我不小心忘到現在，但我臉頰現在被斧乃木踩出一個腳印。

臥煙小姐該不會從這個腳印誤會我和斧乃木玩得很開心吧……但我實際上只是被斧乃木一邊欺負一邊說教。

「『曆曆現在很好喔』……寄出。好，抱歉久等了。忍野忍小姐、神原駿河小姐，妳們好。」

臥煙小姐打完郵件收起手機，終於將整個人轉向我們，雙手放在大腿上，深深低頭。

事到如今像這樣禮貌、恭敬地問候又有什麼用……我不禁傻眼，但臥煙小姐接下來說出不只令人傻眼的驚人之語。

「我是『忍野』伊豆湖。妳們熟悉的忍野咩咩，我是她的妹妹喔。」

016

說謊說得這麼光明正大，我啞口無言。不，我也絕對不是誠實到稱得上老實人的傢伙，但人類原來能這麼大膽說謊，我不禁語塞。

咦？

不，記得這麼說來，雖然我被暗示別講明，但臥煙小姐是不是在擔心我找神原出來的時候，說不定已經告知她的真實身分？

畢竟以我的口風，就算不是故意的，也可能脫口說出臥煙小姐的名字。啊，對了，雖然我早就知道這個情報，但這個人是那個不祥騙徒貝木泥舟的學妹。

那個大騙子在這座城鎮引發超乎想像的大規模詐騙遊戲，昔日甚至騙過戰場原黑儀，臥煙小姐是這種人的上司。到頭來，要求她誠實過生活就是一種錯誤。

不過，強制把我拖下水成為說謊共犯的這種手法，就某方面來說堪稱比貝木惡質。天啊，我不得不配合她一起說謊。

我可沒大膽到在這時候說「慢著，不對吧，您不是姓臥煙嗎？」這種話。

臥煙小姐當然是連我的這種個性都看透才這麼說吧。她以舒暢的笑容看我，但言外之意似乎暗示「你懂我的意思吧？」這樣。

「喔……那個夏威夷衫小子居然有妹妹。聽完一看確實挺像的。」

「…………」

……忍也被騙了。

總之，先不提聽完一看是不是很像，忍原本就是不同種族，不太能分辨人類個體的差異，甚至可能連雌雄都不分。

姓名與長相也完全記不得。她不想記。

「哈哈哈，大家經常這麼說喔。嗯，家兄似乎造成各位的困擾，我感到很抱歉。」

臥煙小姐毫無愧疚之意。

語氣如此自然，知道真相的我甚至認為這個人腦袋真的出問題，認為她真的把自己當成忍野的妹妹。

……不過仔細想想，臥煙小姐是忍野的學姊，所以即使要說謊，好歹也應該自稱是姊姊吧？

為什麼是妹妹？

為什麼要在這種地方無謂謊報？

「我是神原駿河。」

總之，先不管是真是假。

臥煙小姐自我介紹之後，神原如此回應。

「職業是阿良良木學長的色情奴隸。」

「妳真的對任何人都這樣自我介紹嗎？」

不知道該說是意外的幸運還是交情夠好，神原的發言我就敢吐槽。不過也可以說是因為這邊的問題比較嚴重。

「哈哈哈，這樣啊。色情奴隸是吧。趁著還年輕豪放一點真棒。」

臥煙小姐表達理解之意。

妳的姪女變成這樣很嚴重耶？我原本想這麼說，但既然她沒自稱是阿姨，或許就不能透露這方面的關係……

說到長得像不像，血緣三等親的神原與臥煙小姐明顯長得不像。哎，或許單純是我和神原交情太好，所以能夠清楚區分吧。但至少神原與臥煙小姐的五官與各部位都不太像。我不知道神原母親的長相，神原單純是長得像父親嗎？

慢著慢著，朝善意方向思考吧。

努力朝善意方向思考吧。

接下來必須請這個人詳細說明我與忍的現狀，更重要的是說明神原的現狀，如果臥煙小姐只是本性難移而撒這種謊就麻煩了。

背後肯定有某種理由（希望有）。非得隱瞞身分的理由。

正常來想，可能因為神原的母親臥煙遠江基於各種隱情和神原家斷絕關係，所以在神原面前不能說自己姓臥煙……

說得也是，臥煙小姐始終不是想見生離多年的姪女，是因為工作需要神原的「手腕」才找她過來……如果自稱是忍野的親人，至少對我們來說，她的怪異專家身分就更具說服力。

這麼一來，我果然不能在這時候揭穿臥煙小姐的謊言……只能見機行事。

但是既然這樣，至少我非得提防臥煙小姐，提防這個開朗的大姊姊。不曉得這個人會在哪裡說謊。

看起來清純，實際上卻亂七八糟。

對於不知世事的高中生來說太刺激了。

「那麼各位，趕快進入正題吧。來談正事。」

臥煙伊豆湖——忍野伊豆湖張開雙手說。這個動作或許是強調要打開胸襟，但我反倒想要正襟危坐。

「首先，將你們來到這裡之前體驗的冒險說給我聽，將你們的物語鉅細靡遺說給我聽吧。大姊姊最喜歡聽別人的人生了。」

「那個……那我就說吧。不過斧乃木小妹應該向您報告過了，我說的可能和她的報告差不多。」

「沒關係。即使是相同的事情，只要角度不同就可能成為不同的物語。何況即使除去這一點，聽余接說明完全聽不出情緒起伏，只是條列事實，這樣不算是物語喔。」

看來她對「物語」這個說法有自己的堅持。這方面不愧是自稱妹妹，從學姊學弟的關係來看，和忍野或許有共通之處。

都市傳說。

街談巷說。

道聽塗說。

只不過，我今晚的體驗不一定值得成為這種東西。無論如何，時局已經無法收拾，進退兩難，走到這個地步，掩飾也沒有意義。我如實說出今晚發生的事。

神原就在我身後，所以我說明時當然必須隱瞞該隱瞞的部分，但我盡量如實說明。

出現在補習班廢墟教室的鎧甲武士。

失火的廢墟。託付的訊息。

到不了任何地方的迷路現象。

猴蟹蛇的怪異合成獸。

即使是專家，即使是忍野的學姊（表面上是妹妹），臥煙小姐依然是人類，所以忍也把她當成神原那樣不予理會，沒有主動說明，因此關於忍遭遇操縱雨的猿猴並且交戰的過程，也由我就自己所知進行說明。

只聽忍的說明，我並不知道那場戰鬥的細節，不過既然直接參與這個事件的斧乃木已經回報，這部分只要講個大概就好吧。

忍不會直接和我以外的人說話，這副模樣看起來很像王宮貴族，但臥煙小姐看起來沒有因而壞了心情。

她愉快地聽我說明約三十分鐘。聽我說完。

「曆曆不愧是經驗老到耶，講得很有趣。簡直是說書人。英俊的說書人。」

臥煙小姐笑咪咪地點頭。

我個性單純，聽到這樣誇獎會很開心，但是回想起來，我並不是想得到誇獎或是想開心才對她說明。也不能在講完自己的歷險之後下台一鞠躬。

說著說著，我想起在第一學期，只要遭遇怪異奇譚就騎腳踏車到那棟補習班廢墟，找專家忍野咩咩商量的那段時光，心情上有點感傷。但是到頭來，我來這裡並不是想拿今晚的體驗找臥煙小姐商量。

不對，我得請她幫忙回復我與忍的連結，也必須請她保護神原。雖然確實得協商這兩件事，不過追根究柢，我們是為了協助臥煙小姐的工作而來到這裡。是接受委託而來到這裡。

即使如此，我們卻捲入麻煩事，她還臨時變更會合地點，害我們吃盡苦頭。希望她為此負責。

「哈哈哈，曆曆，別講得這麼小心眼啦，你這朋友真不值得交。你這麼做會失去朋友喔。」

「我的朋友沒有多到可以失去。」

我自認講出很帥氣的台詞，卻莫名變成非常悲傷的台詞。說著說著，天空終於亮起來了。

看來我今天應該也沒辦法上學。我就算了，但是害神原蹺課，做學長的我感到愧疚。

另一方面，忍似乎很睏。看來夜行性的設定完全消失了。

雖然在鞦韆下面睡過，但可能是用餐吃飽之後又睏了。

不過，臥煙小姐說出令忍清醒的話語。

「我先說結論吧。」以毫不在乎，感覺不到重要性的話語說。「那個鎧甲武士是四百年前，由小忍的前身，傳說的吸血鬼，稀有種，鐵血、熱血、冷血的吸血鬼，怪異殺手的怪異之王——姬絲秀忒·雅賽蘿拉莉昂·刃下心吸血製成的第一個眷屬。」

換句話說，春假被小忍吸血成為第二個眷屬的阿良良木曆小弟，他算是你的前輩。基於『初代怪異殺手』的意義來看，也算是小忍的前輩吧。」

「…………」

「…………」

「…………」

即使賣關子，裝模作樣，營造氣氛說出這個結論，我們當然也毫不驚訝吧。即使是在這件事屬於局外人，應該不清楚細節的神原，應該也已經預料到這個答案。

只能說果然如此。

只能說我早就知道是這麼回事。

然而同一時間，對於這樣的結論，我無法壓抑內心否定的情感，無法壓抑湧上心頭的衝動。

雖然只能說果然如此，只能說反正就是如此，但我無論如何都想否認，想反駁絕對不是這樣，不可能有這種事。

我不是想聽這種說明。

我整晚爬山不是想聽這種門外漢都說得出來的說明。是想得到專家特有，令我頓時清醒的犀利見解。

不對。

她確實說出令我頓時清醒的見解。

「……喂，汝這位大爺。」

首先起反應的果然是忍。但依然不是直接對臥煙小姐說話，而是對我說話。

「這傢伙是超級外行人耶。這傢伙真的是那個夏威夷衫小子之妹？」

這是假的。

不是真的。

然而，忍其實應該也早就知道臥煙小姐會這麼說。她說完之後的回應，忍肯定也已經準備好了。

但忍沒有直接反駁臥煙小姐。與其說這是不把人類放在眼裡的高貴吸血鬼應有的舉止，應該說她擔心反駁之後會被駁倒吧。

「汝這位大爺，說吧說吧，好好說給那傢伙聽，用虐待狂之態度說出來吧。糾正這個大外行之誤解吧。」

「啊……啊啊。」

要用虐待狂的態度是強人所難，不過既然忍不說，確實只能由我說。總不可能交給神原吧。我再度面向臥煙小姐。

「可……可是，臥……」

我差點稱呼她「臥煙小姐」。

「叫我伊豆湖就好喔。」

臥煙小姐先發制人般說。

要以名字稱呼嗎……哎，這也沒辦法。

「伊豆湖小姐。」

「不是說叫我伊豆湖就好嗎？」

不能直呼名字吧？

又不是忍野。

「伊豆湖小姐。可是忍第一個眷屬肯定已經死了。肯定在四百年前死了。目擊的不是別人，正是忍。」

「嗯嗯。」

「一邊化為吸血鬼，一邊投身到太陽底下自盡……」

身為收拾怪異的專家卻化為吸血鬼。他為自己的悲慘際遇嘆息，身為眷屬卻忤逆主人，任憑對於吸血鬼來說是天敵的陽光沐浴全身。

熊熊燃燒。

化為灰燼。所以……

「所以不在了。不可能還在。那個鎧甲武士不可能是忍的第一個眷屬。」

「為什麼？」

「咦……沒有啦，所以說……」

「為什麼？為什麼不可能？」

「…………」

她這樣天真詢問，我一時答不出來。這就像是有人問到「一加一為什麼等於二？」，不知道該如何回答。

「因為，他已經死了……」我結巴說。這就像是回答「本來就是這樣，這是既定法則」，完全不算是解答。

我身後的神原，以同樣天真的語氣詢問。

「可是阿良良木學長，若要這麼說，吸血鬼正因為『不會死』才是不死之身吧？」

「咦？」

死不了。

正因為不會死，所以是不死之身？

不不不，錯了吧……不是這樣吧，陽光是吸血鬼的絕對弱點，像是大蒜、十字架或銀製子彈，這種物品也一樣……

燃燒……化為灰燼……

……嗯？

不過，說到特性，我想到了。

那天，我不是一邊吃冰，一邊和斧乃木聊到嗎？吸血鬼的不死特性，和幽靈或憑喪神有明顯的差異。

不是不會死。

正因為死不了，所以是不死之身。

換句話說，不是死了還會復活的不死之身。

是無論如何都會一直活下去的不死之身。

吸血鬼。

「啊……難道說……」

「沒錯，神原駿河小姐。不愧是曾經動得了『猴掌』的人，真優秀。」臥煙小姐說。「換句話說，自盡之後花了四百年，焚燒身軀化為灰燼回歸於無的那個吸血鬼，順利復甦了。即使化為灰燼、化為骨骸，居然也能復活。應該說不愧是傳說中的吸血鬼——姬絲秀忒·雅賽蘿拉莉昂·刃下心第一個挑選的眷屬吧。」

她毫不客氣這麼說。

017

「好啦，在場的各位。

先說完結論之後，我用平板電腦的鮮豔畫面依序顯示圖片，並且按照年表說明吧。

太陽當然是吸血鬼的弱點。連小學生都知道。即使是鐵血、熱血、冷血的吸血鬼——姬絲秀忒·雅賽蘿拉莉昂·刃下心也不例外。

她的眷屬更不用說。

不過，絕非誇飾，而是確實舉世聞名的怪異之王，即使不例外也跳脫常理之外。弱點並沒有發揮功能。

實際上，曆曆春假那時候晒到陽光就熊熊燃燒吧？不過後來確實回復了吧？

我知道喔。

初代眷屬也發生相同的事。

就是這麼回事。不過他不像曆曆是一時冒失，是真的想死才跑到陽光下，或許該說他是自殺未遂……更正，自殺失敗。

……復活當然需要一點時間吧。

大致來說約四百年。

講得更正確一點，即使自殺失敗經過四百年，即使到了現代，初代的他也還沒完全復活。

和鎧甲武士直接對峙的曆曆應該知道吧？你應該感覺到那個鎧甲武士越來越強。不過正確來說，他不是變強。

是在回復。

朝著康復的方向進行，正要回復為完整體。

他對你與神原駿河進行能量吸取，沒錯，就是所謂的『食療』。如同小忍被怪異抓傷之後，藉由食用怪異治療傷口。

該說你是令人佩服的第二代嗎？曆曆，也就是說你協助初代迅速回復了。

不，我不是只針對今晚的事，是說你基於自己個性，在最近的所有表現。

不懂我在說什麼嗎？放心，你很快就會懂。

反過來說，以我個人的立場，到頭來，我想在演變成這種狀況前解決。

原本打算讓余接自己想辦法處理，但我各方面失算了。

就算是無所不知，也不是萬事如意。

尤其是曆曆。對於你這樣不照邏輯行事，看不出行動法則，沒有軌道可循的年輕人，我很容易失算。

所以我負起責任親自上前線，並且請你協助。

你或許認為我這個惡劣大姊姊把你捲進棘手的工作，不過人姊姊我是給你一個機會。讓你有一個絕佳機會，為自己犯下的過錯負責。

就算我這麼說，你應該也無法立刻接受吧。
或許一輩子都無法接受。
不過曆曆，你完全沒想過嗎？為什麼你這半年幾乎每個月都會遭遇棘手的怪異現象？
不覺得很神奇嗎？
為什麼傳說中的吸血鬼——姬絲秀忒・雅賽蘿拉莉昂・刃下心，在暑假期間不是造訪世界的其他地方，而是來到你居住的這座城鎮？
只是偶然嗎？
螃蟹女孩、蝸牛女孩、猿猴女孩、蛇女孩，你認為只是偶然位於這座城鎮？
連我都難以應付的學妹影縫，她鎖定的不死鳥怪異住在這座城鎮，你也認為只是偶然？
不過，或許只有貓的狀況比較特殊。
正因如此，鎧甲武士才會不小心『踩到虎尾』吧。不，基於這層意義，你受到『偶然』的喜愛。
虎啊……呵呵。

對於一度成為火人的初代來說，火焰應該是心理創傷吧，難怪會選擇暫時撤退。

如果你能活著和羽川翼小妹重逢，記得好好謝謝她喔。嗯？這你也聽不懂？那你就還不用在意。你的朋友是在意料之外保護你安全的可憐女生。如此而已。

自己身上發生的事情，發生在別人身上也沒什麼好奇怪的。這似乎是曆曆你的想法，不過否定奇蹟的這種想法即使讓人覺得謙恭，也有個很大的瑕疵。

把你視為特別對象的人，卻被你斷言『你錯了』。這是很大的瑕疵。

抱歉我一直說得模糊不清。看到你這樣充滿活力的年輕人，大姊姊我總是不小心想開導人生。如果是咩咩哥哥，應該會說『真有活力啊。是不是發生了什麼好事啊？』就了事，不過說來遺憾，我不像那個半桶水那麼寬容。

這麼說來，記得我答應要按照年表解說吧？那我就守約吧。到頭來，遵守約定是得到結果的最快捷徑。

首先在四百年前，現在叫做忍野忍的姬絲秀忒·雅賽蘿拉莉昂·刃下心，在這之前完全不製造眷屬的吸血鬼，製造了第一個奴隸。

吸了人血。

走到這一步的過程，在這之前的事情，我應該可以省略吧？畢竟在其他地方提過了，而且這是往事。

對你來說或對他來說，都是往事。

初代的他從收拾怪異的專家變成被收拾的一方，但他受不了這種境遇，無法面對自己成為怪物的現實，因此自己選擇死亡。

投身到太陽之下。

化為灰燼，隨風飛舞消失。本應如此。

留給刃下心的只有滿滿的恨意，以及怪異殺手的妖刀『心渡』的複製品。可喜可賀可喜可賀。

不過正如前面所說，並不是這種結果。

他即使化為灰燼、化為虛無，依然沒有死。雖然消失卻沒有消滅。即使死亡也沒有死透。

他，繼續活著。

化為無，化為虛無，繼續活著。

歷經四百年，歷經令人失去意識、失去耐心的歲月，肉體一點一滴地回復。

每次回復就受到烈日燒灼，每次重組就再度粉碎，即使如此，肉體依然毫不氣餒、不屈不撓地回復。

我沒有成為不死之身的經驗，沒有親身經歷，所以可能沒資格說，不過依照我的想像，這四百年應該如同地獄吧。像是賽之河原那樣。

被鬼欺負的吸血鬼。一點都不好笑。

耐心用小石頭堆塔。

無論再怎麼堆，只要棍子一揮就毀了。陽光一照就毀了。

只要陽光在放晴的時候灑落，好不容易成立的一絲結合都得重新來過。在令人失去意識的漫長歲月持續摸索，進行這種沒意義的回復。

只不過，化為灰燼的初代肯定沒有明確的意識，所以這種恢復應該只是吸血鬼的生理反應，只是一種反射動作吧……

這麼一來就不是沒意義，而是可悲了。

永遠無法破關，悲傷的無限接關。

因為繼承了傳說吸血鬼的不死特性，所以連死亡都無法如願。這是真正的不老不死。

如果余弦在場，應該會漂亮讓他往生吧，但這畢竟是四百年前的事。

總之，他就這樣獨自關閉在迴圈，一直進行像是輪迴轉世的過程，或許將永遠反覆這樣的過程。

即使如此，初代怪異殺手的執著也非比尋常。

不愧是傳說之吸血鬼首度選擇的眷屬。

他靠著本應不存在的意志，靠著僅有的些許意志，以灰燼的樣貌順風飄移。

即使四散，依然整合起來。

以耐心、以毅力，一顆顆地『回到』這座城鎮了。

這是距離現在十五年前的事。」

018

「回……回來了？回到這座城鎮？」

臥煙小姐講得滔滔不絕，我為了避免妨礙到她而沉默到現在，但是這句話終於使我忍不住反射性地插嘴。

她說「回到這座城鎮」？

不是「回到這個國家」的口誤？

「啊啊，『十五年前』是依照年表數字的推算，不一定正確，但其實暗藏玄機喔。還是大學生的我想要使用反魂法，以百年歲月的人類屍體製作斧乃木余接這個不死式神怪異，剛好也是十五年前的事。而且……」

臥煙小姐說到這裡，真的是暗藏玄機看向我。

「不死鳥停在下一棵寄生樹，也正是那個時候。所以他——組成初代眷屬的灰燼，或許就是在那時候集合到這座城鎮。這是大姊姊我個人的推測。」

「…………」

十五年前。

我絕對不是對這個數字起反應，但是說到十五年前，我還聯想到另一件事。

羽川翼叫做羽川翼這個名字，記得是她三歲時候的事，也就是十五年前？不不不，這終究毫無關係，是過度穿鑿附會吧？

憑喪神。不死鳥。貓……不，若要這麼說，其實用不著只聚焦在十五年前。既然這麼說，思考範圍應該是從十五年前到現在的現在，不是瞬間，是時期。

十一年前開始迷路的蝸牛。

七年前實現願望的猿猴。

三年前失去重量的蟹。

即使是短短兩個月前的蛇，都在範圍之內。

「難道您的意思是說……這座城鎮流傳的各種怪異奇譚，都是因為那種灰燼順風飄來造成的？」

「這怎麼可能？畢竟余弦她們就不是在這座城鎮製作余接的。」

想不透的我這麼問完，臥煙小姐斷然否定。只不過，她否定時的乾脆態度，我很難當成是完全否定。

像是有所隱瞞，事後隨時可以翻案的感覺。

「這只是遠因。也可以說是引導推論的符號。怪異是基於合理的原因出現，這始終只是原因之一。基本上，你們遭遇怪異都是你們造成的，不准逃避責任。但是……」

臥煙小姐瞥向忍。說來神奇，她的視線有種溫度。

「春假期間，姬絲秀忒・雅賽蘿拉莉昂・刃下心造訪這座城鎮，肯定是這種灰燼使然吧。」

「……胡說八道。」

終於，忍直接面向臥煙小姐了。

不知道是再也無法只交給我處理，還是再也無法沉默，忍以幾乎算是殺意的目光瞄準臥煙小姐。

「汝這樣亦算是那個夏威夷衫小子之妹？」

本來就不是。

「當時吾造訪此國，是因為想看富士山。」

「哈哈哈，靈峰富士啊……富士樹海確實是自殺勝地，不過這座山不是富士山喔。這裡不是靜岡縣，也不是山梨縣。妳當時是迷路嗎？被三個吸血鬼獵人追殺？錯了。妳不是迷路，是被引導來到這座城鎮。」

「被引導……」

「總之，若要淺顯說明關聯性，就如同今晚和神原駿河約好在補習班廢墟見面時，鎧甲武士忽然前來一樣。初代的他依照禮儀敲教室門的時間點，應該不算是具備意識或毫無意識吧。」

「…………」

被逼得沉默的忍，銳利的牙齒軋軋作響。既然像這樣沒有藏起憤怒，代表她心裡對臥煙小姐這番話並非完全沒有底吧。

但我感覺到的不是憤怒，是不適。

該怎麼說……依照臥煙小姐的說法，至今把我耍得團團轉的所有事件，似乎都只歸咎於一名男性，這種說法令我不適。

不，應該只是不悅。

但是仔細想想，這或許不是令我覺得不悅的事。

「為何總是我遭遇這種事」是我內心經常抱持的疑問之一，如今這個疑問獲得解答，真要說的話，我反倒應該高興。

可是，這份心情是什麼？

就算我現在和忍共同行動是「初代的他」布的局，我也沒理由不悅吧？我沒道理因為這種事而感到不自在。

這樣……不就像是在嫉妒嗎？

明明被吩咐過不准嫉妒了。

「不可能。」

忍沉默片刻之後說。

毫不猶豫，立場堅定，強而有力的語氣。

「不可能。不可能有這種事。那傢伙死了，那個男人死了。死掉了。他是不聽吾之說服，主動拋棄性命之大笨蛋。汝之說法只不過是牽強附會。不准嘲笑吾之路痴。」

「但我認為妳的路痴應該被嘲笑就是了……哈哈哈，小忍，妳的主張真是堅定，聽起來像是初代的他如果活著，會讓妳很困擾？」

面對忍的魄力，臥煙小姐毫不懼怕、毫不畏縮地回應。即使她是專家，忍的前身姬絲秀忒・雅賽蘿拉莉昂・刃下心肯定也不是容易應付的對手，但她絲毫沒有膽怯的感覺。不只是沒膽怯，甚至像是沒有戒心。

她接連出言挑釁。

「如果妳親愛的奴隸活著，並且現在即將成功復活，妳反倒應該大舉慶祝才對。不然我也可以幫妳辦場派對喔？」

「……不准太深入啊，專家。」

忍受到挑釁，已經氣到發抖了。我也一樣，臥煙小姐的語氣令我內心波濤洶湧，但我看到忍失常到這種程度，反而冷靜下來。

「不准觸及吾敏感之部分。四百年前之往事，汝究竟知道多少？」

「我無所不知喔。沒有我不知道的事情。」

臥煙小姐如此斷言。

「會合地點從公園改到神社也是有原因的。」

接著，她說起和現在話題完全無關的事。不過聽她這麼一說確實奇怪，為什麼臥煙小姐要改變會合地點？

「……總覺得我好像從剛才就一直狀況外。」

此時，要說冷靜的話最為冷靜，也可能只是呆呆聆聽臥煙小姐這段說明的神原，舉手發言了。

「伊豆湖小姐，方便請教一件事嗎？」

「可以喔，神原駿河小姐。」

「那個……」

以神原的個性，或許又要在這時候亂講話消遣一下，做學長的我不禁擔心起來，但她這時候對笑咪咪的臥煙小姐提出的問題很正經，而且意外地切入重點。

「那個傢伙在這四百年來，每次回復就會在陽光下化為灰燼，一直重複這樣的循環吧？換句話說實際上，他十五年前飄到這座城鎮的時候也幾乎是灰燼吧？既然這樣，他究竟是基於什麼契機終結這個循環，像那樣成為鎧甲武士出現在阿良良木學長面前？」

……這傢伙都不會緊張嗎？

明明初次見面卻口齒流利，交際能力太強了。

或者是潛意識感受到彼此的血緣關係……但我完全沒抱持這個希望。因為臥煙小姐對姪女的態度，和她面對我或忍的時候完全沒變。

「神原駿河小姐認為呢？循環終結，初代的他從無意義的輪迴解脫，妳猜得到原因嗎？」

「猜不到……但是原因應該和您改變會合地點有某種關係吧？」

我認為用這種方式將兩件事扯在一起很奇怪。

「真敏銳。」

但臥煙小姐吐舌舔脣說。

「扔著這份才能不用真的太可惜了。不過還是尊重那個怪胎的意願吧。」

「那個怪胎？」

神原詫異反問。

「放心。」臥煙小姐說。「妳不是在狀況外。不只如此，或許本次事件的核心出乎意料正是妳。或許是因為我經常被稱為學姊才這麼想吧，不過神原駿河小姐，希望妳能扶持旁邊那個學長。因為我的學弟妹都不是什麼好東西。」

臥煙小姐說完聳了聳肩。只有最後一句不是半開玩笑，而是真心嘆息。

「嗯？那當然，我一直認為扶持阿良良木學長的下半身是我的職責……」

「可以的話，上半身也扶持一下吧。」

神原聽我說完露出意外的表情……不，你應該知道這番話的意思吧？

「十五年前……」臥煙小姐切換話題，再度打開年表。「初代的他回到這座城鎮，結束漂泊，回到這個故鄉。以為永無止境的地獄巡禮邁向終點。」

故鄉？

臥煙小姐突然說出這個關鍵字，卻沒多加強調就繼續說下去。

「每顆灰燼漂流聚集的地點，是這座城鎮的『氣袋』……也就是從當時就蓋在這座小山山頂的這裡——北白蛇神社。」

019

「如你所見，這座神社徹底荒廢，如同沒有任何人管理，亂得不像樣。不過當然不是從很久以前就一直這樣。總之，這次聚會並不是要說明神社的起源或歷史，這部分就等改天有機會再說吧。

但願有這個機會。

總之，在十五年前的時間點，這座神社依然是整備有方，麻雀雖小五臟俱全的好神社。這裡的『麻雀雖小五臟俱全』不是壞話，是誇獎。非得打造得小巧又齊全才行。因為這裡是氣袋。

怪異的氣袋。

容易出現的場所。容易集結的場所。

怪異的前身——『髒東西』堆積的場所。

也是怪異終結的場所。

這種場所主要是地理條件所造成的。俗稱的『惡魔彎道』或『自殺聖地』也適用，總歸來說就是『容易發生這種事的場所』。只要掌控這種地點、這種要衝，就可以預防、迴避事故的發生。咩咩哥哥的工作是蒐集已經發生的怪異奇譚，但我的工作原本應該是這個，也就是防範於未然。相對的，如果散布在各處的地點……各個要衝沒能掌控好，就無法防止事故發生。

嗯？錯了錯了，不是將各個幼女掌控好，我可沒這麼說。掌控幼女是怎樣？這種行為本身就是天大的事故。你們這對學長學妹別在這種地方配合得這麼好，這種默契麻煩發揮在別的機會。神原駿河小姐，我說的『扶持學長』可不是這個意思。

（註4）

總之，講得太專業只會更複雜，我就大膽簡略說明吧，正因為這裡是這種場所，所以昔日某位我遠遠比不上的知名陰陽師，才會在這裡建立神社祭祀神明，掌控這裡的狀況。這個計畫大致進行得很順利，預防功能確實運作。

吸引到這裡，可能成為怪異材料的『髒東西』適度消散了。

註4　日文「要衝」與「幼女」音近。

真是一位好神明。

不過，凡事都有極限。那個……曆曆，你現在是考生，那你有護身符嗎？

護身符。

你知道那東西有使用期限嗎？放進袋子的護身符破掉就代表過期了。靈驗的物品並不是永久有效，這座神社、祭祀的神明也都不例外。

在十五年前達到時限。

不，但是拿這件事責備神社管理者甚至是神明，那就太過分了。這終究在預料之外。

傳說之吸血鬼的第一眷屬，他的灰燼居然從四面八方聚集過來，超越了原有的限度。

達到極限。

這可不是衣錦還鄉。結果導致這座北白蛇神社，在十五年前毀壞過一次。

在靈異方面以及物理方面都毀壞了。

只是灰燼就能摧毀一座神社，小忍，妳的眷屬真是厲害。但他原本是專家也是原因之一吧。

嗯？曆曆，怎麼了？一副好像認同某些事的表情……啊啊，你們前幾天穿越時光回到過去的世界，發現十一年前的北白蛇神社比現在更荒廢，這件事就這樣不小心得到解釋了？

沒錯，這是初代眷屬幹的好事。

用來壓制要衝的神社，沒能壓制吸血鬼的眷屬。

補充一下供你們參考，後來這座神社不只一次，而是兩、三次規劃重建，但是沒有神的空神社就算補修，也沒有建設性的意義。

每次要重建就崩毀、損壞、荒廢。

麻煩的事情在於小忍……應該說姬絲秀忒・雅賽蘿拉莉昂・刃下心以及初代眷屬的他，具備強大的引誘效果，光是存在於該處就會吸引怪異。

這正是十一年前的狀況。

你們造訪這座神社的時候，荒廢至極的境內充滿『髒東西』對吧？你們詫異為何聚集到這種濃度，但是說穿了沒什麼，這是初代的他——他的灰燼吸引過來的怪異材料。

是材料，也是食物。

說明到這裡，就算是沒有專業知識的曆曆應該也大致猜到了吧？聚集到這裡的初代灰燼脫離輪迴循環的原因。

沒錯。

這座神社是『容易聚集的場所』，初代的他是『容易吸引的怪異』。這麼一來就代表發生事故的條件齊全了。

事故層層相疊了。

初代的他，在這座神社的境內，在沒有神的神社境內……持續不斷進食，藉以回復體力。

效果當然微乎其微。雖然不到取食雲霞那麼誇張，卻像是吃浮游生物。他是眷屬，而且是灰燼，無法像小忍那樣大量收集『髒東西』，蒐集食物的規模不可能大到能在這座城鎮引發妖怪大戰爭，頂多就是讓這座城鎮稍微容易發生怪異現象。

只是從百分之五的機率增加到百分之六，了不起增加到百分之七左右。

不過就專家看來，這其實是相當大的差異，跨越百分之五的高牆就不太好處理了，不提這個，總之他身處的環境變了。雖說效果微乎其微，但已經能夠進食了。

灰燼與虛無不斷反覆的生活就此結束。

接下來開始的是長達十五年，他這個悲劇人物的復活劇。

復活劇。

或許應該是復仇劇吧。」

020

復仇劇。

臥煙小姐用這麼重的字眼，我不得不倒抽一口氣。不過這番話有幾個地方令我認同。至少我難以劈頭否定。

那麼，姬絲秀忒．雅賽蘿拉莉昂．刃下心在春假造訪這座城鎮，並不是因為迷路，也不是因為被三個專家追殺，而是被收集怪異的初代眷屬引導過來的。臥煙小姐剛才說的是這個意思嗎？

呼喚怪異的他，喚來了吸血鬼。

邀請自己的主人前來。將企圖自殺的吸血鬼，邀請來到自己當成地盤的這座城鎮。

不，依照剛才的說法，那個鎧甲武士在焚燬的補習班廢墟才具備明確意識，所以應該不是基於明確的意志叫忍過來……

然而，如果這樣假設，就暗示了一件事。

只以灰燼樣貌漂流到這座城鎮的他，經過十五年的時間，如同啜飲朝露苟活的人生持續十五年之後，終於回復到足以喚來傳說之吸血鬼。

不過，這樣的「呼叫」當然是基於主人與眷屬的主從關係才能成立……

這座城鎮發生怪異現象的機率，從十五年前就增加了數個百分點，但是進入今年之後，我就像是每個月（只看某段期間的話是每天）遭遇怪異，也和這件事脫離不了關係嗎……？

一旦這麼想，我就靜不下心。真的靜不下心。

雖然抱持這種心情，但是在另一方面，想到初代眷屬在這種荒廢的神社，在這座沒有神明也沒有香客的神社持續存活了十五年……不對，真要這麼說的話，應該是四百年。

四個世紀。

這是超乎想像的漫長時光。漫長過頭，甚至讓人搞不懂一切的時光。形容為「持續存活」不甚恰當。

比較像是持續死亡。

這簡直是拷問吧？

我在吸血鬼的狀態，光是走到陽光底下五秒，就品嘗到那麼壯烈的痛楚。他卻品嘗了四百年？四百年是五秒的幾倍？

「曆曆，不用這樣東張西望沒關係的。初代的他已經離開這座神社，不在這裡喔。」

臥煙小姐這時候取出手機。和剛才聯絡斧乃木用的手機不一樣。

還以為她又要寫電子郵件給某人，不過似乎只是在確認時間。回過神來，天已經完全亮了。

「嗯，時間差不多了。我自認大致說明完畢，曆曆、小忍、神原駿河小姐，還有什麼不懂的地方嗎？」

「呃，慢著，我還有很多事情完全不懂……」

臥煙小姐正要做總結時，我連忙纏住她。

「咦～～？之後的事情大致都能推測吧？」

「到……到頭來，我們接下來該怎麼做？到頭來，您要我們幫忙工作，究竟是要我們做什麼？」

「所以說，就是要你們負責。你們得負責。曆曆，以及小忍，你們必須負起這份責任。」

臥煙小姐這時候沒提到神原。神原也沒問。

「……記得您說過，剛開始是預定讓斧乃木小妹獨力完成工作，現在是計算之外的狀況。那麼，您剛開始的計畫方便告訴我們嗎？」

「可以。不過這已經是再怎麼想都不可能實行的計畫，所以說出來也沒用。你記得咩咩哥哥來到這座城鎮的原因嗎？」

「……因為忍來了，對吧？記得貝木也是相同原因。至於影縫小姐……好像是聽貝木說的……」

「沒錯。陰陽怪氣的專家們，各自基於大同小異的原因來到這座城鎮，這些結果，這些調查結果的報告，我都收到了。別看我這樣，我的地位很高喔。」臥煙小姐說。「根據結果，根據我清查各方情報的結果，我得知這座城鎮從十五年前發生的結果，得知了『風向』。我知道了。因而知道了。如同剛才的說明，無所不知的大姊姊我，得知了初代的他這四百年來的物語。」

「…………」

「因此我再度派余接到這座城鎮，試著將上升數個百分點的怪異發生率降回去。工作內容是『打掃灰燼』，簡單來說就是清掃神社。」

專門對付不死怪異的雙人組之一——斧乃木余接。暑假最後一天，我在街上遇她的時候，她似乎還不知道自己的任務，原來後來她接下這種像是灰姑娘的任務嗎？

吸血鬼就像是不死怪異的代表選手，因此收拾眷屬的工作，確實像是斧乃木會做的工作。

原來如此，這種程度的事，我就算沒問也應該猜得出來才對。但也就是說，這個任務到最後失敗了吧？

那個斧乃木出任務居然會失敗？

她可是能幹到短短一個晚上就同時拯救我與忍的性命耶？

「哎，不過斧乃木小妹雖然是那個樣子，卻也有超級脫線的一面……所以也可能會失敗嗎……」

「曆曆，別講得置身事外喔。因為余接失敗是你們害的。」

「我……我們害的？」

是包含某人在內的「我們」？

雖然我如此心想，但是看到臥煙小姐的視線就明白了。她只看著我與忍。

「難道說，堆積在這個氣袋……以忍野的符咒封住，之後只等待自然消散的那些『髒東西』被我與忍用掉，和斧乃木小妹的失敗有某種關聯性嗎？」

我毫無根據說出這樣的推測。

老實說，我完全無法想像我們犯下什麼過錯，不過在遇見斧乃木的暑假最後一天，我與忍做過的只有這件事。

為了進行靈異……應該說科幻情節的時光旅行，我們使用殘留在這座神社，還沒形成怪異的「髒東西」。

這造成什麼不良的後果嗎？不，這種輕率的行為本身就足以弄巧成拙，難道事情比我想像的更嚴重？

「我們反倒是把堆積在這座神社，可能讓初代灰燼復活的能量用掉，所以初代的復活只可能延後，絕對不會因而加速才對……」

我說著轉身看向忍。忍在咬指甲。

我說妳啊，這是心煩氣躁的舉動吧？

難道妳心裡有底？

堆積在神社的能量，在我們從十一年前回到現代的時候也有使用……如果這個行為本身不太妙，那麼究竟具備何種意義？

「小忍什麼都沒做喔。」臥煙小姐說。「什麼都沒做，什麼都不需要做。光是來過這座神社就夠了。」

「…………？」

「我要糾正你們可能誤會的一件事。初代的他引導小忍來到這座城鎮，始終是基於四百年前締結的主從緣分，不是用電子郵件或電話叫來的那種叫法。換言之，初代的他在這之前並不知情，完全不知情。他不知道自己的主人曾經來到他身邊，不知道將他化為怪物的怪物來過。」

「…………」

「老實說，我不清楚咩咩哥哥察覺多少真相。畢竟那個傢伙不多話，報告也是能精簡就精簡。我頂多只能確定那傢伙用手邊的符咒，為這座神社急救過。多虧他這樣急救，結果初代的他被斷糧。然而在這種飢餓狀態，在這種再度陷入極限的狀態，在這樣的精神狀態，他得知了。他看見姬絲秀忒・雅賽蘿拉莉昂・刃下心。相隔四百年再度目擊了。」

忍停止咬指甲，驚覺般抬起頭。

她睜大雙眼，臉上明顯出現驚訝的表情。

「但這是單方面的目擊。小忍當時是第一次來到這座北白蛇神社吧？」

沒錯。一點都沒錯。

我幫忍野跑腿，和神原一起造訪這座神社的時候，以及後來因為千石的事件再度造訪的時候，忍野忍都還沒住進我的影子。

所以，忍當時是第一次進入這個氣袋。

「換句話說……」

神原一邊思考一邊說。

從我們講到時光旅行那時候，她就算覺得「這是怎樣？在聊昨天的夢嗎？」並且跟不上我們的話題也不奇怪，但他依然沒停下腳步跟了上來，真是了不起。

「初代的他相隔四百年再度目擊小忍，因而獲得力量，受到鼓舞，即使身為灰燼依然振奮，即使處於飢餓狀態依然甦醒。是這麼一回事嗎？」

「嗯？有人說得這麼浪漫嗎？」

臥煙小姐至今對神原評價甚高，卻只對這次的意見不太滿意。

「灰燼不可能因為這種青少年戀愛喜劇般的理由振奮起來吧？只是因為相近的存在出現在物理距離很近的地方，導致初代的他受到影響，怪異特性迅速被激發。比方說，將磁鐵暫時吸附在鐵塊，這個鐵塊就能在短暫期間吸附鐵砂，發揮磁鐵的功效吧？大致就是這麼回事。」

「原來如此……」

神原點頭說。

關於這方面，她似乎還想說些什麼，卻吞回肚子裡了。凡事毫不隱瞞的她難得露出這種態度。

「不過，小忍來到這裡，確實因而激發初代……啟動初代對吧。」

「沒錯。所以余接身負任務來到這裡的時候，這座北白蛇神社已經是空殼。原本只要揮個撢子就結束的工作，難度稍微提升。因為首先得調查初代的他離開這裡之後的下落。你們從那邊的鳥居快樂享受時光旅行的時候，這邊可是在各方面忙得焦頭爛額喔。」

「…………」

並不是在享受。不過，她會這麼認為也在所難免……應該吧。

「講到這裡，曆曆應該知道我想拜託什麼工作了吧？就是尋找初代的他。當然不只是單純需要人手喔，因為要是進行地毯式搜索，可能會有人犧牲……原因在於你是第二人，適合尋找第一人。因為第一人與第二人同為奴隸，肯定會相互吸引。別擔心，並不是希望你打掃灰燼。」臥煙小姐說。「不過在說明工作內容之前，曆曆就遭遇初代的他，這再怎麼說也安排得太巧妙了。不只如此，還讓他成長了。」

「成長……」

確實如此。

那個笨重、慢吞吞出現的鎧甲武士，吸取我與神原的能量，到最後變得可以輕快地說話。

若要說產生責任，就是在這時候產生的……嗎？可是就算事前聽過說明，我也不認為能避免這種結果……

「啊，抱歉抱歉，我講得像是在責備嗎？你們確實經常不按牌理出牌，但如今我反倒想感謝。因為某些部分多虧你們而變得好處理了。尤其能夠溝通是很大的好處。因為只要能對話就可以交涉，可以軟硬兼施。」

「軟硬……」

臥煙小姐總是在說謊，展現的舉止確實像是貝木的學姊，但她現在這一面是忍野的學姊吧。因為那傢伙基本上討厭「除魔」這種想法。

我試著在心中列舉目前已經明瞭，非得明瞭的鎧甲武士基本資料。

最近十五年來，在這座城鎮持續發生的怪異現象，這個吸血鬼的眷屬完全脫離不了關係。

傳說之吸血鬼的奴隸一號。

第一人。對我來說是前輩。

而且，如果以「怪異殺手」這個稱號為主軸思考，那他也算是忍的前輩，是妖刀「心渡」的原本使用者。

重點來了，他是不死之身。

「……真要說的話，要找來的幫手應該是影縫小姐吧？斧乃木小妹的主人，專精對付不死怪異的那個暴力陰陽師……」

如果忍野是非戰主義，影縫就是血戰主義。

雖然到最後沒有直接對決，但影縫的戰鬥技術即使對上忍也旗鼓相當吧。

「那傢伙無法控制。」臥煙小姐搖頭這麼說。「我希望她一輩子都無法展露身手。」

……能讓這位臥煙小姐講到這種程度，真了不起。

在我所知道的所有專家之中，我一直莫名覺得只有那個人與眾不同，看來影縫果然很特別。

「哎，不過，只由斧乃木小妹負責戰鬥真的夠嗎……」

「不，昨天我收到余接回報事情經過的時候，換句話說，在聽她回報曆曆遇到初代眷屬的時候，我就找了另一個幫手。差不多該去迎接了。」

難怪她剛才在注意時間。

看來我們理解得太慢，導致花費的時間超過預料。看來即使是臥煙小姐這樣的人，也確實無法萬事如意的樣子。

我就更不用說了。

「可……可是您說幫手……只靠斧乃木小妹不夠嗎？」

「不夠。因為大姊姊我打算在今天做個了結。」

臥煙小姐說。

雖然語氣依然悠哉，卻只有這時候令我感受到專業人士的堅定意志。

「具備意志、具備意識，已經能恣意使用能量吸取的他，越是放任不管就越是強化，是等比級數的遊戲。要是溫吞準備，他將會完全復活，這麼一來將會無法應付，到時候就真的只能叫余弦過來了。」

「…………」

他把影縫講得如同非人道兵器……

我久違數小時差點笑出來，但是臥煙小姐後續說出的話語，足以令我收起這份笑意。

「無論如何，我都想在他吃人之前，殺掉他。」

021

「那麼大姊姊我要走了，曆曆，肚子餓就拿這個去買早餐吧。」臥煙小姐說完給我一張五千圓鈔票，從山頂下山去接她說的「幫手」，境內剩下我、忍與神原。到最後，會合地點從浪白公園變更到北白蛇神社的原因，臥煙小姐沒有明確說明，不過大概是原本不想對我說明的事，因為鎧甲武士正式恢復運作而非說不可，才會叫我們來到現場，來到當地，這樣才方便說明吧。

關於我與忍的連結，現階段還沒回復。臥煙小姐原本似乎想在會合之後立刻幫我們修復，也就是將忍「塞」回我的影子，但在初代怪異殺手回復到具備明確自我意識的現在，還是等狀況稍微進展，或是等事情做個了結再修復比較妥當。

我們在神社進行時光旅行的時候，他還沒有具體的意識，即使如此，既然他在失火的補習班託我傳話給忍，代表那個傢伙應該知道忍在這座城鎮。但是不能在這時候提高忍的吸血鬼性質，否則這邊的所在處可能在預料之外的時間點洩漏給他。

套用剛才的磁鐵理論，回復連結並且提高忍的吸血鬼性質，鎧甲武士的吸血鬼性質也可能相互呼應而提高。是的，如同我以這種方式控制我身體的吸血鬼性質。

「放心，我會遵守約定。不會壞心眼到一直拖延，最後不恢復你們的連結。應該說基於專家身分，你們的連結沒回復比較令我困擾。因為我們之所以認定姬絲秀忒・雅賽蘿拉莉昂・刃下心現在無害，原因只在於她封鎖在你的影子。」

這是臥煙小姐的說法。總之，我對此並不懷疑，但是包含這一點在內，我難免覺得臥煙小姐是在不上不下的時間點下山。

是沒錯啦，既然要去接「幫手」也沒辦法，但我原本認為只要和臥煙小姐會合就能受她保護，所以她下山令我覺得期待落空。

我與忍就算了，但這次被捲入的神原，我很想請求保護。不過臥煙小姐拍胸脯保證不用擔心這件事。

「畢竟太陽已經出來了，入夜之前都很安全。小忍生性豪邁，在這方面的感覺或許與眾不同，但吸血鬼是夜行性，所以白天很安全。反倒應該趁這段時間休息，因為晚上就要請你們工作了。所以你們不需要留在這座北白蛇神社，不然也可以先回家一趟換個衣服啊？」

臥煙小姐這麼說，但是在這種狀況，我終究不能先回家一趟。害得神原必須蹺課，我果然過意不去，即使如此，今天白天將神社境內設為據點，應該是正確的做法吧。

昔日是氣袋的這座神社，也在我與神原接受忍野的委託，貼上靈驗的符咒之後淨化，所以我這個外行人不經意覺得這裡很安全……

那麼，當時身體出狀況的神原，這次之所以感受到相同的疲憊感，仔細想想也是理所當然。因為在當時，神社境內應該也有鎧甲武士的灰燼。

既然灰燼已經一顆都不剩……但我身為學長，身為蹺課的學長，很擔心神原的出席天數是否足夠。

「沒什麼，阿良良木學長，放心吧，不需要在意這種事。」

「啊啊……總之，只要平常確實去學校上課，就算進度落後一兩天，也很快就補得回來。」

「嗯。而且如果是為了阿良良木學長，就算留級也沒關係。」

「別把這種沉重的心情壓在我身上好嗎？」

罪惡感有增無減。

妳也太心直口快了。

光是我用流利口才帶妳來這種地方，我就覺得欠妳太多人情了。

「不不不，就說沒關係了，真的別在意。您想想，『口才流利』這四個字不就暗藏『蘿莉』（ロリ）嗎？」

「就算暗藏又怎樣？妳為什麼找得到這種東西啊？」

「嗯？這方面我就蘿莉分明地說明吧？」

「是『條理分明』吧？住手，不要拿蘿莉來分明。難道蘿莉全部逃不過妳的眼睛嗎？這是哪門子的視力？」

「幼體視力。」

「視認幼體的能力是什麼能力啊……」

而且說到蘿莉，說到幼體，我就想到忍野忍。

聽完臥煙小姐的說明之後，忍看著她下山離去的背影，卻沒說任何感想。態度很冷漠。

聽到那樣的說明，忍似乎終究無法劈頭主張「不可能有這種事」……

「忍，這下子怎麼辦？」

看見她這副模樣的我感到不安，忍不住基於劣根性這麼問。

「沒能怎麼辦。」忍不是滋味般說。「即使以往總是不按牌理出牌，接下來亦只能按照那個專家之計畫進行吧。無論如何都要在今晚解決那傢伙。身體處於完美狀況還很難說，但在有所缺失之狀況無法同時應付複數專家，這一點吾已經在春假實際示範過了。雖然那個專家那麼說，不過吾認為光靠人偶姑娘就綽綽有餘。」

「…………」

「解決之後收工，結束這一切。如此而已。吾等已經用不著做任何事。吾接近可能令那傢伙能力增強，因此先不提汝這位大爺，但吾應該無須出面。在吾不知道之地方做個了斷吧……話說在前面，吾之主，可別胡思亂想啊。」

忍以覺悟的眼神，像是叮嚀般對我說。

「那女人抱持半打趣之心情出言煽動，然而對吾而言，眷屬沒有第一人或第二人之分。吾活了五百年，順序毫無意義。之前述說往事時，吾確實以此做為開場白吧？」

「開……開場白……」

「無聊之嫉妒就免了。僅止於可愛之吃醋即可。別煩惱。現在之吾只有汝這位大爺一人。」

她這麼說。

對於活了五百年（實際上是將近六百年）的忍來說，這番話確實是她的真心話吧，卻也像是貼心開導我的話語。神原在旁邊默默聆聽。

總之，從昨晚九點持續至今，對我來說是災難的這場風波，經過約十二小時之後終於暫時告一段落的樣子。

「迎接臼齒？是類似舌吻的話題嗎？」（註5）

傳授我刷牙奧義的神原，到了天亮依然在胡說八道（她說過是睡醒才過來和我會合，既然這樣，或許現在反倒是深夜的好精神），不過聽她這麼說，緊張情緒就也放鬆了。鬆懈之後也餓起來了。

因此，我決定用臥煙小姐給的五千圓零用錢（我不想當成工資），聽從她的建議去買早餐。

即使還回不了家，也不能就這樣絕食到晚上。和忍斷絕連結的現在，我不算是很能忍餓，也不能讓學妹挨餓。

「吾要甜甜圈。」

忍只在這方面一如往常。

註5　日文「告一段落」與「迎接臼齒」音近。

「要我跑一趟嗎？」

能幹的學妹神原如此提議，但我至今幾乎沒表現，所以希望至少能跑個腿。

「是嗎？您明明沒有回復力，我剛才卻用膝蓋踢您，我想為那件事謝罪。」

「啊啊，那件事……就算了，別在意。事情都過去了。」

「嗯。那我不在意了。」

「…………」

真乾脆啊。

我沒差就是了。

「知道了，那我看著小忍。」

「嗯？」

「我負責照顧小忍。」

「…………」

讓幾乎是初次見面的忍與神原獨處，沒問題嗎……但是現在這個狀況，我也不能帶忍去買東西。就算白天很安全，也應該讓忍安分一點。

比起失去技能的我，戰力較強的神原待在忍身旁，忍或許會比較安全……

無論如何，神原在這時候很乾脆地讓步，真是太好了。

「那麼阿良良木學長，雖然這樣很厚臉皮，不過您買早餐的時候，方便順便幫我買個東西嗎？」

「嗯？怎麼了，需要什麼儘管說吧。」

「想請您幫忙買書。今天上市的新書。」

「今天上市？是喔，可以啊，那我幫妳買。現在多了一段等待的時間，妳就看書看到晚上吧。」

「我想買的是輕小說，可以嗎？」

「喂喂喂，神原，我像是把輕小說當成頹廢藝術的傢伙嗎？我會很困擾的。我是買少女漫畫時會把封面朝上結帳的男高中生喔，不會認為買書很丟臉。」

「聽您這麼說，我就安心了。」

「所以，書名是？」

「《鬼畜加魯孫，混血男孩的軟肉溫香！》。」

「那是輕小說裡不輕的類型吧！」

妳這傢伙叫學長買這什麼書啊！

到頭來還不是看ＢＬ……而且這是什麼書名？

「書名不代表整本小說吧？雖然最近的文藝世界也開始重視書名，不過以前的名作，其實書名大多是隨便取的喔。」

「哎，小說確實是靠內容取勝。不過妳那本書的內容可以期待嗎？」

「可以可以。尤其這次上市的第二十一集，在內行人之間也備受期待。」

「這系列連載太長了吧！內行人是誰啊？」

「最新一集終於要揭曉第一集就點出的本系列最大謎題，鬼畜加魯孫究竟是不是加魯的孫子。」

「應該是加魯的孫子啦！這種謎題，作者居然拖了二十集？」

「其實我昨晚對阿良良木學長說的『請慢用♪』，就是引用這部小說主角的台詞。」

「居然是ＢＬ小說的台詞！」

我還不小心覺得很可愛！

天底下有這種詭辯？

「咦～～學長不幫我買嗎～～？那我是不是回家算了呢～～」

「我會買啦，我去買就行了吧！」

不准威脅。

這股壓力是怎麼回事？

剛才一直聽我強調狀況很危險也堅持不回去的妳，為什麼會為了這種事情想回去？

臥煙小姐應該也想不到自己給的零用錢會被用在這種地方吧……

「啊啊，對了，阿良良木學長，如果可以的話，能幫忙買胸罩嗎？」

「不可以，所以我不會幫忙買。」

「放心，阿良良木學長肯定可以的。」

「妳各方面都對阿良良木學長過度期待了。」

「我不過問款式，以阿良良木學長的品味挑選就好。」

「不准過問我挑胸罩的品味。」

「可以的，雖然胸罩的設計五花八門，但是到頭來，重點在於內在。」

「不准講得像是金玉良言。」

「再不穿胸罩就撐不住了。我真的想好好照顧內在。若問我現在想做什麼，我想做的是穿胸罩。」

「妳該做的應該是了斷。」

總之，我不惜背負這種像是懲罰遊戲的任務獨自下山，首要原因是想確保忍與神原的安全。但即使是由神原下山買東西，我單獨和忍待在境內的話，或許我也會覺得尷尬吧。

我好厭惡自己這麼小家子氣。總覺得我在煩惱一些完全不嚴重的事。

基於這個意義，我獨自一個人冷靜一下比較好。

忘記是什麼時候了，我想起戰場原黑儀依照自己觀點說過這樣的格言。

「『強者瞧不起弱者』這想法是錯的。他們大多根本不把弱者看在眼裡。」

……從這犀利的言詞判斷，應該是她改頭換面之前對我說的，但我覺得她說的應該沒錯。

就臥煙小姐看來，我現在的想法與煩惱，應該完全讓人搞不懂吧。還是說「無所不知的大姊姊」連我這種人的煩惱都掌握了？

別嫉妒。

不要煩惱無聊的事情。

忍說得沒錯，可是既然這樣，難道忍不煩惱嗎？

不會為此心煩嗎？

四百年前，以為已經死別的第一個眷屬，花費四百年的光陰甦醒，並且再度出現在她面前。她能夠不放情感面對這件事嗎？

……真要說的話，鎧甲武士也是。我不知道他對忍抱持何種心態。雖說被改造為吸血鬼而憎恨，但是在這之前，他即使夾在人類與怪異中間，依然和忍維持良好交情並肩作戰。在取回意識的現在，他對忍有什麼想法？

討回妖刀「心渡」。

他是這麼說的。

到頭來，那把刀是為了斬殺忍而製造的複製品……

「…………」

這肯定也是多餘的煩惱吧。

畢竟忍說得對，臥煙小姐應該不打算讓忍見到初代怪異殺手。

無論鎧甲武士想上演的是復活劇、復仇劇甚至是重逢劇，都不會如願。

將會草草落幕。

鎧甲武士遭受專家的處置之後，這座城鎮今後發生怪異奇譚的機率，應該會下降數個百分點，可喜可賀，萬萬歲。我內心的突兀感是小事。和煩惱一樣是小事。

在煩惱的過程中，煩惱的對象就消失了。

就是這麼回事。

雖然整個事件從我暑假作業沒寫完演變到這種地步，但我高中生活最後一個夏天的回憶，似乎將以這種方式作結。

仔細進行這種無謂思考的我，下山回到城鎮。我腦中的購物清單依序寫著「早餐」、「書」、「甜甜圈」、「胸罩」。

若是注重效率，依照「書店」→「超市」→「Mister Donut」→「內衣專賣店」這順序應該比較好。這麼一來，我拿著胸罩的時間最少，而且依照這附近警察的巡邏路線與時程表，我應該可以回到神社，不會被帶回警局管束。

幸好現在是平日中午，戰場原與羽川肯定去上學了，不會被她們責備。

……我已經寄電子郵件告知這邊平安，但是為了避免她們擔心，是不是再聯絡一次比較好？在大致看得出狀況的現在，得細心注意不要殃及她們……

思考這種事的我，總之先進入書店。神原託我買的書名是什麼？感覺大腦拒絕記憶……記得是卡魯孫什麼的。

這麼說來，在次文化的世界，「管家」總是拿來當成和「女僕」對義的詞，但我認為依照語義，和「女僕」對義的詞應該是「男僕」……我一邊思考這種事一邊搜尋書櫃，找到了。《鬼畜加魯孫，混血男孩的軟肉溫香！》。這封面的勁爆程度不下書名……我不只感覺到文字的自由，更感覺到人類的自由。

而且還是上下集同步上市。

上下集封面可以連成一張完整的圖。書腰的宣傳句居然也成對。

就算是最近的風潮，業界也太重視這種連結概念了吧？

居然叫學長來買這個，我重新為這樣的學妹感到無奈，另一方面卻也覺得神原駿河正是因為有這一面，所以不會討人厭。

擁有全國水準的體能，個性卻如此率直，內心如此堅強，如果這樣的她不是變態，光是待在她身旁就不知道會嘗受到何等的自卑感。想到這裡就覺得這部小說也值得寵愛。

只是，如果只買這兩本書，果然有點不好意思……不過如果在書店在意起結帳時的店員想法將會沒完沒了。

我認為買書的時候還買其他書當障眼法不是男人的作風，卻也認為這時候反倒別發揮男子氣概比較好，覺得掩飾一下是對店員的一種禮貌，就像是在信封裡裝一張空白信紙那樣。話是這麼說，就算要買別的書掩飾，我現在也沒有想買的書啊？不過這間書店是千石昔日調查蛇之詛咒，以及我挑選參考書的店，豐富齊全的程度無從挑剔。

我先拿起神原託買的書，然後思考。

這麼說來，我和忍連結到現在，回想起來也好長一段時間了，這次被「闇」斷絕連結之後，我久違基於真正的意義單獨行動。

自由行動。

自由。

哎，雖然現在是採買途中，但想到臥煙小姐之後會幫忙回復連結，這段時間始終是短暫的自由。即使臥煙小姐是貝木的學姊，都已經拍胸脯保證成那樣，應該不會沒幫我們回復連結吧……

既然這樣，這短暫的自由，無須在意他人與怪異目光的這段傷停時間，我是不是應該盡情享受？我靈機一動，冒出某個構想，久違前往限制級專區尋找掩飾用的書。

「嗯……」

不愧是鎮上唯一的大型書店。

陳列的商品沒違背我的期待。

不過，若要選擇一本能將神原小說封面破壞力中和的傑作，必須具備相當出色的眼光。

就算當著忍的面，我真要買的話當然也會買，但我在那傢伙面前總是容易打腫臉充胖子。難得重獲自由，我想放下身段盡情選擇。

久違抓不到訣竅也是原因之一，不過我在檢視書架的過程找到一個基準，一個核心思想。

我想起神原剛才那番話。就是「口才流利」暗藏「蘿莉」，以及「蘿莉分明」的那段話。也想起我最近經常和忍、斧乃木或八九寺愉快玩在一起，所以我是蘿莉控的嫌疑與日俱增。

我不認為神原當時是硬拉我配合這個話題，但在這種時勢，這種時節之下，為了洗刷嫌疑，我這時候應該反其道而行。

也就是熟女。

交出上下集的時候，從袋子取出的時候，不經意讓神原看到熟女A書，確實讓她知道阿良良木學長絕對不是指喜歡蘿莉吧。不要打腫臉充胖子，不要心虛，讓大家知道阿良良木曆鍾情熟女吧。總覺得像是牽強附會，但我將這種疑問拋到一旁，依照這個核心思想精挑細選。

結果，我後來又苦惱約一小時，拿起封面女郎服裝有點像臥煙小姐風格的兩本寫真集。這是我深思再深思所挑選，熟女中的熟女。我將寫真集交互夾在神原的上下集中間，製作成ＢＬ與熟女的千層派，抱著大功告成的心情結帳。

三千八百五十圓。

……挺貴的。

包含甜甜圈在內的三人分早餐以及神原的胸罩，必須用剩下的一千一百五十圓搞定。而且看這個時間，我回神社的時候已經是中午了。

真是的。

我連買東西都買不好嗎……我好消沉。

要是我有神原一半的度量、一半的膽量該有多好，這麼一來，我現在也不會像這樣苦惱吧。如此心想離開收銀檯的我，差點撞倒我身後的男生。

好險好險。他是排隊等結帳嗎？不對，這樣的話距離也太近了。

到頭來，這男生雙手空空。

……應該說，在這種大白天，年約小學生的男生沒上學，而是正常待在這間書店，我明顯感覺不對勁。

長髮、直條紋毛衣加上緊身七分褲的造型，看起來要說是女生也很像，不過要在我面前偽裝性別，還是多練五年再來吧，呼呼。

「…………？」

怎麼回事？

我的結帳過程太迷人，所以他基於小男生的好奇心偷看嗎？那我就不是無法理解他的心情，但還是一樣多等五年再為我著迷好嗎？我一邊如此心想，一邊快步要從少年身旁經過。

然而，在這個時候……

「嗨，第二人。」這名少年說。「幫我傳話給姬絲秀忒了嗎？」

聲音很像我。

022

瞬間，局勢突然緊張。

現在是大白天，是太陽高掛，陽光普照的上午，即使這裡是室內，原本也不可能發生這種邂逅，因此我剛買的書差點脫手。

我好不容易抓穩。

荒唐，怎麼可能？

臥煙小姐明明保證過，在入夜之前都很安全啊？

而且，如果這名少年是「這麼回事」，如果這孩子是「他」，那他為什麼是這種少年的外型？

我沒問詳細年齡，不過依照忍當時述說的往事推測，我一直以為初代怪異殺手是壯年男性。

那具中空的鎧甲，原本是這種面色紅潤的少年在穿的？

不過，我立刻想到一個能夠同時回答這兩個問題的假設。不是因為我具備敏銳的思緒或卓越的推理能力而想到的。

我不是臥煙小姐，也不是羽川。

我只是剛好知道而已。知道實際的案例。

知道某個落魄的傳說吸血鬼，即使在大白天也幾乎不以為意地以「幼女」外型活動。

即使當然不到完全相同的程度，但是不提體型大小，那個鎧甲武士終於回復到能夠保有人形了。

……這麼一來，那名鎧甲武士，那名少年離開補習班廢墟，離開那棟熊熊燃燒的廢棄大樓之後，究竟進行多少次的能量吸取？

「…………」

「哈哈哈哈哈！」

怪異殺手少年轉身背對我，快步行走。

這麼做或許是依照常識，避免收銀檯前面塞車，但如果是這樣，他是在哪裡記住這種常識的？還是說，這也是能量吸取的成果？不只是體力或聲音，連知識都能吸取嗎？

「出去吧。以第一人與第二人的身分，以同樣被吸血鬼吸血的苦主身分，一對一開誠布公地聊聊吧。你應該也有話要和在下說吧？」

他以鎧甲武士外型現身的昨晚，即使是大笑或掐我脖子，我都完全感受不到他的情感，但現在以少年外型露出表情說話就截然不同。

不過，要是從他隨意邀我到店外的舉動感受到孩童的純真與奔放，應該是一種錯誤吧。

如同忍無論外型幾歲，本質上都是六百歲的吸血鬼，

這名初代怪異殺手也是壯年的……不，是超過四百歲的吸血鬼。

……只要他有心，瞬間就能將書店裡的顧客與店員「吸盡」。必須認定他具備這種實力。

我就這麼不發一語，卻也沒能違抗或發揮反骨精神，跟著怪異殺手少年走出書店。

少年腳步輕盈，我腳步沉重。

雖然丟臉，但是在這種狀況，我也做不了任何事。無論接下來是何種演變，我也不希望有人被波及。

……冷靜。別慌張。

而且不要過度悲觀。

我調整呼吸。

初代像這樣在臥煙小姐保證安全的大白天登場。事情這樣進展，我確實完全沒做心理準備，但這肯定不是絕望的狀態。

太陽是吸血鬼的弱點。

這是鐵則，無從破例的定例。

少年外型的初代怪異殺手，現在像這樣在太陽底下活動，走在大馬路上，我可以認定他的吸血鬼技能幾乎都無法使用。

忍就是這樣。

我可以認定他正如外表，只能發揮少年的力氣……真的是這樣嗎？

就算是這樣，初代怪異殺手在人類時代也不同凡響。是坐轎子現身的名人。是和怪異戰鬥的專家。是身穿甲冑，揮動大太刀戰鬥的戰士。

我這種鮮少運動，活在和平時代的高中生，根本無法對抗這種對手吧？我穿上甲冑肯定動彈不得。

第一人與第二人。

忍說過，這種比較沒有意義。

「現在之吾只有汝這位大爺一人」……這句話我可以相信多少？認真多少？

「用不著露出這麼擔心的表情吧？第二人。」

走在前方的第一人，一邊尋找適合「一對一聊聊」的場所，一邊說得像是看透我的不安。

「又不是要吃了你。」

「…………」

「在下是專家。即使時代不同，身為戰士，也不能無視於同行的落款印。」

雙手插在褲子口袋行走的少年這麼說。確實，我從他身上感覺不到昨晚浪白公園那隻合成獸怪異——猴蟹蛇散發的那種敵意。既然這樣，他說想和我開誠布公地聊聊，或許是真的。

不過……落款印？這是什麼？記得是書法裡，蓋在名字上面的印章……？

大概是我的疑問寫在臉上，初代怪異殺手轉過身來，從口袋抽出手，如同要做鬼臉般指著自己的臉。

左側臉頰。

我因而想到了。應該說想起來了。

現在我臉上留著斧乃木的腳印。慢著，已經過了一晚，我認為那個腳印終究該消失了，難道還在？

忍說這是一種印記，一種記號。

「這東西代表的意思是『這是我的獵物，所以不准出手』，也就是專家之間的識別標誌。只要這東西還在，你對於在下來說，對於專家來說，就是不可侵犯的存在。」

怪異殺手少年再度面向前方。抽出來的手也立刻插回口袋。

「若沒那個印記……哈哈。在下可不會讓吸血鬼這種妖孽多活一秒。」

「…………」

斧乃木當時一邊罵我，一邊用力踐踏我的臉，原來背後有這種意圖嗎……她在我臉上留下象徵地盤的印記，保護我不受專家毒手。斧乃木是式神，原本應該沒有意圖或意志才對，但至少她的腳印現在確實保護著我。

「鬼哥會死在我的手下」這句話，居然在這時候派上用場……這麼一來，被女童踩這一腳也值得了。

原來如此，那段說教也是在臉上畫押的意思。基於女童這一腳……更正，基於這一點思考的話，臥煙小姐說「白天很安全」是因為有這個印記嗎……？因為早就預料到在白天很可能以「專家」身分現身的初代怪異殺手，看到這個印記就不會對我出手……

原來「看你的臉就知道了」是這個意思。既然這樣，應該可以先講吧？

但我更在意一件事。剛才結帳的時候，神原的小說與我的寫真集肯定中和得恰到好處，但是我這個購買的當事人臉上有女童的腳印，感覺主旨似乎大幅走樣……付錢的時候，書店店員是怎麼看我的？仔細想想，我穿的運動服也破爛得很前衛，而且這種傢伙還和神祕男生一起走出書店。我該不會再也沒臉去那間書店了吧？那是鎮上唯一的大型書店耶？

無論如何。剛才「在下可不會讓吸血鬼這種妖孽多活一秒」這句話，即使是脫口而出的話語，依然具備堅定的意志。

昔日那群吸血鬼獵人也是如此……這麼一來，應該認定初代怪異殺手不是臥煙小姐這種重視「預防」的專家，也不是忍野這種以「調查」為主的專家，而是和那三人這種負責除掉怪異的專家。

然而，他自己現在就是必須被除掉的怪異——吸血鬼。

他說不能讓其多活一秒。但即使我講得像是在挑語病，也不算是點出他的矛盾之處。

因為實際上，現在是少年外型的這名鎧甲武士，曾經殺了自己。

曾經自殺。

而且死亡四百年至今。

「就這裡吧。這裡應該就能慢慢聊了。」

怪異殺手少年走一段路之後，在不知道用途的神祕空地停下腳步。專家似乎真的很擅長找到這種四下無人的空間，例如現今焚燬的補習班廢墟，或者是北白蛇神社等處。大概是著眼的方式不同吧。

臥煙小姐說是地理條件的差異。

我跟著他進入空地。事後回想，我這樣或許過於缺乏戒心。確實，在這裡應該不會波及無辜的人，但是反過來說，出事的時候沒人能來幫忙。

或許是我覺得自己被斧乃木保護，膽子就大了起來。在沒放置任何物品，但要形容為廣場就略微狹小的這片空地，怪異殺手一屁股坐在地上。

這樣看只是個沒教養的男生，不過大概是先入為主的觀念使然，我覺得他的這個舉動無懈可擊，和格鬥家擺出架勢應戰差不多……

「記得你是……阿良良木曆吧？」

他叫出我的名字。爽快叫出我的名字。

初代的他稱呼忍的時候也是用「姬絲秀忒」稱呼，所以就算同樣用名字叫我也不值得驚訝。

但問題不在於是否這樣叫。

他為什麼知道我的名字？

是在補習班廢墟聽到神原叫我嗎……不，那傢伙都叫我「阿良良木學長」。

他就算知道姓氏，也不可能知道名字。

是事先調查過我嗎……一個晚上就查到？不……

「可以容在下稱呼你『阿良良木閣下』嗎？」

「啊……啊啊，我不在意。」

「那麼，阿良良木閣下……」

怪異殺手少年露出純真的笑容，不知道從哪裡取出寶特瓶茶遞給我。另一隻手拿著他自己要喝的分。

「放心，不是贓物。是在附近的自動販賣機確實付錢買的。在下請客。在下是戰士，沒有茶道的造詣，但希望能以一期一會的精神進行。因為在下和你應該是最後一次能像這樣和平對話了。」（註6）

「……………」

居然是用寶特瓶茶……

不，先不提茶道（連我加入茶道社的妹妹都沒有這種造詣），從四百年前死亡到現在，昨天才終於回復意識的這名初代怪異殺手，為什麼能理所當然般使用這種現代發明的寶特瓶？

「能量吸取連知識都能吸收」的這個假設，突然變得像是真有其事了……到頭來，既然茶不是贓物，衣服應該也不是贓物……錢也應該可以想辦法取得，就算這樣，他居然穿直條紋毛衣，腳上穿的也是最近的洞洞鞋……

為什麼四百年前的人能發揮這種現代品味？

不會誤以為車子是鋼鐵山豬而困惑嗎？

註6　日本茶道的用語，意指賓主這輩子僅有一次相會，因此應當珍惜當下各盡誠意。

簡直是一副……無所不知的樣子。

即使感到不安，我依然接過寶特瓶，當場坐下和他面對面……這是最後一次和平對話。

換句話說，這或許是他最後一次主動交涉。而且是以專家身分交涉。

我是這麼認為的，但我錯了。

雖然是對話，但這不是「交涉」這麼簡單的事。

形容得和善一點是「要求」，形容得嚴肅一點是「命令」。

而且實際上，這是宣戰。

「阿良良木閣下，我單刀直入地說吧。」

他說。

真的如同揮刀般說。

「請你和姬絲秀忒離別。」

023

「…………」

「你不介意吧？應該說這是如你所願吧？在這個春假，你只不過是因緣際會在路上遇見姬絲秀忒，遇見那個恐怖的吸血鬼，就非得和她締結搭檔關係。所以在下像這樣復活的現在，你不需要背負這種沉重的負擔。我有說錯嗎？」

怪異殺手少年注視我這麼說。

對我這個以身分來說算是他後輩的人說。

「姬絲秀忒不需要兩個眷屬。對吧？」

「……原本連一個都不需要吧？」

我回應說。這麼講像是在轉移話題，卻也是我一直在想的事。

「我和你，都算是意外成為那傢伙的眷屬吧？那傢伙到頭來根本不打算製作眷屬。」

「這很難說。」怪異殺手少年淺淺一笑。「不過她確實是這種孤傲傢伙。」

他講得像是非常熟悉忍，我不禁感到不悅，不過仔細想想，他比我熟悉忍是理所當然的事。

我與忍的交情，從春假算起只有半年左右，但姬絲秀忒・雅賽蘿拉莉昂・刃下心和初代怪異殺手在四百年前的交情長達數年。就初代怪異殺手看來，我應該是菜到不行的菜鳥吧。

「當然，我自認知道你的隱情，自認知道你與姬絲秀忒屬於相互束縛，切也切不斷的關係。」

「你知道……」

我與忍的關係。

異體同心，扭曲的主僕關係。

是的，基於這層意義，對於兩個時代的忍來說，我與初代怪異殺手的立場並不相同。初代怪異殺手與忍的關係也相當扭曲，卻肯定不如我與忍的關係。

我的反常程度比較高，正因如此，我應該讓步。這就是他的意思。

「可是，你為什麼知道……」

「這座城鎮發生的怪異奇譚，在下無所不知。只要是關於怪異的事，在下在這周邊近乎全能。從十五年前就是如此。」

他說。

在十五年前——投身到陽光之下，化為灰燼的初代怪異殺手，一點一滴順著風、順著海流，花了四百年聚集、來到這座城鎮。

後來，這座城鎮變得稍微容易發生怪異現象。他的存在是所有怪異奇譚的遠因。包括螃蟹、蝸牛、猿猴、蛇、貓、不死鳥。

因此，回復意識的他知曉一切。那麼……原來如此，這就是他的知識來源。他以自己的灰燼完成現代的實地調查。

既然這樣，不只是姬絲秀忒這個詞，外來語他也能運用自如吧。

畢竟他依然逐漸強化，知識也無止盡地增長中。這麼一來，我覺得自己見識到第一人與第二人的明顯差距。

忍說到第一人與第二人相互比較是沒有意義的事，然而不只如此，「比較」這個行為都沒有意義。

正確來說是不足相比。

誰比較適合成為鐵血、熱血、冷血的吸血鬼眷屬（奴隸），這應該是答對機率百分百的簡單問題，不足以討論。

然而……

「我不懂……你是為了和忍成為搭檔而復活嗎？你究竟想做什麼？你要我和忍分離是基於什麼目的？」

「忍——忍野忍。記得你是這麼稱呼姬絲秀忒的。」

他沒直接回答我的問題，而是這麼說。

「為什麼不以名字稱呼？這對吸血鬼來說不是一種侮辱嗎？」

「……既然你說自己在怪異這方面是全能，說自己等同於這座城鎮本身，那你應該知道吧？」

「說在下等同於這座城鎮本身就太過分了。在下和你的個性真是不一樣。第一人與第二人差異頗大。」

我很難認為他講話時會在意我的感受，但他其實不是想說「差異」，而是想說「差距」吧。站在他的立場思考，他應該沒想到自己的後繼是我這種年輕小夥子。

哎，說到年輕小夥子，他現在的外貌比我這個年輕小夥子小得多……但他容易讓人誤以為是少女的纖柔容貌，難免令人覺得有點做作。

「在下的目的是姬絲秀忒。」外表做作的他這麼說。「也就是你口中的忍野忍。我想和她和好。」

「和……和好？」

「和好。成功修復身體的在下，接下來想修復關係。你知道當時的狀況吧？在下當年和姬絲秀忒鬧翻。因為一時鬼迷心竅，對姬絲秀忒說出無心之言。在下想為這件事道歉，求得她的原諒。」

「……………」

「然後在下想和當年一樣，和她並肩對抗怪異。她美麗如女神，美麗到令人背脊凍結，我想保護她的背後，成為刀對抗怪異。這你應該不懂吧。」

最後一句話講得像是和我劃清界線，但是實際上我真的不懂。不，他說忍是美麗到令人背脊凍結的鬼，這一點我毫無異議。

不過，他想成為刀對抗怪異？

他是以專家的身分說出這句話嗎？

還是以吸血鬼眷屬的身分說出這句話？

他想討回怪異殺手的妖刀「心渡」，是因為他想自己成為刀，成為主人的左右手？

……他要我轉達這個訊息的時間點，還沒能說明完整，沒能告知真正意圖？不對……我可不能相信他是這種意圖。

這麼一來，不就代表神原的見解是對的？

他只不過是聚集在北白蛇神社的灰燼時，感應到忍造訪境內，因此只為了見她而下定決心激發自我。

臥煙小姐否定這種推測，但是某些事情只要這麼想就符合邏輯。

既然是以磁鐵理論激發，那我們前幾天穿越時光造訪十一年前的世界時，應該要發生完全相同的事情才對。因為如果按照時間軸列出年表，忍是在那時候「首度」造訪那個場所。

十一年前的世界沒發生這件事，是因為當時「灰燼」抵達氣袋才第四年，他即使在潛意識也認不出忍……我應該這麼推測嗎？不只如此，忍在那裡用掉怪異的原料，所以按照道理，那個時間軸的初代在後來沒能復甦……

只是這麼一來，我不認為臥煙小姐會忽略這種連我都知道的道理……

「阿良良木閣下，在下想對姬絲秀忒道歉，你感到意外嗎？」

「……與其說意外，不如說就我聽來，你只像是說謊。實際上，你不就派了類似猿猴的怪異刺殺忍嗎？」

「那是派去刺殺你的怪異喔。類似蝸牛的那個怪異也是。總之，算是對後輩的惡整吧……放心，既然像這樣看到你臉上的落款印，我就再也不會派那種怪異了。不會派怪異襲擊你，當然也不會派怪異襲擊姬絲秀忒。」

「……我只覺得你這麼說，是想巧妙接近忍報仇。」

「報仇？報什麼仇？將她稱為忍的你，認為在下有恨她的理由嗎？」

「恨她的理由……有。別用『一時鬼迷心竅』這種話搪塞。你曾經對忍說得很過分。」

「就在下看來，你將她稱為忍比較過分。先把這種沒交集的討論放在一旁，沒錯，在下不否認你這番話。所以在下想道歉，想當面向她道歉。」

「當面……意思是要我帶你見她？」

「不是這個意思。在下沒想過請你當我們的和事佬。只要你願意和姬絲秀忒離別就好。她的眷屬只要一個就夠了。」怪異殺手少年強勢地對我說。「在下可以成為姬絲秀忒的左右手，不過你只會成為姬絲秀忒的拖油瓶。在下有說錯嗎？一次就好，你敢說曾經保護過姬絲秀忒嗎？」

「……既然這樣，曾經想殺掉忍的你講這是什麼話？你要討回的那把妖刀，到頭來也是為了殺忍而打造的刀吧？」

「嗯，沒錯。那把模造刀是只為了殺她而打造的大太刀。是在下的血肉、在下的骨身。這在下也不否認。但你不是曾經想殺掉她嗎？在下一直以為只有這一點和你相通，難道是在下誤會了？你不願意被當成我的同類？」

「……你意外多話耶。」我說。「我原本想像你是更木訥的人。你穿甲冑的那時候就是這樣。」

「在下是無法沉默下去。不過只有現在，也可以說是被這具小小的軀體影響……阿良良木閣下，你昔日也想殺掉姬絲秀忒，但現在已經和解並和平相處吧？也想效法的在下算是厚顏無恥嗎？」

「…………」

「她讓奄奄一息的在下復活。在下當時很生氣，但現在很感謝。在下這番話這麼奇怪嗎？」

我認為他講得很奇怪，卻無法否定發言本身。因為這是在講完全相同的事，是在做完全相同的事。

然而，就算無法否定發言，是否能肯定這番話的真正意圖就另當別論，必須等事情明朗化之後才能決定。

他說得沒錯，我與他在這一點或許相通，但除此之外的部分過於無法相容。或許別人會說我就是在這方面度量狹小，但即使是有所自覺的缺點，聽到他人指摘就會感到不悅，以怪異殺手少年的說法就是火冒三丈，這種狀況肯定不是只發生在我身上。

我人格沒那麼好，不會因為他當面要求我和忍離別就二話不說點頭答應。即使照道理來說，這麼做是對的。

「不想離別嗎？不過，任何人都能取代你，卻沒有任何人能取代在下。因為在下是特別的，是被選上的人。」

「……我真嚮往這種台詞。一次就好，真想說說看。但是這種話太狂妄，我實在說不出口。」

他裝出清爽的模樣說。

「哈哈哈，用不著這樣鬧彆扭啦，第二人。」

一瞬間，我聽不懂這句回應，但這傢伙應該是誤以為我在生氣。

……全能也有極限嗎？

既然這樣，我覺得可以稍微和他鬥個旗鼓相當。即使是初代怪異殺手，也絕對不像羽川完美無缺。

聽他硬是想用現代語卻失敗，我反而感覺他對我這個四百年後的未來人抱持對抗心態。

是的。

這傢伙也是認真的。

如同鋒利的大太刀般全力以赴。

「你救了姬絲秀忒。湊巧經過她遭遇危機的場面，救了她。不過只要有奄奄一息的美女倒在路邊，你以外的任何人都會出手搭救吧？」

「…………」

「任何人都做得到這件事，任何人都遇得到這件事。這是在日本各處都可能發生的常見事件。既然這樣，由在下代替也可以吧？不……」他在這時候搖了搖頭。「像這樣相互指責缺點、批評弱點也沒有意義。自己人針鋒相對，對任何人都沒有好處，只會成為不忍卒睹的內戰。到頭來，這種事就像是兩個男人搶一個女人吧。你的一切看在在下眼裡都是缺點，在下的一切看在你眼裡都是缺點，如此而已。俗話說夫妻吵架連狗都不吃，但奴隸吵架連怪異也不吃。就算發揮奴隸的骨氣，對彼此來說也不是好事。」（註7）

怪異殺手少年說完輕拍雙手，然後打開寶特瓶。

他剛才說自己變成少年的身體所以變得多話，但是看他找適當機會停頓喘口氣的樣子，可以知道至少原本的他，口才不會差到哪裡去。

「……不然要怎麼辦？接下來要互誇嗎？」

我等他嘴巴離開瓶口之後問。

「這真的就不忍卒睹了。」

初代怪異殺手理所當然如此回應。

「所以在下來分析優點吧。阿良良木閣下，你和姬絲秀忒分開之後，對你來說會有什麼好處，我就告訴你吧。在這段期間，你就思考一下你如果不和姬絲秀忒分開，對我來說會有什麼好處吧。」

「優……優點？好處？」

註7　日本諺語的直譯，清官難斷家務事的意思。

我總覺得聽到某個和現狀相反，完全格格不入，極為突兀的名詞。這是哪門子的心理戰？

「不是心理戰。只是你似乎不知道某些事，所以由我懇切詳細地說明罷了。如果你和姬絲秀忒離別，就能從姬絲秀忒那裡解脫，擺脫名為姬絲秀忒的束縛。可以從束縛彼此，糾結不清的關係之中重獲自由。」怪異殺手少年這麼說。「換言之，無疑是由我代為負起你現在對姬絲秀忒所負的責任。你當時對姬絲秀忒提出的妥協確實漂亮，我身為專家很想表達佩服之意。雖然不知道是誰出的主意，卻非常了不起。但你並不是沒為此付出代價吧？你的人生並不是沒因而變調吧？在下就是要幫你處理這個爛攤子。」

「你的意思是……」

我慎重回應。無論對方想說什麼，我認為自己都不能貿然說錯話。第一人與第二人的對話確實進入這樣的階段。

「你要在各方面取代我嗎？」

「就在下看來，至今是你取代在下，搶了在下的位子。所以在下只是想討回在下的刀，討回在下的立場。在下可以成為你，但你無法成為在下。」

「…………」

「還是說，你自認比在下更能服侍姬絲秀忒？自認你這個外行人比在下這個專家能幹……別看在下是這種態度，在下自認看得起你喔。因為在下不在的這段時間，是你陪在姬絲秀忒身旁。講得更白一點，姬絲秀忒應該還算重視你吧，所以在下不想傷害你。」

「……你要我轉告的訊息，我確實轉告了。」

我壓低聲音說。

我覺得忍對這段訊息的回應，正是我現在能夠和怪異殺手少年對峙的根據。

「她似乎不想見你。」

「這樣啊。哎，也是啦。」

然而，這似乎沒對他造成打擊，他講得像是這個回應正如預料，像是早已看透忍會怎麼說。

「不過，無論姬絲秀忒在打什麼算盤，在下都必須要求有借有還。」

包括刀，以及立場。他這樣講就像是討債集團。

「在下想重新來過。經過四百年，想再度發光發熱。在下不認為這樣丟臉，在下反倒想問你，你不認為抓著『第二人』這個立場不放的自己丟臉嗎？」

「……你不是想重新成為忍的眷屬，而是想重新成為人類吧？你說想見忍，即使不是為了復仇，也可能是想回復為人類……」

「在下無法回復為人類了。」他很乾脆地說。「畢竟已經四百年，時間過太久了。從這個角度來看，在下和你也不一樣。總之……我已經不認為這是悲哀的事。正因為無法回頭，所以在下今後可以一直、半永久地和姬絲秀忒在一起。」

「……你或許認為這是純愛，但是像你這樣的人……在現代社會叫做『跟蹤狂』喔。」

嗯？

我自己這麼說完，卻覺得這句話不對勁。怎麼了？我剛才覺得哪裡不對勁？不，與其說不對勁，應該說好像發現奇妙的吻合……

「就說了，不要說彼此的壞話好嗎？還是說，你想到什麼了嗎？整體來說，你不和姬絲秀忒離別的話，對在下有什麼好處？」

我和姬絲秀忒在一起，和姬絲秀忒共同走下去，對他有什麼好處？

「…………」

我當然完全想不到，連一個好處都想不到，因為我與忍的關係是為了讓所有人都不幸，讓每個人都絕望。我打開他給的寶特瓶茶，填補這段沉默的時間。就算喝口茶，應該也得不到任何想法吧，但是只有一下子也好，我想逃避這種被怪異殺手少年逼入絕境的心情。我如同只為了迴避解答的義務，拿起寶特瓶。

送到嘴邊。

送到……嘴邊……

「？」

失敗了。

破碎了。

我向後仰。

某個銀色物體從我面前高速通過，手上的寶特瓶在瞬間連同內容物粉碎。

碎裂四散，不留原形。

不過，寶特瓶的碎片，甚至是任何一滴茶，都沒有噴到我身上。因為我在那之前就難看地跌了個四腳朝天。

與其說是反射性地往後仰躲開，正確來說，單純只是因為物體高速通過我面前，強到暴力的風壓將我吹倒後方吧。

不過，怪異殺手少年是自行迅速地像是起身般往後跳，躲開那個物體。

巨大的銀色十字架。

如同墓碑深深插在空地的十字架。

雖然是大到匪夷所思的銀製物品，我卻不是第一次看見，我記得這東西。

令人印象深刻的東西。吸血鬼的弱點。

收拾吸血鬼的武器。

「敵人拿出的飲料，不要毫不懷疑就喝好嗎？你蠢到害我忍不住出手救你。你至今的人生到底多和平啊？就算你現在斷絕連結，喝到聖水同樣沒救喔。」

位於該處的人這麼說。

是金髮金眼，身穿白色學生服的年輕人。

「超鮮的啦。」

024

艾比所特。

在春假的時候，為了殺掉傳說之吸血鬼姬絲秀忒・雅賽蘿拉莉昂・刃下心，追著她來到日本的三名吸血鬼獵人之一。

吸血鬼混血兒的少年。

具備吸血鬼與人類雙方的特徵。

和吸血鬼與人類雙方為敵。

憎恨吸血鬼，憎恨人類。

不是吸血鬼，也不是人類。

不是基於使命，不是基於工作，而是基於私情行動的專家。

好戰又具備攻擊性戰鬥風格的這名專業吸血鬼獵人，當時也和成為傳說吸血鬼眷屬的我交戰過。或許該說我單方面被他壓著打，不過在最後，在忍野咩咩的策略以及羽川翼的機智奏效之後，他應該沒完成目的就返回祖國才對……這樣的他為什麼出現在這裡？

他射出十字架，是為了救我？

寶特瓶裡面是……聖水？

「……阿良良木閣下，看來有人來礙事了。」

怪異殺手少年一邊退後，一邊這麼說。

雖說退後，但他後面只有牆壁，既然艾比所特站在空地入口，這裡就等於是死路。

「如果你在這裡服毒……更正，服下聖水，事情就好辦了。既然是你主動淨化自己，在下就不算是無視於落款印的存在。」

一時之間，我聽不懂他在說什麼……看來他在一開始給我的那瓶茶動了某些手腳。這麼一來，他說茶是在自動販賣機買的，原來是在騙我？

如果我無法承受和他對話的龐大壓力，喝了瓶裡的飲料，雖然不知道具體來說會怎麼樣，但我的身體會受害，也可能是怪異殺手少年會受益。

比方說，我會和忍離別……嗎？

這個少年將敵意藏在心裡，極為理所當然般企圖暗殺我？

這份惡意使我毛骨悚然。

怪異殺手少年一邊像那樣和我交談。一邊虎視眈眈等我中計？引頸期待我自行喝下聖水？

不對，不是惡意，是熱情。

這傢伙就是如此熱切地想見忍。

在我舉棋不定而苦惱的時候，他毫不迷惘，為了目的採取行動。

「咯咯咯咯……超鮮的啦。別生氣啦，刃下心的眷屬。收拾怪異的方法沒有設限，暗算或偷襲都是了不起的手法之一喔。」

艾比所特這麼說。拯救我脫離這個絕境的似乎是他。不對，我不該使用「好像」這種模糊的字眼，在任何人眼中，我顯然都是被他救了一命。

如果他沒將這個比擁有者大數倍以上，可能將他自己淨化的這把巨大十字架射過來，我應該會按照怪異殺手少年的計畫，喝下瓶裡的水。

但我一時之間無法接受他拯救我的事實。因為在春假，這個專家讓我與忍吃了不少苦頭。這把十字架絕對不是用來救我的工具，是用來殺我的武器。

即使他告知內容物的危險性，然而對我來說，插在地面這把十字架在我心中喚醒的恐懼，遠超過那個碎裂得不成原形的寶特瓶。

包括十字架的擁有者也是……

因此，雖然在任何人眼中，他都明顯是我的救命恩人，但是以感受來說，我覺得場中像是多了一個敵人。

他為什麼在這裡？

我忍不住這麼想。

「你是現代的專家？那麼，你是來收拾在下的？」

大概是抱持相同的疑問吧，怪異殺手少年從容詢問。

「你說呢？現在的你與其說是吸血鬼更像是專家，但入夜之後會改變嗎？」艾比所特回答說。「既然這樣，我把你殺到不留下後遺症的程度也行。」

看樣子，艾比所特比較像是衝著怪異殺手少年而來，而不是衝著我來，但他這據恐嚇似乎也包含我在內。

當然，就艾比所特看來，我與怪異殺手少年或許是一丘之貉吧。

「在下姑且沒有暗算或偷襲的意思，但還是解釋一下吧。這也類似是代替問候的惡整。任何人只要稍微具備專業知識，都會察覺那是聖水。沒有這種知識的外行人居然待在姬絲秀忒身旁，在下十分驚訝。」

「不過，想用這種四百年前宗教手法收拾怪異的傢伙，就我看來也很外行。超鮮的啦。」

「…………」

究竟發生什麼事？我沒能掌握狀況，連一句話都說不出來。

接著，某個格格不入的開朗聲音，如同落井下石般介入我、艾比所特與怪異少年殺手三足鼎立的局面。

「看來趕上了，太好了太好了。初代先生，初次見面。」

是臥煙小姐的聲音。

她踩著輕快的腳步，一邊滑手機一邊從艾比所特身後登場。沒想到我居然會因為看到臥煙小姐而安心，不過這麼一來，所有事情終於連接起來了。

原來如此，臥煙小姐說的「幫手」，她特地下山去接的對象，就是吸血鬼獵人艾比所特。

回想起來，這次的對手是吸血鬼。找專業的吸血鬼獵人是定例中的定例。

不過就算這樣，為什麼不找別人，偏偏找艾比所特？

難道沒有其他人才嗎？我不得不這麼認為……反過來說，寧願找艾比所特也不找影縫嗎……

「臥煙小姐，妳真慢。」

艾比所特說。

「抱歉抱歉。」

臥煙小姐親切道歉。

「不過所特，你也有錯喔，可別只是責怪我。因為你跑去泡妞玩樂，所以才差點遲到的。」

「我哪有泡妞……妳以為我幾歲啊？」

聽兩人這段對話，他們似乎以前就認識。哎，臥煙小姐是專家總管，所以有國外的管道也不奇怪……

對於怪異殺手少年的外貌，臥煙小姐沒有感到驚訝。

「我是臥煙伊豆湖。無所不知的大姊姊。」

臥煙小姐面向他，確實說出自己的本名。不，說不定沒辦法保證臥煙伊豆湖是本名。

「我是來和你交涉的。」

「……看來在下終究屈居下風啊。因為現在是白天。」

怪異殺手少年說完笑了。

雖然不是老神在在的笑容，但這張表情像是在對抗現在的處境。比起直到剛才應付窩囊高中生的狀況，現狀或許令他覺得挑戰性大得多。

「阿良良木閣下，看來對談到此為止了。在下就此告辭。在下找不到和你之間的妥協點。這麼一來，彼此的關係只能進入下一個階段。」

「居然說這是對談……」

企圖暗算的傢伙竟敢這麼說。

不過，下一個階段？下一個階段是……

「那還用說嗎？就是決鬥。」

他說。按部就班地說。

「兩個男人為了搶一個女人而戰鬥。這是從四百年前就不變的傳統。」

「…………」

「今晚，不是你死就是我活。」怪異殺手少年對我宣布。「細部流程就交給那邊的專家們吧。妳是……伊豆湖閣下？由妳安排吧。在下做好準備就會赴約。在下會在這之前盡量回復到最佳狀態，全力以赴。阿良良木閣下，你就取下臉上的落款印吧。在下不會逃也不會躲。不過真要說的話，你要逃要躲都沒關係。但若你接受這場決鬥，你今生將會和姬絲秀忒永別，千萬別忘了這一點啊。」

他說完轉過身去。

入口由艾比所特與臥煙小姐擋著，他應該被關在這個空地才對，不過這是二次元的觀點。

他單腳一蹬，跳躍了。

如同斧乃木的「例外較多之規則」。

據說，傳說之吸血鬼當年光是用這個「單腳跳」，就從日本跳到南極大陸。即使終究比不上，但怪異殺手少年這一跳，輕鬆越過用來阻擋人類通行的牆壁，完全不像是在大白天，而且是身體狀況還沒完全回復的狀況進行的跳躍。

「你……」

你這卑鄙的傢伙想逃嗎？我將講到一半的這句話吞回肚子裡。他已經說不會逃也不會躲了。反倒是看到他現在從這裡、從我面前離開而鬆一口氣的我，才應該叫做卑鄙、膽小的傢伙。

不需要繼續和那傢伙說話，不需要繼續面對那傢伙，使我鬆一口氣。甚至覺得面對如此弱小的自己比較好。我就是如此安心。

可是等一下，我就算了，出現在這裡的兩名專家——艾比所特與臥煙小姐，為什麼沒去追他？他們兩人明明和我不一樣，沒道理坐視他脫離現狀啊？

對於臥煙小姐來說，能夠在白天就逮到初代怪異殺手，這種機會肯定是求之不得，為什麼不追？

到頭來，以他們的能耐，肯定也能阻止怪異殺手少年跳起來吧？跳到高空的動作，他們如果想阻止肯定能阻止。這樣簡直像是故意放他逃走吧？

「……啊。」

不過，跳離現場的他消失無蹤，我轉身面向臥煙小姐與艾比所特時，這個疑問得到解答了。兩人不是沒追，是追不了。不得不停下腳步。

艾比所特射出巨大銀製十字架打碎寶特瓶的時候，風壓使我不禁往後仰的那時候，我雖然勉強以毫釐之差躲過十字架的破壞力，卻放掉另一隻手所提的塑膠袋。

大概是膠帶黏得不夠緊，袋子掉到地面之後，裡面的東西整個跑出來。還很周到地連同收據一起跑出來。初代怪異殺手往上跳，臥煙小姐與艾比所特發揮專家的本事，基於瞬間的判斷動身要追時，在他們腳步前方見光的這些東西吸引他們的目光。

目不轉睛。

他們目不轉睛看著從塑膠袋露臉的四本書。一人拿兩本起來，像是懷疑自己看錯般僵住。

吸血鬼混血兒的專家艾比所特拿著《鬼畜加魯孫，混血男孩的軟肉溫香！》上下集，臥煙伊豆湖小姐拿著服裝品味明顯像她自己的兩本熟女寫真集，兩人雙手各拿一本書僵在原地。

「這……這是誤會！」

其實沒什麼誤會。

就這樣，我們再度錯失了逮捕怪異殺手——逮捕姬絲秀忒・雅賽蘿拉莉昂・刃下心第一名眷屬的機會。

025

我和臉色蒼白的兩個專家（「阿良良木小弟（語氣不如以往親切），大姊姊我對這種事的倒胃程度真的超過你的想像，所以拜託真的別這樣」，「這一點都不鮮」）好好溝通之後（某方面來說，困難程度遠超過剛才和怪異殺手少年的對談），獨自回到北白蛇神社。臥煙小姐與艾比所特要「辦手續」，所以和我分頭行動（但願不是故意迴避我）。

意外連續遭遇驚險場面，而且是從各方面有所體驗，身心俱疲的我小心翼翼抱著塑膠袋抵達神社，然而等待著我的是下一個更勁爆的場面。

「咦……？」

幼女推倒運動員。

而且是在神社境內，真該遭天譴。

神原駿河仰躺在地，忍野忍騎在她身上。咦咦咦咦咦？

怎麼了？發生什麼事？

鳥居另一邊所見的那幅纏綿光景是怎樣？

神原騎在忍身上就算了，居然是忍騎在神原身上，這是錯的吧？

昨晚「美少女騎第一」的話題，原來是伏筆？

為了加入她們……更正，為了詢問她們，我踏出腳步想跑過去，手臂卻被牢牢抓住，我就這樣被拖進樹叢。這股力道強到我完全無法抵抗。

「鬼哥，噓～～」

拉我的果然是斧乃木。

她蹲在草叢裡。首先，我驚訝於她居然無聲無息就距離我這麼近，不過原本就嬌小的她抱膝蹲下，難怪我沒發現……

畢竟這女童和生命的躍動感完全無緣。

「斧……斧乃木小妹……」

「叫我野火止就好。」

「這是誰啊？說真的這是誰啊？妳叫做斧乃木吧？」

不要每隔半天不見就改變個性好嗎？

不過，我在意外的場所和意外的女童重逢。而且對方是救我逃離火場，在分開的這段期間也以臉上的腳印間接保護我安全的斧乃木。

我當然不可能不高興。

我撲了過去。

「抱抱！」

「我躲！」

被躲開了。看來她並不是任我擺布。

她就這麼維持蹲姿，輕盈躲過我的獨角仙臂鉗，不只如此，還繞到後方絆我的腳讓我跌倒，並且就這麼像是摺疊般讓我坐好。

這個月中旬左右，影縫曾經像是展現收納技巧般摺疊我全身，斧乃木不愧是她的式神，似乎也做得到類似的事。

不，雖然這也令我相當驚訝，但是能使出那種一擊必殺蠻力招式的斧乃木，居然也開始使用這種像是合氣道或柔道的古武術招式，我根本對付不了她吧？

我根本抱不了她吧？

「不要以抱我為前提。小心我剪掉喔。」

「剪掉？好恐怖！」

「我不是說『噓～～』了嗎？給我閉嘴，呆子。」

這是命令句。我實在看不出她的角色定位。

我以為這孩子在那之後自行四處奔走。說來遺憾，依照怪異殺手少年的說法判斷，斧乃木的探索行動沒有獲得直接的成果……所以她回到這座北白蛇神社和臥煙小姐會合嗎？

如果試著將斧乃木的行動寫在時間表做整理，就是「拯救我與神原（補習班廢墟）」→「在阿良良木曆身上留印記（腳印）」→「回報臥煙小姐（電話）」→「和忍一起對抗猿猴（告知會合地點在浪白公園）」→「她自己後來也抵達浪白公園（得知會合地點更改）」→「來到北白蛇神社（現在）」這樣吧。

真勤勞的式神……

如此忙碌奔走的孩子，卻曾經只因為冰淇淋的恩情而被我拖住那麼久，我想起這段往事就覺得有點過意不去。

「看來鬼哥也經歷相當激烈的戰鬥，瞧你的衣服破成這樣。」

「啊，不，這是神原的……」

總之先不提運動服，我並不是沒經歷激戰，也正在目擊古今罕見的戰鬥……

「我才要說，妳的衣服怎麼破破爛爛的？」

「沒有破破爛爛喔。看我露出肌膚是想做什麼啊……鬼哥這邊似乎也發生不少事，總之晚點再問。不提這個，先處理那邊吧。」

斧乃木指向神社境內交纏在一起的忍與神原。

我剛才說忍騎在神原身上，不過這個姿勢真要說的話，感覺比較像是格鬥技的騎乘姿勢。

忍完全封鎖神原的動作……不是獨角仙臂鉗，而是獨角仙腿鉗？就說了，為什麼是忍騎在神原身上？如果兩人位置互換，就是如同拼圖完美拼合的暢快圖解了。

「過去當狗仔吧。」

「狗仔……」

這麼說來，前幾天我和忍在說話，聊到姬絲秀忒．雅賽蘿拉莉昂．刃下心的往事時，這孩子也是這樣豎耳偷聽。

初遇時是那種場面，所以我不小心認定這孩子是戰鬥型角色，但或許出乎意料比較擅長這種偷聽偷看的調查行動。

「是啊，因為我在專家這一行是負責公關。」

「妳就算擅長調查，但要負責公關應該不可能吧？」

「為什麼？我明明像這樣和鬼哥建立良好關係啊？」

「不不不，這層良好關係始終源自我是女童專家，但妳的溝通技能很差。」

「女童專家是哪門子的專家？快看。」

怪異專家再度指向忍與神原。

對於這孩子來說，「伸手指」這個行為幾乎等同於飛彈瞄準，她的指尖方向是我的兩個好友，使得我內心忐忑不安……

「我來的時候已經是那樣了。」

「已經是那樣……」

既然這樣，斧乃木似乎是剛到這座北白蛇神社。那麼，斧乃木也不知道那兩人為什麼變成那樣嗎……所以才在這裡觀察？

「慢著，可是斧乃木小妹，我對此不以為然喔。光是坐視他人親熱，永遠沒辦法向前，必須積極主動上台才行。」

「別把我和鬼哥相提並論。我偷窺不是基於非分之想。她們似乎有隱情。」

「隱情……？」

不是激情？

聽她這麼說，我重新以這種角度觀察兩人，確實莫名從她們兩人身上感受到非比尋常的氣息。

總覺得好像在爭論……？

爭論？

忍會爭論？

這很奇怪。到頭來，忍幾乎不會理會任何人類，不只是不會說話，更不會和他人扭打在一起。

依照我的記憶，我只知道她在春假和專家忍野咩咩講過話（即使在那時候，也很難說她和羽川翼好好講過話），在不久之前隔著我和影縫講過話，以及這次被臥煙小姐挑釁而講話。

這樣的忍——雖說渣滓依然是前貴族的吸血鬼，擁有高傲精神的怪異，為什麼會向那樣和神原講話？

而且……還是爭論？

與其說爭論，感覺幾乎已經是口角了。不過，騎在對方身上起口角，這已經是吵架的最終階段了吧？

接下來只會開打。

但是等一下，別急著下定論，那種個性的神原這麼做，應該認定是某種特殊的玩法吧……不，可是……

「……不行。完全聽不到她們在說什麼，太遠了。吵得大聲一點就好了。」

「要是吵得大聲一點，應該就開打了吧？」

「斧乃木小妹，妳聽得到？」

「當然。因為我是公關。」

「…………」

她喜歡這個頭銜？

不過乍聽之下，還以為是公關小姐那種公關……

斧乃木是式神怪異，或許視力與聽力都遠超過人類的平均標準……相對的，現在和忍斷絕連結的我，甚至無法解讀脣語。

可惡。

居然無法解讀忍的脣語，阿良良木曆的名聲會掃地啊！

「斧乃木小妹，可以稍微靠近她們嗎？移動到我也多少聽得到兩人講話內容的距離……」

「怎麼啦，原來鬼哥也很來勁嘛，真是的，這麼愛看別人吵架。」

「不……居然這麼說……」

如果我這樣算是來勁，斧乃木就是來亂的。

而且還是面無表情來亂，更令人沒轍。

「不，如果局勢可能演變得不妙，我想要阻止。只是……」

只是即使要介入，老實說，過於不可思議、奇妙又古怪的這對組合處於這種壓制狀態，我不太敢介入。假設她們在吵架，我想在勸架之前知道原因……但若是演變成打架，當然就無暇追究原因了。

如果是神原騎在忍身上，無論如何我非阻止不可，但既然位置相反……

忍現在幾乎和我斷絕連結，吸血鬼性質下降，即使像那樣騎著，基本上也等同於和幼女嬉戲。雖然這麼說，但神原知道忍是吸血鬼落魄之後的結果。

即使如此，神原依然敢像那樣和忍爭論，使我徹底體認到她多麼大膽。不過她們究竟在吵什麼？

什麼事讓忍氣成那樣？

雖然我完全無法想像，但是該怎麼說，大概是為了配對問題吵起來吧……如果是基於荒唐理由就再好也不過了……總之為了知道原因，我想移動到聽得見兩人聲音的位置。

「想移動。嗯……」斧乃木點頭說。「用『例外較多之規則』？」

「不能用那麼張揚的方法移動吧？要避免被她們發現。」

「怎麼沒說『拜託』？」

「……拜託。」

「嗯。這下子怎麼辦呢……」

斧乃木雙手抱胸，一副思索的模樣。總覺得在和妳講話的這段時間，神原與忍就會結束對話。

「沒誠意。感覺鬼哥只是嘴裡說說。」

「居然說我沒誠意……」

「做點有趣的事情瞧瞧，我就可以幫你移動喔。」

「太強人所難了吧？」

「還有，關於我留印記保護鬼哥的這件事，差不多是時候道謝了吧？」

「…………」

她要求道謝。

我確實感謝她，卻認為這種謝意無須言語……原來她並沒有要把這件事一直藏在心底嗎？要是我胡亂道謝，感覺她會說出「什麼事？我不知道你在講什麼」這種話，看來她意外地習慣有話直說。

「總之，不是現在也沒關係。所以只要鬼哥答應改天做點有趣的事情瞧瞧，我就會帶你到最棒的位子喔。」

「最棒的位子？」

「本壘後方第一排喔。」

「在那裡會被發現吧？」

要是在那麼近的位置觀察，那兩人無論是為了多麼嚴重的問題爭吵，也都會暫時休戰吧。

「知道了知道了，我答應妳。下次會做超有趣的事情給妳看。」

前提是還有下次……我允諾之後，斧乃木說「真的嗎～～鬼哥的有趣如果是開黃腔，我不太能接受耶～～但我覺得脫了就很有趣喔～～」展現奇怪的角色風格

（說真的，這十二小時發生了什麼事？），只有那張臉一直都沒有表情。

「往這裡。」

她拉我的衣袖說。

我至今一直說她毫無感情與表情，但我開始懷疑這孩子其實只是面無表情，實際上感情非常豐富。總之，我就這麼被斧乃木拉著，躡手躡腳跟在她身後。

斧乃木即使不是公關，應該也已經將這座神社調查一遍了，這樣的她如同走在自家庭園般沒有迷路，帶我到最棒的位子。勉強聽得到兩人的聲音，勉強看得到兩人的表情，而且樹叢茂密，對方難以察覺的位子。

斧乃木似乎擁有敏銳的知覺，對她來說，這裡大概和剛才那裡的條件完全相同，但是對於人類模式的我來說，兩處有著明顯的差距。

「…………」

依照現在聽得到的語氣，以及現在看得到的表情，我得以判斷兩人不可能是為了一點都不重要的胡鬧事情爭吵。

兩人是出自內心，出自真心在吵架。

「……話說鬼哥，我剛才就注意到，你像那樣小心翼翼一直抱在懷裡，裝著A書的那個塑膠袋裡面是什麼東西？」

「妳不就說裡面裝著A書了嗎？妳明明隱約知道了吧？」

「是啊，畢竟袋子有點透明，以我的視力大致看得見……但是我不知道鬼哥在BL這方面的造詣也很深，心胸也太寬廣了吧？」

「不，妳誤會了。我絕對享用這種方式表現自己心胸多麼寬廣。這是神原託我買的東西……」

我回憶剛才因而發生的麻煩事這麼說，然後察覺了。

剛才我要下山購物時，神原拜託我順便買別的東西。這麼說來，一開始提議由自己下山購物的神原，為什麼變成拜託學長順便買她的東西？要說這是神原特有的厚臉皮作風也沒錯，所以我直到現在都覺得沒什麼好奇怪的……

然而實際上呢？

是不是應該解釋成她要我多買東西，讓我晚點回來，藉以單獨和忍說話？

神原當然不可能預料到我在書店遇見怪異殺手少年……但如同我和怪異少年開誠布公地聊聊，神原駿河這麼做，也是為了和忍野忍開誠布公地聊聊？

然而，比起聊天更像在爭論的她們，看來永遠吵不出結果，即使在聽得到她們聲音的這個距離，也很難聽清楚她們各自在說什麼，看來雙方都已經相當情緒化。

斧乃木目不轉睛看著她們，是因為她聽得出內容嗎？

「我說，斧乃木小妹……我有個請求。」

「雜音，我不是叫你閉嘴嗎？要是再不聽話，我就用接吻封你的嘴喔。」

天啊。

就算斧乃木的角色個性再怎麼不穩定，她這種作風究竟是跟誰學的？

可以的話，我想請斧乃木轉述兩人的對話，不過看起來應該很難。斧乃木說她的工作是實地調查，但我覺得她只是愛看熱鬧罷了。

此時，神原與忍，她們的對話突然停滯。兩人的激烈爭論似乎告一段落。

這就像是喧鬧的教室突然出現剎那的沉默。如果這裡是教室，接下來應該會哄堂大笑，不過在這裡當然沒發生這種事。

神原緊閉雙脣，從下方仰望忍。忍齜牙咧嘴，從上方俯視神原。

爭吵結束，現在是互瞪嗎？

既然這樣，接下來就是互毆了。如此心想的我做好隨時衝出去的準備。

就在這個時候……

「喂。」忍以比平常低沉，比平常沉著的聲音說。「吾認同汝之膽量。面對吾連一步都不退縮之魯莽，確實令吾感覺汝是吾主之學妹。既然這樣，吾就避免情緒化，身為活了五百年之大人，對汝這個丫頭寬容點吧。若吾答應撤回剛才之發言，汝就當作此處之對話沒發生過。只要道歉，吾就會原諒。」

忍這麼說。

最近好一陣子沒聽到忍這樣壓低音調說話，隨時準備衝出去的我不禁卻步。

我這個只像是抽搐的動作，大概是被高估為想要介入兩人的爭執吧。

「鬼哥，冷靜點。」

斧乃木牽起我的手。

這孩子動不動就和我親密接觸，說不定她愛上我了。我如此心想。

「女生吵架，男生沒有出場的餘地吧？」

然而她這麼說。

女生吵架……？

不，沒這麼簡單吧？個性懦弱的傢伙，光是面對忍那種魄力就可能斃命耶？用眼神殺人就是她那種狀況。

然而，忍眼神朝向的人物——神原駿河，內心沒有脆弱到光是這樣就被殺。

就我所知，神原精神面的強度，連怪異都自嘆不如。

「我不撤回。不道歉。要我說幾次都行。」

神原說。而且聲音同樣沉著。

是因為已經歇斯底里相互大喊、相互大罵，如今心情終於穩定嗎？如果這是女生吵架的標準作業程序，我這個男生確實沒有介入的餘地。

「小忍，妳應該見他一面。」

至今大概已經反覆許多次的這句話，神原又對忍說一次。

「妳應該見初代怪異殺手一面。」

026

忍伸出手，抓住神原的臉。

鐵爪功的抓法。

看起來像是騎在仰躺神原身上的忍，進一步發動攻擊。

然而這招鐵爪功似乎只是恐嚇，她的手沒用力。與其說是抓住臉，這種力道比較像是摸臉。

不過，忍這個類吸血鬼的握力足以捏碎蛇之怪異，臉被這樣的手觸碰，終究無法保持冷靜吧。蛇怪的頭當然不能和人類的頭相提並論，感覺卻依然如同被巨熊摸頭。

我似乎聽到神原倒抽一口氣的聲音。

即使如此，她還是沒退縮。

沒退縮。

「昔日的搭檔花了四百年終於復甦，妳卻不想見面就了事，這是壞事，非常不好。這樣不對。」

神原說。

「…………」

我也同樣倒抽一口氣。神原那傢伙，原來趁我不在的時候對忍講這個？我無從知道她如何提出這個話題，不過看她現在像那樣被忍壓制的結果，就知道她絕對沒有講得很好。

不對。

神原肯定講不好。

即使有其他講法，她也會基於直腸子的個性毫不委婉地明講。

妳錯了。妳不對。

她應該是這麼說的吧。

即使知道講得這麼直會如何激怒對方，應該也不會換成別的講法吧。

神原駿河。

她毫不委婉地說下去。

「還敢說自己是活了五百年的大人……妳只是不肯面對過去，不斷逃避的膽小鬼吧？」

她就這麼被忍抓著臉明講。

「妳要我道歉……但妳才應該對某人道歉吧？」

「……吾完全聽不懂汝說什麼。莫名其妙。語無倫次。平常在吾主影子裡觀察時，就經常覺得汝這姑娘腦袋有問題，然而看來有點過火了。」

原來忍也覺得神原是腦袋有問題的女生啊……這就某方面來說講得太重，但我現在同樣聽不懂神原在說什麼。

應該見初代怪異殺手一面？而且……應該道歉？

她是這麼說的？

我回憶剛才在那片空地，和怪異殺手少年的對話內容。

他說他想向忍道歉。想為了道歉而見忍。

我無從判斷這番話有幾分為真，老實說，即使是真話，我也難免認為事到如今他的如意算盤打得真響。但神原對忍說的話完全相反。

和初代怪異殺手見面，並且道歉？神原講這番話是基於什麼心態？

「我的腦袋有問題，我自己最清楚。」

神原說。

……原來妳有自覺？

「但這是兩回事。就算我腦袋有問題，也知道妳這樣是錯的。」

「所以吾從剛才就在問，吾哪裡錯了？完全搞不懂。若是憑汝這個人類就想對吾說教，稍微整理一下邏輯再說吧。」

「我哪知道什麼邏輯！」

神原再度怒吼。

臉被按住的她這麼大喊，看起來甚至像是在啃食忍的手掌。但忍就算這樣也沒鬆手。

就某個角度來看，這是非常詭異的構圖。

如果斧乃木做得出表情，她大概會笑吧。然而兩個當事人極為正經。

「別囉唆，去見他不就好了？他花了四百年，只為了見妳而復活耶？為什麼不去見他？」

「吾不是說了嗎？這是汝誤會了。那傢伙之復活，不是因為這種無聊之情緒化理由，只是生命力，只是自然現象。和四季更迭、下雨起浪、日夜循環沒有兩樣。只是飛散之灰燼隨風聚集，如同磁鐵般激發之自然現象。」

「某人喜歡某人的心情也是一種自然吧！」神原大喊。「不准否定別人喜歡妳的這份情感！」

「就說了……汝這傢伙一點都不懂！」忍壓低至今的聲音也再度蘊含憤怒。「汝這傢伙究竟是什麼個性？不准凡事都以汝之標準判斷！吸血鬼之眷屬，吸血鬼之主從關係不是這麼回事！不是能用喜不喜歡來述說之關係，汝這個……戀愛腦！」

戀愛腦。

這句話重到可能強迫結束這段議論，但神原依然不畏縮，以相同語氣回嘴。

「主從關係和喜不喜歡無關。這句話妳也敢在阿良良木學長面前說嗎？」

「…………」

忍沉默了。

情緒差點爆發的她，沉默了。

總之，我不在忍面前，而是位於幾乎九十度角的側邊，但忍要是知道我就在旁邊，她應該不會沉默吧。

如果彼此的連結還在，在這麼近的距離，我再怎麼巧妙藏身，也沒辦法完全不被忍發現……

說來諷刺。

正因為現在連結中斷，我才能像這樣接觸到忍的心意……

「……哼。所以汝才像這樣製造機會和吾獨處？啊，這麼說來，吾對吾主說『不打算見面』時，汝之樣子就不對勁……所以才委託購買書與胸罩等物品？」

「不，這是兩回事。」

……看來是兩回事。

「我只是真的希望學長幫忙買。老實說，我正在為胸罩的事後悔，早知道應該更強烈拜託才對。我好擔心學長當成玩笑話結果沒買。剛才動得太激烈，我胸口痛得不得了。胸部跟不上我的速度。我還以為會從根部扯爛。」

「確實很雄偉就是了……」

「順帶一提，籃球術語的不落地傳球（no bound pass）簡稱『no-ban』，發音聽起來很像沒穿內褲的『no-pan』，所以我忍不住就想常用。」

「若要這麼說，汝現在沒穿胸罩（no-bra）就是無計畫（no plan）了。」

「不過，只要我有穿胸罩，現在就應該是我推倒妳……但現在這樣仰躺，我輕鬆得不得了。感覺擺脫重力的束縛了。」

「哼。現在之吾沒有這種煩惱。」

忍一臉不悅。

就這段對話的端倪來看，溝通與互毆的階段似乎結束了。我一直以為事態是以「溝通」↓「爭論」↓「互毆」的步驟進行，但看來女生吵架的流程完全反過來。也就是「互毆」↓「爭論」，最後才終於是「溝通」。

不，如果把忍野忍與神原駿河講得像是代表性的例子，對全國的女性同胞很失禮。

面對鎧甲武士或猴蟹蛇的時候我就在想，神原果然是個急性子。所以在我下山購物沒多久，神原就照例有話直說，兩人因而開打，結果忍就這樣騎在神原身上。

我與斧乃木前來的時候，剛好是爭論的階段。

如果沒有剛開始那場戰鬥，我與斧乃木就沒辦法像這樣偷窺吧……總之，無論神原是否真的一開始就想清場，到最後還是像這樣出現漏洞，很像她的作風。

這種脫線的一面是神原的特色，面對吸血鬼毫不退縮也是神原的特色。

無論對方是金髮的可愛幼女，還是尊敬的學長，想講什麼都會明講。

說不退讓就不退讓。

這份頑固，或許是母親留給她的。

左手也是……

……話說回來，在得知原委之後，我還順便得知沒穿胸罩直接套上我那件連帽上衣的神原，就這麼以自己的最高速度劇烈運動，這個事實大幅撥弄我的心。那是忍製作的衣服，我相當喜歡，但今後我要以什麼心情穿那件連帽上衣啊……

話說，為什麼在講胸部的話題？

「話說，為什麼在講胸部之話題？」

「是小忍妳先提的。」

「那個……」

忍維持抗拒的表情重新來過。雖然被神原打亂步調，這段對話也好像有穩定精神的效果，但是正如神原的指摘，即使當事人自稱五百歲（其實是五百九十八歲）的大人，現在依然被幼女的外型拖累。

換句話說，忍和成熟氣息無緣。

即使溝通看似成立，但要是神原又講錯話，忍應該會立刻激動吧。忍現在依然抓著神原的臉不放。

「總之，吾明白汝想說什麼了。不過這誤會可大了，而且是多管閒事。正如剛才吾對吾主所說，對於現在之吾而言，稱得上是眷屬之對象只有汝之學長。現在之吾……」

「……小忍，妳剛才說聽不懂我在說什麼，但我不懂的地方是這一段。就是這一段讓我不高興。」

「嗯嗯？」

「這樣講簡直像是眷屬只能有一人吧？比方說，小忍沒想過和阿良良木學長以及那個初代怪異殺手，三人一起和樂相處嗎？」

「三人……」

神原這個意見似乎令忍困惑。

而且我也困惑了。

確實，我們完全沒這麼想過。

初代怪異殺手應該也沒有這個方案。

他說過，眷屬不需要兩人。不過仔細想想，沒道理一定不能有兩人吧？

那為什麼我們完全沒冒出這種想法？我與怪異殺手簡直是在見面之前，就為了爭奪忍而對立。

爭奪？

三角關係之類的？

確實，這樣簡直是……戀愛腦。

「……那個男人是憎恨吾而死，對吾道盡各種怨恨之言語，卻要吾原諒他？不對，汝是要我道歉。道歉？為吾眷戀不捨而將那傢伙化為吸血鬼道歉？還放話說只要和好即可？」

「要不要和好不重要。」

神原的語氣毫不客氣。即使忍聽過剛才的指摘而看似稍微軟化態度，依然無情批判。

彷彿連同偷聽的我一起批判。

「沒和好也行。畢竟以對方的狀況，或許沒辦法和好。如果小忍不選初代怪異殺手，而是選擇阿良良木學長，那就不用和好。可是，這件事非得由妳告訴對方。不應該交給伊豆湖或阿良良木學長轉告。」

神原說。

「汝懂什麼？」聽她說完的忍不悅回應。「想必汝是因為置身事外，所以什麼都敢講吧。汝不知道。汝完全不知道。不懂吾與那傢伙之關係與過程。汝擅自幻想只會造成吾極度之困擾。不對，不只是四百年前之往事，即使是現在吾與吾主之關係，汝應該同樣不知道吧？」

「我確實不知道。但是我懂。」

神原沒否定忍說得很中肯，並且說下去。

以正經又發自內心的語氣說下去。

「我懂第一人的感受，以及第二人的感受。」

「…………」

忍沉默了。我也沉默了。

斧乃木原本就一直沉默。但斧乃木之所以沉默，或許只是因為聽不懂神原這番話的真正意思。

然而，我懂了。

不提個性，並未和忍深入來往的神原，為什麼和忍演變成那種扭打的場面？我一直感到詫異……不過原來如此，我知道了。

我內心某處還以為那個為學長著想的學妹，是揣摩我的內心想法，代替我對忍說出我難以啟齒的事情，然而並非如此。

初代怪異殺手的心態，神原比我懂。

當然也比忍懂。

近乎純愛的執著心態。

「……不准發揮這種無聊之同理心。」

即使是對人情世故遲鈍的忍，似乎也感受到了。她表情變得複雜，然後對神原說下去。

「那傢伙從四百年前甦醒，在汝眼中或許可憐，或許會同情。然而……」

「我沒同情他，也不覺得他可憐。當然也知道這是不得已的事。但要是維持現狀，根本得不到任何回報。那個人從四百年前甦醒，是沒人預料到的奇蹟吧？包括妳、阿良良木學長、伊豆湖小姐都沒預料到，忍野先生肯定也是。這樣的奇蹟應該獲得相應的回報。無視於這個奇蹟，當成機率性的現象，一副沒發生過這件事的樣子……我只是覺得這麼一來，那個人根本得不到任何回報。」

「所以說，這不就是憐憫嗎……那要怎麼做，汝才會滿意？為何如此想要掀起波瀾？不認為吾沒見那傢伙是為那傢伙好嗎？」

忍的反駁變弱。

我隱約這麼覺得。

聽起來已經不像是表達自己的主張，而是在說服神原。

逐漸站不住腳嗎？

活了五百年的怪異，逐漸被十七歲的少女駁倒？

「如今即使見到那傢伙，吾對他亦沒什麼好說的。見面對吾而言無意義，對那傢伙而言亦非好事。猿猴姑娘，看清現實吧。那傢伙只能除掉了。那傢伙為這座城鎮帶來危險，如今甚至是蔓延於鎮上之怪異奇譚本身，將來只會成為專家之獵物。也不可能和吾或吾之主一樣被認定無害。說來諷刺，那個男人昔日打倒許多怪異，卻終將被未來之同行打倒，沒有方法可以拯救。」

「我知道。所以……」

「所以？所以更應該見他？要吾說幾次都行，那個男人憎恨吾。要是見面，吾可能會被殺。吾之主可能會被殺。他似乎要討回妖刀，到時候，那把刀下之亡魂可能不只是吾等兩人。包含這一切在內……」

「包含這一切在內，都應該去見他一面！就說了，別講一堆大道理啦！為什麼大家都像這樣拒絕見面？豈有此理！人與人必須先見面才會有後續的進展，才會有後續的物語吧！」

神原語氣變得激動，然後就這麼被抓著臉，試著坐起上半身。忍差一點失去平衡，大概是沒想到她騎在下方的神原，居然只靠腹肌的力量就起身吧。先不提心理上，忍自認在身體上壓制神原，但神原即將起身。

而且沒藉助左手的怪異之力。

「小忍，妳直說不就好了？」神原以堅定的語氣說。「說妳會怕，說妳害怕見他。」

「…………」

「說妳不願意和他見面說話之後被打亂情感。算什麼怪異之王？算什麼傳說之吸血鬼？妳正如外表，只是一個害怕怪異奇譚的幼女。」

「…………」

「妳或許認為和他見面如同背叛阿良良木學長，為了守節，為了主張自己品行端正所以不想見他，但妳錯了。妳這麼做不是背叛他，妳背叛的是說謊、偽裝的妳自己。妳在偽裝軟弱的自己。」

「…………」

「說出來就行吧？妳就說出來吧。說吧。說這份花了四百年復活的愛情很沉重，實在讓妳倒胃；說妳現在和阿良良木學長處得很好，事到如今復活只會讓妳為難；

說這段感情已經成為回憶，回鍋只會讓妳覺得煩；說他硬來的這種感覺很噁；說他的心意只會造成困擾；說他要是就這樣死掉該有多好。妳就說出來吧。如果妳說不出口，就不准說學長是妳的主人之類的。妳不是孤傲，也不是高尚，妳只是怕生罷了。」

神原終於完全坐起上半身，並且這麼說。

「這算什麼主從關係？妳沒權利擁有奴隸，也沒權利擁有主人。」

「喀……」

「妳沒有權利建立關係。」

「……喀喀！」

忍笑了。淒滄的笑容。

我知道她的手在使力。如果要阻止，這是唯一的時機。

到了這個地步，確實已經不是講理，也不是議論。

到了這個地步沒有對錯可言。以忍的個性，聽到如此敵對的話語，絕對不會忍氣吞聲。

斧乃木也微微起身。她即使聽不懂兩人在說什麼，大概也以戰士的身分察覺氣氛緊張吧。

然而，如同斧乃木剛才阻止我，這時候是我阻止斧乃木。

斧乃木要介入兩人時，我抓住她的手制止。

「……為什麼是十指相扣？」

「喔，我搞錯了。我以為妳是戰場原。」

「爛人。」

我重新抓住。

「斧乃木小妹，再等一下。」

「為什麼？已經很不妙了。」

「還是要等。」

我知道可能演變成無法挽回的局面。

基本上，任何人在忍眼中都差不多。不會因為神原是我的學妹就另眼相待。

被侮辱到那種程度，忍不會忍氣吞聲。

即使如此……

「喀喀喀，喀喀喀。以此做為遺言可以嗎？吾才想問，既然講出想講之事，汝滿意了嗎？」

「非常不滿意。我還有很多事情要講。」

「吾可沒寬容到願意繼續聽下去。即使搞砸一切，吾現在亦想就這樣捏碎汝之腦袋。」

「……那就動手啊，我不會道歉的。」

神原說。

她從抓著臉部的手指縫隙瞪向忍。

「妳就對我動手，然後和阿良良木學長處得尷尬吧。這次妳肯定會迴避阿良良木學長吧，如同當年迴避初代怪異殺手。將來就把阿良良木學長的事當成往事吧，如同妳現在把他當成昔日的記憶。」

「汝真幸運啊。吾花太多腦力思考如何殺汝，所以現在一時猶豫，沒有反射性地殺掉汝。」

忍一邊這麼說，一邊繼續往手掌使力。

施加在神原頭部的力氣，已經足以撐破皮膚淌血了。但我還是沒行動。

我認為不能介入。不得介入。

要是以我介入而和解收場，就會成為滑稽的結尾。我不希望她們的對話以這種方式結束。

即使會演變成無法挽回的局面。

即使會搞砸一切。

「那吾給汝最後一個機會吧。」

「免了。如同拋棄第一人，妳遲早也會拋棄第二人。不敢面對第一人的妳，不可能敢面對第二人。第三人也是，第四人也是，第五人也是，妳就永遠和他人別離吧。」

「永遠……」

「妳不老不死吧？阿良良木學長曾經說：『如果小忍的生命明天到了尾聲，那我活到明天就足夠。』但妳肯定說不出這種話。就算說了，也會對第三人、第四人、第五人說同樣的話。妳將永遠說下去，永遠活下去。」

「…………」

這……

對於厭倦不老不死，甚至曾經想自絕生命的忍來說，這番話何其沉重。

「……別以為誰都和汝一樣善於交際。汝剛才說吾怕生，然而不想見某人亦是一種自然之心情吧？」

「不自然。人與人即使可能不合，也不可能不見面。」

「吾不是人。」

「看妳這樣子，或許吧。」

平行線。

我與怪異殺手少年的對話也算是平行線，但忍與神原的對話不遑多讓。

不，感覺越講越遠。

然而既然這樣，根部就有交集。

源頭是相同的。

「……即使見面，吾對那傢伙亦沒什麼話好說啊？吾與那傢伙是相互憎恨而離別，相互憎恨而死別之關係。吾不想重修舊好，亦不想三人和平相處，更不想將第一人與第二人相提並論。吾認為若是拿來比較，是冒犯吾主之行為。」

這番話令我意外。

不，並不是因為忍對我有「冒犯」這種概念。是「相互憎恨而離別」這段話令我意外。

我聽過初代怪異殺手是憎恨忍而自殺，卻第一次聽到忍憎恨初代怪異殺手。忍當然沒有對我說出一切，說明時的心情也會影響到要說的內容。

然而，神原駿河確實拉出忍內心的某個情感。

這是我沒能拉出來的情感。

……就是這個嗎？這就是臥煙小姐讓神原參與本次工作的真正原因？

臥煙小姐說過「需要駿河的『左手』」，依照她說明的內容，可以認定她重視神原的臥煙家血統，我也能接受這個說法，換句話說，我以為在這次的事件，神原是局外人，和核心有段距離，始終只是遭到波及，但臥煙小姐之所以將神原捲入這個事件，其實是為了像這樣讓她槓上忍？

神原託我多買一些東西的真正意圖，無論是故意支開我，或者只是基於她的奇妙個性，但是追根究柢，不經意叫我去買早餐，叫我離開這裡的人，其實是臥煙小姐。

她在那個時候給我五千圓鈔票，明顯就是要我去買東西。依照臥煙小姐的能耐，她甚至或許早就知道我只要獨自下山，很可能會遭遇初代怪異殺手。

……我想太多嗎？

臥煙小姐想拉神原參與工作的時間點，肯定還不可能預料到初代怪異殺手正以自己的意志復原。

「…………」

真的不可能嗎？

「我無所不知」。

無所不知的大姊姊。

或許即使是我買熟女寫真集的行為，都已經在她的預料之中……

「這終究不可能吧。」

不知道這方面細節的斧乃木吐槽了。

居然不知道細節就能吐槽……

「鬼哥，都這時候了不要搞笑。畢竟看來要進入劇情高潮了。」

「居然說劇情高潮……當自己是看戲的局外人嗎？」

「但我會大哭一場喔。」

「並不會吧？而且高潮（Climax）的意思並不是哭到極限（Cry max）。」

無論如何，想和生離多年的姪女見面——想和姊姊女兒見面的這種心情，臥煙小姐肯定一點都沒有。

所以，確實有一些臥煙小姐即使知道卻不懂的事情。

想見面。

想和某人見面的這種心情，臥煙小姐不懂。

對喔。

這也是活了十八年，經歷各種事情的我，直到這時候首度明白的事。

「愛某人」與「想見某人」，是不同的心情。

「吾做不了任何事。即使見了初代亦做不了任何事。妖刀『心渡』事到如今亦無法歸還，因為已經和我合而為一。」忍說。靜靜地說。「聽好了，接下來是重點。吾不是得不到好處而不見面，而是即使見面亦沒好處。對那傢伙來說同樣如此。展現吾與吾主和睦相處之模樣有何意義？如今讓那個男的看見吾對他毫無情感有何意義？要吾做得如此殘酷嗎？」

「沒錯，我就是要妳做這種殘酷的事。妳的工作是傷害以前的男人。」

神原說。

激動地說。

「妳想要受人喜愛，而且一直維持美好形象？想要就這樣以被愛的身分結束這段關係？」

「汝這樣說彷彿是……與其風化或耗損，不如狠心破壞的意思啊？」

「我就是這樣說。」

「……要是那傢伙憎恨吾，想殺吾，吾就得反過來殺掉他，甚至無法任憑自己被他殺害。吾確實有些事應該道歉，卻沒想過求得原諒，即使這樣也好？」

「即使這樣也好。在這種時候，回應他這份憎恨的心情就好，斬斷這份情感就好。不過，如果妳道歉之後得到原諒，到時候……」

「到時候亦相同。那個傢伙原諒我之後，隨即就會被專家除掉。即使這樣也好？」

「即使這樣也好。」

神原重複這句話。

忍似乎不耐煩了。大概是認為被戲弄而不耐煩，手捏得更用力，力道幾乎增強到極限。

我甚至似乎聽到神原頭蓋骨的軋轢聲。

「汝愚蠢之猜想沒錯，即使他是心儀吾而復活，吾亦不會回應這份情感。吾見到那傢伙之後能做的只有狠心甩掉他。即使這樣也好？」

「即使這樣也好。」

「吾見到那傢伙之後……」

忍再度露出淒滄的笑容。

淒滄至極，連我都沒看過這樣的笑容。

「如果心動想回應他這份情感，那要怎麼辦？如果吾並非選擇汝之學長，而是選擇初代怪異殺手，那要怎麼辦？即使這樣也好？」

「即使這樣也好。到時候……」

神原駿河一邊流血，一邊明快地說。

「到時候妳就斷然離開阿良良木學長，和他長相廝守就好。」

忍的手，抓著神原腦袋的那隻手，無力垂下。就這麼微微晃動。

不只是手，忍低下頭，放鬆肩膀，一副垂頭喪氣的樣子。

並不是實際說出口。

從姿勢來看，即使逐漸失去平衡，忍依然騎在神原身上，明顯占了優勢。流血的人是神原。

但我非常清楚。

啊啊。

忍野忍現在認輸了。

活了半世紀以上的傳說吸血鬼——姬絲秀忒・雅賽蘿拉莉昂・刃下心，自己承認敗北了。

而且是敗給年僅十七歲的女高中生。

我第一次看到忍野忍一對一輸給對方。

「……斧乃木小妹。」

我說。斧乃木被我抓著的手，不知何時鬆開了。

「我有個請求。」

「又來了？不要把我當成萬用工具啦。臭小子給我節制一點好嗎？」

「語氣居然這麼衝……放心，這次是我最後一次拜託妳。」

我說完指著自己的臉。

「這個印記，可以幫我拿掉嗎？」

「…………？」

斧乃木不明就裡般歪過腦袋。

「要是拿掉那個印記，接下來就無法保障你的安全耶？我知道臉上有腳印很丟臉，但是只要忍一晚，只要忍過今晚就沒事了。」

原來妳明知丟臉還是在我臉上留腳印嗎……從印記的功用推測，只要能讓對方看見，我想應該沒必要印在臉上，也沒必要用踩的……

我鄭重開口。

視線朝著前方，就這麼注視著流血的神原駿河與慘敗的忍野忍開口。

「我想試試所謂的『決鬥』。」

027

若是交由後世的人來判斷，神原說的應該是對的吧。不過對於活在相同時代與相同場所的人來說，她的意見過於苛刻。

怎麼想都做得太過火了。

如果由我這種個性不算外向的人來看，堪稱社交大師的她展現的行事風格，我完全無法理解。

這就像是在事情收拾得差不多的時候再度捲起漣漪，應該說捲起波瀾。讓這邊覺得「明知如此，為何不讓事情和平收場？」而抱頭苦惱。

她提出來的中肯論點，令我想扔下一切不去處理。

畢竟神原駿河在剛進入直江津高中就讀當時，在第一學期的四個月內，就到班上所有女生家裡玩過。擁有這種戰歷的她，以及連社團都沒加入的我，對於人際關係的想法有著基本上的差異。

回想起來，忍直到四百年前都沒製作任何眷屬，而是獨自生活，而且活了五百年至今（其實是六百年）只製作兩個眷屬，與其說她守節，不如說她嚴重缺乏溝通能力。

總之，忍的孤傲和我的孤立應該不能相提並論，但如果以此為前提思考，那麼我與忍都很難理解神原話中真正的含意，神原也無法理解我與忍的心情吧。

無法相互理解。

基本上無法相互理解。

不過若要這麼說，那麼正因如此，所以在我們之中，神原或許是最能理解，甚至是唯一能理解初代怪異殺手心情的人。

國中時代，神原駿河和戰場原黑儀建立近似姊妹的關係。

就我聽羽川的說明，別名「聖殿組合」的這個關係，在校內也很出名。

對於神原來說，她應該希望永遠維持這個關係吧。

然而，大她一個年級的戰場原，先一步升上高中。

而且這個關係在高中改變了。

學力明明不太夠，卻以天生的努力擠進直江津高中窄門的神原，被性情大變的戰場原冷漠拒絕。

戰場原對她說的話語，殘忍到令人聽不下去。

「我沒有把妳當成朋友，也沒有把妳當成我的學妹。不管是現在還是以前都一樣。」「和妳這種優秀的學妹當朋友，我自己的風評也會提升，所以我才會跟妳當朋友。」「我只是扮演一個愛照顧人的學姊而已。」……從那之後，戰場原與神原超過一年沒有來往。即使後來重新來往，也不是以神原樂見的形式開始。

因為此時出現一個莫名其妙，生活態度馬馬虎虎，看起來沒大腦的笨男生。

就是我。

就是阿良良木。

戰場原黑儀性情大變之後，出現我這個莫名其妙，似乎誰都能取代的男生，成為她的新伴侶。

難以想像神原當時的心情。

「毫無可取之處的平凡高中生」這個介紹本身就是強烈的個性，但我甚至沒有這種東西。

這種傢伙居然橫刀奪愛，搶走心儀的「戰場原學姊」。神原駿河承受不了這種事。

因為承受不了，所以她向猿猴許願。

這或許不像是率直的她會做出的行為，實際上卻也可能是符合她的作風，避免自己逃離現在這種人生態度的必要行為。

正因為她是這樣的人，所以懂得初代怪異殺手的感受。

懂得第一人的感受，也懂得第二人的感受。

兩者的規模當然不同。要是相提並論，初代怪異殺手可能會不高興。這就像是把忍的孤傲和我的孤立歸為同類。神原和戰場原斷絕往來的時間，只有神原還沒進入高中的這一年，即使包含後續的時間也才兩年左右，根本比不上四百年的規模。

忍與初代怪異殺手的關係，以及戰場原與神原的關係，應該也是完全不同的關係吧。要是這麼說，初代怪異殺手與第二代怪異殺手的正確關係也沒人懂。

因為沒有任何人知道當時的狀況。

因為相關的所有人都被「闇」吞噬了。

即使如此，神原駿河依然有所共鳴。

不是同情，也不是憐憫。

是同感，並且共鳴。

所以她逼問忍。對於不去見面，不去面對就想了事的忍，神原忍不住想說她幾句，而且無法只說幾句就罷休。

……那是我做不到的事。

我已經和忍距離太近，無法否定她的思考邏輯與生活態度。無法像那樣和她吵架、爭執、頂嘴或辯論。

這代表我倆是異體同心，所以也在所難免，但神原對忍說的那番話，原本或許非得由我來說。只不過，毫無交際能力的我，基本上根本想不到這種事吧。

真是的，我不知道為那個學妹增加多少負擔。

之前在這座北白蛇神社，因為千石撫子的事件而面對蛇切繩的時候，我也讓那傢伙負責扮黑臉。

在這次的事件，她總是在嚴肅的場合扮演緩和氣氛的開心果，為了回報她獨自面對忍的辛勞，我至少必須面對初代怪異殺手。

我如此心想，並且下定決心。

「……其實用不著由你去打也沒關係喔，超鮮的啦。」

傍晚時分造訪北白蛇神社的吸血鬼混血兒專家——艾比所特，背靠著插在神社境內的巨大十字架，對我微笑。

……看來這把十字架不像妖刀之類的武器，平常無法收納在其他空間。哎，畢竟是十字架，或許不適用於吸血鬼的收納技能吧。

「因為在進入決鬥的狀況時，臥煙小姐的計畫就完成了。只要將初代怪異殺手叫到設定為舞台的場所，刃下心的眷屬，你的職責就幾乎結束了。依照臥煙小姐的預定，和那個傢伙打的人是我耶？我應該就是為此被找來的耶？」

「或許吧。不過……」

「啊啊，不，沒關係。我不打算討論這件事。我是傭兵，所以誰打倒那個傢伙都沒差。只要能讓一隻吸血鬼從這個世界消失，我很樂意讓賢。最好是你、刃下心與初代怪異殺手三人同歸於盡，我會很高興的。」

這番話應該不是隨口說說吧。

我與忍已經被認定無害，而且在春假，他在忍野設計的遊戲裡敗北，所以沒對我與忍出手，但若要說真心話，若是基於私情，所有吸血鬼都是他的敵人。

人類與吸血鬼，都是他憎恨的對象。

吸血鬼混血兒。

「……之前說的『手續』辦完了？」

我戰戰兢兢詢問。

「嗯。那當然。」

他點頭說。

「那個人在這方面萬無一失喔。後來她確實找到初代怪異殺手，交涉妥當，和忍野咩咩跟我們協商的那時候一樣……不過，臥煙小姐應該沒有忍野咩咩那麼誠實吧。」

「…………」

我沒想過「誠實」這個形容詞會用在那個忍野身上，不過既然是和臥煙小姐相比，或許就是這麼回事吧。

到頭來，凡事都要比較嗎？即使沒得比也必須拿來比嗎？

「這樣啊……不過，在那片空地眼睜睜看初代怪異殺手跑掉的時候，我還擔心接下來會怎麼樣，但她確實追上了。不愧是專家。」

「與其說不愧是專家，應該說你的神奇程度非比尋常吧？至少我可是第一次看到敵人逃離臥煙小姐的手掌心。」

艾比所特說。聽他這麼說，我心情就壞不起來。但他應該不是在稱讚我吧。

「後續的步驟就是等到天黑，你將會和初代怪異殺手一對一決鬥，不過為了讓你的壓力別那麼大，我話先說在前面，這場決鬥輸了也沒關係。」

「………？」

「畢竟要是你輸了，到時候輪我上場就好。必要的時候，臥煙小姐也會採取行動。如此而已。雖然標榜是決鬥舞台，但那裡就像是舉辦除靈儀式的地方。這次真的是無處可逃的死路。你覺得卑鄙嗎？」艾比所特先發制人般說。「我說過吧？斬妖除魔沒什麼卑鄙不卑鄙的。而且以這次的狀況，對方也是專家，是明知山有虎偏向虎山行，肯定會用盡手段逃離結界，說穿了就是鬥智。沒有決鬥這個詞讓人聯想到的硬碰硬感覺。所以輸了也沒關係，只要你沒死就好。」

「只要我沒死……？」

「要是你死掉，刃下心就會完全解放吧？別忘了啊。」

「…………」

我並不是忘記。

只是，就算我在那場決鬥有什麼三長兩短，也不用擔心這種事。只要我的職責轉移給初代怪異殺手就好。

「不對，這就是臥煙小姐害怕的可能性吧？刃下心再度和第一個眷屬連結，是最令人擔憂的事態。刃下心那樣的傢伙要是有兩人，怎麼想都很不妙吧？你一直在鎮壓一個能夠將世界毀滅十次的怪物，你應該有所自覺吧？」

雖然艾比所特這麼說，但聽起來好像因為我是個什麼都做不了的無能傢伙，才能稱職成為忍的安全裝置，所以心情沒能像剛才那樣好起來。

這樣我不就像是擅長灑A書的傢伙？灑A書……這到底是什麼儀式？

「……對我這麼不抱期待，我這麼問或許沒什麼意義，但是如果我贏了這場決鬥，那個傢伙會怎麼樣？」

「會被除掉。會被我或臥煙小姐殺到不留後遺症的程度。這是沒被視為存在過的怪異，所以很遺憾沒有懸賞，總之臥煙小姐會發獎金。所以別在意。無論是贏是輸，結果都一樣。你和初代怪異殺手的決鬥就像是暖場，是一項表演……類似開球儀式那樣。」

開球儀式。

我知道他這番話是想讓我放輕鬆，但我聽他這麼說完，氣勢似乎打了折扣。

如果是開球儀式，不知道誰是投手，誰是打者，此外在這種場合，投出去的球被打中也是可以容許的特例，或許也算是我與怪異殺手表現的好機會吧……

「……我啊～～」

艾比所特說明完畢之後，拔起至今用來靠背的十字架，輕鬆扛在肩上。搞不好有一噸重的銀製十字架，他輕鬆扛起。

吸血鬼混血兒。

吸血鬼的技能減半，相對的，吸血鬼的弱點也減半。在白天也能發揮戰力，身穿白色學生服的專家。

「我的爸爸跟媽媽啊～～哎，如你所知，分別是人類與吸血鬼。」

「…………？」

「就算有這種例子，我也不希望你認為人類與怪異能夠建立交情和平相處。我反倒希望你把我當成失敗的例子參考。」

失敗的例子？

他不像是會拿這種話形容自己的傢伙，我不覺得這是謙虛。

「因為啊，我的爸爸媽媽後來被殺了。到最後，他們結為連理沒多久就分別被人類除掉、被吸血鬼吃掉。我當時如果沒被收容也差點沒命喔。」

他以一如往常的語氣這麼說。然而我在瞬間，在短短一瞬間，甚至忘記曾經和眼前這個男的打得你死我活。他說的事實就是如此震撼。

「超鮮的吧？就是這樣。所以你別對你和刃下心的關係抱持奇怪的希望。」

「可是，這種事……」

我即使膽寒，依然面對他。

這種事，我一時之間無法相信。我認為他的經歷才是特例。不過既然這樣，我就能接受艾比所特為何是個基於私情行動的專家。

父親被吸血鬼吸乾，母親被人類殺害。既然有這樣的過去，當然……

「嗯？啊啊，錯了錯了，反了反了。是人類爸爸被人類『除掉』，吸血鬼媽媽被吸血鬼『吃掉』。各自被各自的同類當成叛徒。不過，我沒有責備他們的意思就是了。我也認為他們是叛徒。」

「…………」

他說出更震撼的事實。

和平長大的我，不可能對此做出任何感想。不過，昔日只當成可恨敵人的這名白色學生服少年，我突然覺得他是近在眼前、遠在天邊的存在。

「……是誰收容你的？在人類與吸血鬼兩邊都是敵人的這種狀況，是誰保護你的？」

「應該不是保護我啦，他們大概也有自己的想法吧。」艾比所特先這麼說，然後稍微猶豫是否要說。「是奇洛金卡達那邊的教會。」他如此回答。

奇洛金卡達……

在春假，為了除掉忍而造訪這座城鎮的三名專家之一。而且……

「那麼，你是……」

「不，並不是那樣。那個神變態並不是我的養父。只是啊，基於私情行動是我的最高原則，所以在這次的事件，我沒辦法站在刃下心這邊。那個傢伙處於不上不下的狀態進退兩難，我覺得根本是活該。超鮮的。」

艾比所特一邊說，一邊準備離開北白蛇神社。他大概也要為今晚做準備吧。

「等一下，我還沒問最重要的事情。」

我差點直接目送他離開，不過在最後一刻，我叫住背著十字架的那個背影。

對於艾比所特來說，我是否參加決鬥或許一點都不重要，所以大概是不小心忘了講……但我非得把這件事問清楚。

「準備好的決鬥場所是哪裡？我今晚該去哪裡？」

「啊～～這個嘛……」

他轉過身來開口。

他講到父母遇害的往事也講得很輕快，但是在這時候卻一臉慎重，如同回想起討厭的事情。

「這部分沿襲前例，挑了你熟悉的某個地方。但是對我來說，算是有段過節的地方吧。」

「過節……？」

「私立直江津高中的操場。」

028

雖然事件的時間順序反過來，但神原駿河與忍野忍兩個女生的爭吵是在白天結束，至於後續的劇情進展，和斧乃木說的「高潮」不盡相同。

首先，忍受到神原那麼強烈的批判激勵，接下來的行動是「生悶氣睡覺」。她從神原身體起立，蹣跚窩進神社深處。神原也沒去追。當然，忍是夜行性的生物，部分原因應該是睏到極限了，但是被女高中生駁倒，大概也意外地令她不好受吧。

回想起來，「發生討厭的事就睡覺」是她從四百年前維持至今的處事之道。

「哈，沒營養。」

陪在我身旁，幾乎從一開始就看著神原與忍交談的斧乃木這麼說完（所以這是哪種角色個性？）聳肩起身。

「真無聊的吵架。鬼哥，我要走了。這件事必須回報給臥煙小姐。報告完畢之後，我要將這場無聊吵架的無聊記憶刪除。」

「妳這十二小時是經歷什麼事，才變成這種個性啊？那個，斧乃木小妹，妳剛才有聽我說話嗎？我的落款印……」

「請不要用『落款印』這種古老的詞形容我的腳印。請用『Soles』這個時尚的稱呼。」

「不准把『Soles』講得像是『Soul』。何況妳是赤腳踩我的。」

「知道了知道了，入夜之後會幫你拿掉。這件事我也會一起回報。」

「嗯，拜託了。對了，要是見到臥煙小姐……」

「『連結』的問題對吧？如果沒回復連結，鬼哥想打也不能打。」

斧乃木說完徒步離開北白蛇神社。沒走階梯，而是直接下山。

場中剩下我一人之後，老實說，我不知道該做什麼。近距離看到神原與忍那樣爭吵，我不知道該用何種態度回到神社境內，也有點想再下山一次，但是我不能這麼做。

雖然只是少量，但神原的頭部出血，我想幫她看看。即使現在的我沒治療能力，我還是想看看。

我沿著原路往回走，穿過鳥居，一副若無其事的表情，以自然卻比平常快一點的腳步，繞了一大段路回到神原那裡。

「咦？神原，怎麼躺在這種地方？嗯？妳頭流血了，還好嗎？」

「咦？阿良良木學長，您一直在那裡偷看到剛才，所以應該知道吧？」

「原來妳發現了！」

所以妳明知我在旁邊，卻還和忍講那種話？這心理強度已經是病態了吧？完美消除氣息（應該說根本沒氣息）的斧乃木似乎沒被發現，不過即使我躲在草叢裡，神原好像還是隱約察覺了。

運動員的第六感太扯了……

「放心，小忍沒察覺。所以，阿良良木學長，我拜託您的書買了嗎？」

「不，等一下，這不是可以這麼隨口帶過的事情吧？剛才那件事再稍微拿來當成話題好嗎？」

「嗯？但您都聽到了，所以不用說了吧？不提這個，我拜託您的書……」

「妳太堅持要拿妳託買的書了。妳託買的書到底多重要啊？至少讓我看看妳腦袋的傷吧。」

但我比較擔心腦袋裡面的東西……

「嗯。」

神原將頭部頂到我眼前。

這個動作令我忍不住覺得萌……不過得考量到她是因為雙手緊抱我買回來的上下兩集小說，才會做出這種動作。

神原退出社團之後，頭髮留得好長。我撥開她的頭髮，檢查忍的鐵爪功在皮膚造成的裂傷。

嗯……

總之，沒大礙吧……

頭部容易出血，所以看起來挺嚴重的，不過擦掉血就發現傷淺到可以安心。以這種程度來看，應該不必使用吸血鬼技能治療，甚至可以扔著不管吧……

「一邊讓阿良良木學長玩頭髮一邊看的小說真好看……」

「神原學妹，可以不要在別人擔心妳傷勢的時候享受小說嗎？」

「這種程度的傷在運動的時候稀鬆平常，所以不用在意。不提這個，麻煩就這樣繼續摸我頭髮一陣子。」

「這有什麼意義？那個……」

我要說什麼？

總覺得有件事非得告訴這傢伙……

「……哎，算了。」

「嗯？什麼算了？」

「不……」

道謝的話也很怪，既然神原的傷沒大礙，總之先這樣吧……不必多說什麼。我用力摸亂神原的頭髮。

「沒事啦。好了神原，來吃午餐吧。」

「嗯，我快餓扁了。那麼，我繼續看書，所以阿良良木學長餵我吧。啊～～」

「啊什麼啊，不可能有學長這麼寵妳吧？」

「咦？總覺得量不多？」

「這是預算問題……我姑且也買了甜甜圈，不過忍……」

這下子怎麼辦？我看向神社。簡直是天岩戶狀態……（註8）

「……那傢伙在打什麼算盤啊？」

「既然在睡覺，那就別管她吧。小忍是夜行性，反正入夜就會醒吧？」

「是沒錯啦……咦？神原，妳不在意嗎？講到那種程度，吵到那種程度，卻不在意忍接下來的動向？」

「沒什麼好在意的，畢竟這是小忍要決定的事。我想講的都講完了，所以現在很滿足。我現在比較在意鬼畜加魯孫怎麼享受混血男孩的軟肉溫香。」

神原說完埋首閱讀。

你那本鬼畜加魯孫害我吃足苦頭喔。我原本想這麼說，但這也是神原的自我風格吧。這種善於交際的人，反倒會在某處讓自己和他人劃清界線。

註8　日本神話中，天照大神因故把自己關進天岩戶，後來是眾神在外面載歌載舞吸引天照大神開縫偷看，再由天手力雄神拉她出來。

相對的，我這種交友範圍狹隘的人，會發揮同理心到沒必要的程度，成為災難的源頭。

忍在這方面或許和我一樣。

「所以，阿良良木學長，胸罩呢？」

「不要講得好像這才是正題。我幫妳買了，拿去。」

「胸罩？」

「拿去啦！」

因為預算問題，所以不是在內衣專賣店買的，是在百圓商店買的便宜貨……但是裝在裡面的東西才是重點。

腦袋與胸部都是如此。

「那麼，我要繼續看書，所以阿良良木學長幫我穿吧。啊～～」

「『啊～～』的意義完全變了吧……話說回來，神原，我沒有嗎？」

「嗯？」

「就是那種不惜挺身也要提出的建議。」

「怎麼了，學長要我挺身？」

「更正，不用挺身，用嘴巴講就好。」

「這我也覺得不太對……但是沒有。」

「居然沒有？」

「區區丫頭對學長提出建議也太厚臉皮了，我實在做不到。」

面對活了五百多年的吸血鬼也毫不退讓針鋒相對的丫頭，就這麼目不轉睛閱讀小說對我說。閱讀得這麼專心，作者應該很滿足吧……只要順便就好，可以的話，希望她也讓我這個學長滿足一下。

「阿良良木學長維持現在的您就好。不要無謂繃緊神經，維持原樣。把練習當比賽、把比賽當練習。這是運動員的基本原則。」

神原這麼說。簡直像是球隊隊長在比賽前一天對隊員說的話。

「真要說的話就是ＤＩＹ。」

「ＤＩＹ？」

「Do your best。盡力而為吧。」

「…………」

這應該簡稱為ＤＹＢ，ＤＩＹ是假日木工的意思，但我決定不吐槽。

因為對於現在的我來說，Do it yourself——「自己動手做」是最適合不過的建議。

後來，我小睡片刻等待夜晚來臨。神社內部被忍獨占，所以實際上是露宿。身體沒強化的現在，睡眠是不可或缺的，即使如此，我依然難以入睡。不過原因不只是露宿。這段時間，神原一直在看小說。難道運動員的體力無窮無盡？

到了傍晚，艾比所特來到神社，告知臥煙小姐安排好的決鬥細節。

私立直江津高中。

我與神原就讀的學校。

對於艾比所特來說，那裡確實是有段過節的場所。因為昔日他就是在那裡，和他追殺的傳說吸血鬼及其眷屬交戰。

同時，那裡也是我與忍——阿良良木曆與姬絲秀忒·雅賽蘿拉莉昂·刃下心相互廝殺的場所。

原來如此，這樣不只是沿襲前例，而且那裡也很適合。

適合用來讓第一人與第二人決鬥。

用來讓兩個奴隸決裂，決一死戰。

適合到令我抗拒。

029

「喂？戰場原？」

「哎呀，曆兒。」

「妳沒用這種綽號叫過我。」

「怎麼了？既然像這樣打電話給我，代表這次的麻煩事解決了？」

「不……」

「做好心理準備，要被我與羽川好好修理一頓了嗎？」

「……真恐怖。」

「是你自作自受吧？你請假到底多麼隨興啊……不過現在的我沒資格這麼說就是了。」

「嗯？總之……還沒結束。我原本想等結束再聯絡，但是抱歉，我忍不住。我會怕。」

「這樣啊……講得挺窩心的嘛。我還以為你和神原打情罵俏到忘記我了。」

「怎麼可能？我會生氣喔。總之，一切會在今晚做個了結。嗯，這方面的事情，我回去之後也會好好說明。」

「這樣啊。總之，羽川同學的事交給我吧。」

「嗯？羽川怎麼了嗎？」

「……你沒聽神原說？」

「啊？說什麼？」

「沒事……我們彼此都有個恐怖的學妹耶。總之，既然沒聽她說，等你回來再直接問本人吧。只要這麼想，應該也可以成為平安回來的動力。反正曆兒又在勉強自己了。」

「可以不要叫我曆兒嗎？」

「不然叫你 Cocoon？」

「為什麼是繭？」

「老實說，我希望你把正在做的事情全部扔掉、放掉，然後立刻回來……但應該不能這樣吧？」

「嗯。不能這樣……回去之後，我有很多話要說。想道歉的事，想說明的事，等我見到妳再好好說吧。」

「可以不要講得像是預告會天人永隔嗎？好恐怖。」

「啊，抱歉，我這樣講很奇怪。那個，戰場原……」

「Cocoon，什麼事？」

「不要定案叫我Cocoon好嗎……那個，戰場原，希望妳告訴我一件事。」

「香奈兒五號。」

「我不是要問這個，妳也別說謊……一年前，神原進入直江津高中，過來見妳的時候，老實說，妳是怎麼想的？一年沒有來往的學妹，對妳來說已經割捨的昔日朋友，如今再度過來見妳的時候，妳是怎麼想的？」

「…………」

「啊啊抱歉，我問了怪問題。不好意思，麻煩忘掉吧。」

「不，聽到這個問題，我大致知道Concours身陷什麼問題了。」

「真厲害……妳說的『Concours』是我？」

「改成『Console』也行。」
「我已經不敢相信這是從『曆』衍生的綽號了。」
「這個嘛，老實說，我覺得那孩子的心意很沉重。」
「…………」
「那孩子對我抱持過度的幻想。不過，有一點我要修正，當時神原把我當成依靠，但我絕對不是單方面抗拒。因為關於我當時的立場與狀況，我也被說得相當難聽。」
「……嗯。現在聽過之後，我覺得應該是這麼回事。」
「不過當時的我對此毫無感覺。只認為那孩子是特別的，是得天獨厚的人，所以才講得出這種話。認為那孩子是天才，和我這種人不一樣。」
「…………」
「『努力的人不一定會成功，但成功的人一定努力過』。成功的人都會這麼說吧？會強調不是機運造就成功，而是自己的功勞吧？我在那個年紀，最討厭成功人士像這樣強調自己的努力。」
「但我覺得這絕對不只是年紀問題……妳現在也可能這麼說。」

「不過，我託你的福和神原和解的時候，我認為不是這麼回事。天才並不是不會煩惱。」

「…………」

「任何人都會煩惱，這是理所當然的。特別的人都會有一種『我很特別』的感覺，我一直想擁有這種感覺，但我後來才知道，這種事毫無意義。」

「…………」

「稍微離題了嗎？我剛才說『沉重』，這或許也表示我太輕，承受不了那孩子的重。不過，如果我想和神原在一起，就非得讓自己承受得了這種重量吧？我現在也抱持這種想法鑽研中。我在你面前也是。別看我這樣，我可是一直在努力喔，努力在將來成為阿良良木的好太太。」

「…………」

「沉重嗎？」

「不，絕對沒這回事。」

「其實『特別』與『普通』都不存在。這只是拿自己和他人比較，對吧？如果出生在大富翁的家庭，當然會覺得特別吧，不過真要這麼說的話，光是在這個時代出生在這種和平的國家，我認識的人就都是特別的人。」

「……這或許是最後一次了，所以我可以問一個妳可能生氣的問題嗎？」

「如果你刪除那句危險的前提，我可以考慮回答。」

「如果有個條件比我好的傢伙向妳表白，在這個時候，妳會怎麼做？」

「唔哇，有夠娘的！這是什麼問題啊，真恐怖！」

「沒有啦，嗯，哎，我也這麼認為。」

「居然要我講討厭的事！居然在測試講到什麼程度會惹我生氣！好噁心！我決定了，明天就分手吧！」

「那個，不想回答就算了……我覺得妳的反應就是答案……拜託不要說『明天就分手吧』這種話。」

「你應該是強忍害羞的心情這麼問，所以我正經回答吧，我認為我到那個時候百分百會移情別戀。」

「妳真了不起……敢說出這種話，真是了不起。」

「我知道天底下沒有絕對的羈絆。這是我看著父母學會的道理。」

「戰場原……不，這是……」

「而且仔細想想，『絕對的羈絆』挺恐怖的。所以要努力避免移情別戀吧？即使無法成為特別的人，也可以成為某人心中特別的人吧？」

「某人心中……特別的人……」

「我不斷努力成為神原與你心中特別的人。放心吧，阿良良木。對我來說、對神原來說、對小忍來說，你十足是特別的人。我們選擇了你。」

「原來妳真的理解了啊……真了不起。」

「因為我是你女友啊。你願意打電話給我，我開心死了。我愛你。」

「我愛妳。回去之後，我們再稍微……再多聊這種話題吧。」

「嗯。我全裸等你。」

「……神原的變態對妳影響深遠對吧？」

030

然後在八月二十四日晚上，在私立直江津高中的操場，演員到齊了……我很想這麼說，但目前還缺了好幾人。

這部分晚點再說明，不過在暑假結束後第四天的今天，我總算來到自己就讀的高中。回想起來，本校沒有返校日這個系統（或許有，至少我不知道），所以這是我從第一學期結業典禮之後，相隔三十七天再度來學校。而且是在師生與學校職員都下班的半夜前來，很像我的作風。

這麼說來，我到最後還是沒寫暑假作業。我後知後覺如此心想。到頭來，從暑假最後一天到現在的一連串事件都是以此為開端，不過照這樣看來，等我上學時，暑假作業的問題或許已經沒人在意了。

我這傢伙膽子挺大的。

總之，校內已經和春假一樣設好結界，所以不用擔心局外人介入。

「那就快快開始，快快結束吧。」

臥煙小姐說。

感覺她不經意和我保持距離，但臥煙小姐當然是明理的大人，所以肯定是我想太多。

臥煙小姐旁邊是艾比所特。

不同於先前在北白蛇神社，那把巨大十字架不是插在操場（要是插在地上，留下的痕跡會很麻煩），而是扛在肩上。我想，這大概意味著他進入備戰狀態。

即使在這種狀況，臥煙小姐與艾比所特看起來依然悠哉以對，大概是骨子裡的個性使然吧。雖然看起來也像是興趣缺缺地處理這個狀況，但兩人對於工作的認真態度有著共通之處。

貝木或影縫可能在工作做到一半就扔下不管的那種隨便態度，應該和這兩人無緣。這麼想就覺得先不提騙徒貝木，影縫不按牌理出牌的作風在這種地方也獨樹一格。

即使是和不死吸血鬼相關的事件，臥煙小姐卻不讓影縫參與，這或許就是原因吧……站在曾經和影縫直接交手並且被她放過一命的立場，我只能說這是有可能的事。

回想起魯莽對抗影縫的那時候，接下來要進行的決鬥或許也沒什麼大不了。不過這次和上次相比，某個條件有著很大的差異。

影縫的式神，人偶女童憑喪神斧乃木余接。她現在不在這裡。

荒唐！斧乃木居然不在！

居然沒有女童！

那我究竟是為了什麼來到這裡？

我很想這樣大喊（開玩笑的），但她似乎是將我和她先前的對話回報給臥煙小姐之後，接到新的任務啟程前往別處。

新的任務……？

她超時工作就不提了，但這次的工作無論如何都會在今晚做個了結，她在這種時候還要去哪裡做什麼？如此心想的我向臥煙小姐確認。

「是關於工作解決之後的善後喔。工作並不是在解決之後就結束，以我的做法尤其如此。我的手法是刪除重現的條件，以免相同的事情再度發生。徹底做好預防工作，一旦發生就當成下次之後的參考。就是這麼回事。」

她這麼說。

我聽不太懂，但臥煙小姐似乎已經將注意力聚焦在今晚事情結束後的進展。總之從她的立場來看，她這麼做或許理所當然，但我希望她說話時不要裝出雙手抱胸的姿勢保護胸部，也不要把我接下來要做的事當成無關勝負的消化賽。

記得不是消化賽，而是開球儀式？

「說得也是。放心放心，我會幫你解除余接的印記。不過關於連結的回復，當事人不在場就沒辦法了……」

臥煙小姐有點冷嘲熱諷地說。

沒錯。

她說得對。

不只是斧乃木不在場，忍也是。到最後，忍野忍沒走出神社。

即使到了離開神社的時間，即使我叫她或敲門，她都沒出來。我真的模仿天岩戶的神話在外面跳舞，卻沒什麼效果。

到最後，忍選擇不見初代怪異殺手嗎？那我應該尊重她的選擇。沒錯，我的決意和忍的決心不一樣也無妨。

既然這樣，我無論如何都必須贏得這場決鬥，這樣忍就不必和初代怪異殺手見面。總之，我就像這樣刻意重振心情，但就算我正如上天安排敗北，臥煙小姐與艾比所特也不會讓初代怪異殺手見忍吧。

即使如此，我這麼做還是有意義的。

神原也依照自己的宣言，沒把關在神社的忍拖出來。大概是單純覺得有趣，她和我一起在神社外面跳舞跳了好一陣子，不過……

「那麼，差不多該出發了。」

是她催促我離開的。這傢伙真瀟脫。

「放心，要是發生什麼狀況，我會保護阿良良木學長。」

她還這麼說。

……真可靠的學妹。

不過她已經做得夠多了，我不忍心給她更多工作。基於這層意義，我也得加把勁才行。

不能在這個學妹面前出糗。

我這麼想。

所以，現在包含我在內，這裡共有四人。最後登場的是位於這一連串事件核心的男性。

初代怪異殺手。

姬絲秀忒·雅賽蘿拉莉昂·刃下心第一個眷屬。花四百年復活的吸血鬼。

古早時代的專家。

忽然間，他身穿甲冑現身。

「…………」

鎧甲武士──他身穿和現代完全格格不入的防具登場，和上午看見的少年外型截然不同。

大概是看過他的男孩子造型一次，總覺得這套甲冑大了一號。不，實際上應該變大了。

他說過這次會全力以赴。最佳狀態。

在那之後，他肯定繼續使用能量吸取強化自己，再來到這個操場。少年時代的多話個性不復見。

他準時登場，不發一語。

身穿厚重甲冑站在那裡。

……而且安靜下來的不只是他。神原也在他登場的同時稍微安靜。不過至今神原總是不太在乎這種氣氛，正常地開朗說話。

大概是初代怪異殺手所背負「髒東西」的量影響到她吧。如同昔日在北白蛇神社，以及在補習班廢墟的身體不適症狀。

不，這次比之前更嚴重。

同樣屬於吸血鬼系統的我，以及終究是專家的臥煙小姐與艾比所特，似乎沒受到多少影響，不過這就暗示怪異殺手為今晚進行了多麼周全的準備。

做學長的我很擔心神原的身心狀況，但就算我現在叫那傢伙回去，那傢伙也不會聽吧……

「那就快快開始，快快結束吧。」

在我思索該怎麼辦的時候，總之臥煙小姐這麼說。

聽她的語氣，似乎不太在意姪女的身體狀況。即使是我以外的人，也知道這句「快快結束」不是顧慮神原而說的。

「阿良良木小弟、初代先生，你們的決鬥由無所不知的大姊姊我來主持。請你們公平對決吧。也請你們交給我來裁判。」

「那個約定……」

初代怪異殺手說。

他的聲音，已經不是從我這裡奪走的聲音。

而是變成他自己的聲音。

音調厚重，一個不小心會聽到入迷的酷帥聲音。

「那個約定要請妳遵守啊，伊豆湖閣下。在下以專家身分，相信妳身為專家不會毀約。」

他對滿心想毀約的臥煙小姐講這種話實在悲哀，但他也不是認真說出這種悲哀話語吧。

他也是老奸巨猾的專家。

面不改色在茶裡下毒……更正，下聖水給別人喝的騙子。

「嗯，當然。大姊姊我不會毀約也不會說謊。伊豆湖小姐以誠實為主打。」

……她始終不報自己的姓氏，看來是徹底對神原隱瞞自己的身分。但她這麼不希望神原知道嗎？神原是生離多年的姪女，或許不方便輕易講明，不過到了這種地步，我也想質疑隱瞞有什麼意義……

我甚至覺得，與其說臥煙小姐和神原的關係有問題，不如說她和神原母親，也就是親姊姊的關係有問題。

……現在不該想這種事。

「阿良良木閣下。」

初代怪異殺手也對我開口了。

「看來姬絲秀忒不在場，不過只要和你決鬥勝利，在下就能見到那個傢伙。在下可以這樣認定嗎？」

「……隨便你吧。」

我回答。

已經就在眼前，看似冷靜的懾人魄力，差點吞噬我的內心，但我至少沒忘記虛張聲勢。

「和你對決輸了之後，我不打算活下去。你可以儘管見她。」

前提是見得到……我將最後這句話吞回去。因為臥煙小姐應該不希望我講這句話，而且也用不著對初代怪異殺手講這句話。

前提是見得到。

……即使像這樣面對面，我也不認為這傢伙打算在見到忍之後率直道歉。神原說的那番話，我認為在這一點是錯的。

這不是愛情。

也不是感謝。

更不是忠誠。

就算這麼說，卻也不是百分百的憎惡、怨恨或叛逆。我雖然不想承認，但這大概非常近似我對忍抱持的情感。

或許甚至一模一樣。

這份情感叫做……愛恨。

又愛又恨。

……所以實際上，初代怪異殺手自己應該直到最後一刻才會懂，在見到忍的那一刻才會懂吧。

到時候，他會如何表現？

示愛？還是殺害？

誠實？還是欺騙？

大概到那個時候才會決定吧。

……可惜那個時候不會來臨。

但我還是不能因而同情，不能有所共鳴。部分原因在於我也是欺騙的共犯。即使如此，只要我贏了這場決鬥，就會變成正直，變成誠實。

我認為他可憐嗎？

錯了。

他花了四百年復活，無論如何，都應該對他表示敬意。忍野咩咩肯定會這麼說吧。

「居然說不打算活下去，超鮮的啦。不要危言聳聽好嗎，刃下心的眷屬……啊，你們兩個都是。」

艾比所特講到這裡，一副苦思該如何說下去的樣子。他大概不記得我的本名吧。臥煙小姐現在叫我「阿良良木小弟」（不是「曆曆」），但這種名字應該不會令他感興趣……而且我也只知道他叫「艾比所特」，所以彼此彼此。

初代怪異殺手的姓名也是，我到最後大概不會知道吧。

「是啊，阿良良木小弟。」臥煙小姐接在艾比所特後面說。「危言聳聽。這樣不好喔。你沒聽說嗎？接下來要進行的比較像是儀式，也就是獻給神的決鬥，不會打個你死我活。來這裡。」

臥煙小姐對我招手。看來在那個空地發生那個事件至今，我終於獲准接近臥煙小姐了。

臥煙小姐摸我的臉。

「好，這樣就行了。」

她說。

雖然不是以知覺得知，但她大概是從我的左臉「取下」斧乃木的腳印了。解除保護。

保護我的腳印就此消失。

「準備完畢。這麼一來，阿良良木小弟也是備戰狀態了。」

「準備完畢？這樣就準備完畢？喂喂喂，稍待片刻。阿良良木閣下，你的連結怎麼了？」

初代怪異殺手提出疑問。

「你該不會就這樣以如此軟弱的戰力，和在下決鬥吧？」

「…………」

「真是的，看來你和姬絲秀忒的羈絆沒有強到令在下擔心。廝役這麼弱，卻就這樣被派上戰場，難以置信。」

雖然頭盔的面罩擋住，但他似乎在嘲笑我。哎，他難免這麼認為。

若要真的準備周全，我在決鬥之前應該先回復和忍的連結，並且讓忍吸血，將軀體強化到極限，再來到這個決鬥場所。

這就是和影縫交戰那時候和這次的差異。總之我就這麼幾乎以人類的體能挑戰怪異。

……我或許是第一次以如此懸殊的戰力差距對決。

然而凡事都有第一次。

忍確實窩在神社不肯出來，但是沒回復連結的理由不只如此。這就某方面來說正合我意。

因為，我不是想要以忍的力量戰勝。

是想在戰勝之後成為忍的力量。

我當然不是毫無勝算或計畫就應戰。放心，對方即使自稱要全力以赴，距離最佳狀態肯定還差得遠。

何況，除去這一點也一樣。

對方無論如何，無論這場戰鬥是勝是負，無論情感是愛是恨，這份心意都絕對不會實現。既然和這樣的對手決鬥，我至少應該背負這種程度的風險。

身為人類，不應該在不覺得自己會輸的狀況下應戰。

不過身為吸血鬼就不知道了……

「好吧。不過伊豆湖閣下，這麼一來，希望妳安排一個讓在下背負不利條件的決鬥方式。在下可不想在事後聽到不堪入耳的藉口。」

「那當然。放心，我打算採用自古相傳至今，廣為人知的決鬥方式，讓你們能夠算是公平地競爭。」

臥煙說著走向升旗台，從台上拿起預先準備的棒狀物體回來。

是竹劍。

劍道社使用的那種竹劍。

「算是虛構的妖刀『心渡』吧。當然有灌入靈氣。嗯，總之，當成是對你們彼此有效的電擊槍吧。」

臥煙小姐一邊說，一邊將竹劍插在地面。

以構造來說，竹劍前端是圓的，肯定不是可以直立刺入地面的東西，但臥煙小姐單手就把竹劍當成營釘般插入地面。

還以為她手臂雖然細卻意外地孔武有力，但應該不是這樣，是灌入的靈氣造成這種效果。

「首先，你們隔著這把竹劍背對背站好，然後配合我的倒數，往你們的前方走十步，走完第十步就開始戰鬥。跑到竹劍這裡，先打中對方一劍的人勝利。算是日式的西部劇吧。」臥煙小姐說完，從竹劍放開手。「也可以說是另類的搶旗比賽。當然，就算對方先抓到竹劍的劍柄也不用灰心，從對方手中搶過竹劍再打中對方也行。勝負標準始終是『一劍分勝負』。這麼一來，就某種程度來說算是公平吧？畢竟比起個子矮又腿短的阿良良木小弟，腳步較寬的初代先生走十步的距離比較遠，而且還穿著那套甲冑。」

「這套鎧甲確實不輕。」

鎧甲武士附和說。

話是這麼說，但他是吸血鬼，即使加入甲冑的重量肯定也很敏捷……而且我不經意覺得臥煙小姐暗自酸我個子矮又腿短。

我做了什麼令她討厭的事嗎？

「確認一下，如果只是竹劍稍微擦過，應該不算『一劍』吧？始終必須是有效的打擊才算是分出勝負，在下這麼認定沒問題吧？」

「當然。這部分是現代劍道的思維。但規則是自訂的就是了。即使是打中腿部也算是『一劍』。」

「總歸來說……」鎧甲武士聳肩說。「想必是那麼回事吧?與其說是讓狀況變得公平,不如說是貼心避免阿良良木閣下在決鬥中喪命。想得真周到。」

「……總之,我不想惹咩咩哥哥生氣。那傢伙生起氣來很恐怖。」

臥煙小姐沒有明確否定。

「還有問題嗎?」

接著立刻進入下一個話題。

「沒有。這麼簡單的規則,想抱怨都無從抱怨。總之,比起綁手綁腳的繁文縟節,這樣應該比較好吧。不過即使是竹劍,只要由在下揮動,阿良良木閣下光是被擦到也可能沒命喔。這樣會被認定是有效打擊嗎?」

「會。」臥煙小姐間不容髮地說。「畢竟對你來說,這樣比較稱心如意吧。阿良良木小弟也同意嗎?」

「雖然很難同意……」我學臥煙小姐的語氣說話。「但我不得不同意。」

「很好。阿良良木小弟有什麼問題嗎?」

「我對規則本身沒問題……但我在用劍與戰鬥方面都是外行人，所以至少在計數的這十步，可以讓我接受專家的指導嗎？」

「專家？我嗎？還是所特？」

臥煙小姐歪過腦袋，但是這時候提到的專家，當然不是妖魔鬼怪的專家。

而是全力奔跑的專家。

筆直前進的運動員。

在超短跑領域是日本頂尖的——神原駿河。

……也就是在一旁看起來身體不太舒服的學妹。

「……ＯＫ，追加這種程度的讓步應該也行吧。那麼現在是七點半……八點整開始決鬥。雙方好好暖身吧。」

031

「……從身高推測，阿良良木學長走一步約七十二公分。換句話說，走十步就是七公尺二公分。馬拉松有馬拉松的戰略，百米短跑有百米短跑的戰略，同樣的，七米短跑也有七米短跑的戰略。不過在這種場合，如何留下餘力或許才是課題。」

神原一邊捏我的腿一邊說明。這種捏法比起暖身更像按摩，總之這方面應該交給「專家」處理吧。

「什麼課題？」

「並不是跑完就結束，還必須抓住竹劍，打中對方一下吧？」

「啊啊，對喔。」

就算跑贏了，並且先抓到竹劍劍柄，要是這時候用盡體力倒下就沒意義了。同樣的，如果過於在意速度而跑太快，也可能超過插在地面的竹劍，搞不懂到底在做什麼。這樣是本末倒置，應該說只是自己失誤。

「所以在短短的七公尺內，要巧妙進行加速跟減速嗎……練習一下是不是比較好？」

「不，最好不要。」

「嗯？因為敵人會摸清底細？」

我瞥向初代怪異殺手。他沒特別做什麼事，而是如同即將上戰場的武將，雙手抱胸坐在剛才放竹劍的升旗台。如果後面插旗幟再架頂帳篷，完全是戰國時代的光景。

「……但他似乎不太注意這裡。」

「不是底細不底細的問題。要是在練習的時候全速跑，正式上場的時候就沒辦法全速跑吧？」

「啊，對喔。」

「剛才說到一步是七十二公分，但這是走路時的狀況，如果用跑的應該會增加到八十公分。所以如果是七公尺二十公分，剛好跑九步就到。一邊跑一邊計數應該可以當成參考。不過始終只是參考。」

「嗯，計數是吧。」

「1，1，2，3，5，8，13……」

「所以說為什麼是費氏數列？」

「6，0，8，6，5，5，5，6，7，0，2，3，8，3，7，8，9，8，9，6，7，0，3，7，1，7，3，4，2，4，3，1，6，9，6，2，2，6，5，7，8，3，0，7，7，3，3，5，1，8，8，9，7，

0，5，2，8，3，2，4，8，6，0，5，1，2，7，9，1，6，9，1，2，6，4。」

「為什麼是卓越數？」

「學長為什麼知道？」

「我反倒想問妳為什麼講得出來？」

「大約一半是隨便猜的，猜對了嗎？」

「猜對了。妳太猛了。」

真是天賦異稟。

天賦無謂的異稟。

這樣的妳是卓越的代名詞。

總之，九步嗎……依照我從某處聽過的模糊記憶，對於劍客來說，九步湊巧是攻擊間距。

「所以前三步加速、中間三步全速、後三步減速，大致這樣想就可以當成一種基準吧。」

「知道了……順便問一下，對方的距離不是七公尺二十吧？他穿甲冑所以看不太出來，不過以那種體型，大約會走多遠？」

我想，神原應該是從我的身高推測每步的長度。我上午看見的少年初代怪異殺手比我矮，但少年時期的體型當然無法當成參考。

四百年前的平均身高應該比現在矮很多，不過從甲冑的尺寸推測，他是相當高大的漢子。那套甲冑裡面應該不可能是原本的孩童體型。不過就我所見，那套甲冑隨便就超過兩公尺高……

大概和德拉曼茲路基差不多？

這麼說來，和那個吸血鬼獵人戰鬥的地點，也是這個操場……

「我看看……」

神原看向升旗台。

然後目測。

「他現在坐著所以抓不太準……總之每一步約一公尺，用跑的約一公尺十公分吧。」

「一步一公尺，所以十步是十公尺嗎……」

我的優勢是三公尺。感覺這距離聊勝於無，但是在超短跑明顯占了上風。而且對方穿著甲冑。

「當然，如果他刻意走小步一點就不在此限。」

「要是刻意走小步一點，只會代表他小家子氣吧？」

不過，應該沒必要因而刻意跨大步一點……

這部分算是矜持或擔保。

「此外我想想，走十步轉身的時候，要小心別扭到腳。祕訣是別用身體軸心旋轉，而是以非慣用腳為軸心旋轉。像是這樣。」

神原說著實際示範給我看。

迅速轉身。

這不是跑法，而是打籃球的動作，不過近距離看一次是很好的參考。升旗台的鎧甲武士當然也看見這個動作，但穿著甲冑做不出這個輕盈的動作。

「……臨場能傳授的智慧就這樣了，不過阿良良木學長，到頭來，我認為重點是拿到竹劍之後的交手。就算您拿到竹劍，如果出招被躲開，竹劍被搶走，然後被對方打中，難得的努力也會化為烏有吧。」

「是沒錯啦……哎，這部分只能說順其自然吧。我不能這麼勞煩妳。」

「是嗎？即使是接下來的對決，如果能代打我也希望代打。」

「……妳真的忠心耿耿耶。」

確實，以我現在的狀況，如果這場決鬥由神原代打，勝算會高很多，但是當然不能這麼做。我很高興她願意這麼說，但是如果能改變，我也想改變。

「那麼，至少把我的鞋子借給您吧。我們鞋子尺寸一樣吧？」

「啊啊，謝謝……」

「原本穿不適應的鞋子很危險，但應該比您現在穿的怪鞋子好得多。」

「不准說這是怪鞋子。」

「比繩結綁法很特殊的這雙鞋子好得多。」

「繩結綁法完全是我的責任吧？」

「來。」

神原駿河剛說完就脫下鞋子遞給我。總之先不提我現在穿的鞋子怪不怪，她的鞋子看起來好穿得多，所以我恭敬不如從命。

我穿著神原的運動服，又穿神原的鞋子，總覺得自己變成神原的超級粉絲。乾脆請教火憐如何加入神原的粉絲團吧。

「唔哇，鞋子裡面好暖和……」

「幫您暖好了。」

「妳是豐臣秀吉嗎？」（註9）

「呼呼，阿良良木學長的怪鞋……」

「不准強調鞋子很怪。」

強調鞋子是我的也不太好。

「穿上這雙鞋，疲勞就逐漸消除。感覺會升級。」

「我不認為我的鞋子有『幸運鞋』那樣的效果……話說，妳的鞋子該不會比我大吧？」（註10）

學習跑步的方法，享受鞋子的溫暖，順便玩了一陣子之後，時間即將來到晚間七點五十五分。距離決鬥還有五分鐘。

此時，我的手機響了。不是來電鈴聲，是收到電子郵件的通知聲。

「喂喂喂，真沒禮貌。決鬥的時候要關機啦。」

註9　豐臣秀吉曾經將織田信長的草鞋放進懷裡加溫。

註10　遊戲「勇者鬥惡龍」的裝備，穿著走路就能獲得經驗值。

遠處的艾比所特不悅地說。我沒聽過決鬥時的禮儀，但是聽他這麼指責，我無話可說。

幸好是在現在響，如果是在走十步的時候響，我將會肯定敗北。無論是火憐還是月火傳郵件過來，回家之後都要好好修理一頓。抱著這個想法的我，在關機之前檢視郵件內容。是誰呢？

寄件人是羽川翼。

032

「咦……？這是什麼？」

羽川翼寄的電子郵件。主旨與內文空白，只附上一張照片，光是這樣就令我覺得很不對勁，不過看似用手機自拍的這張照片，奇怪程度真的是筆墨難以形容。

那個羽川翼，在我房間穿著我的衣服自拍。

就是這樣的一張照片。

不，這是用手機拍的照片，不知道是否能以「張」為單位。

「我……我沒上學的這幾天發生什麼事……？」

想看班長中的班長——羽川同學穿便服的樣子。沒想到我的這個願望以這種莫名其妙的方式實現，但我不能顧著高興。

到頭來，她穿的是我熟悉的自用便服……這就某方面來說也不錯，但是不可思議的氣息終究比較強烈。

為什麼穿著神原運動服與鞋子的我，在穿著我的連帽上衣與怪鞋的神原陪同之下，看著在我房間穿我全套衣服的羽川照片？這狀況太混沌了吧？

「羽川究竟發生什麼事……神原，妳知道什麼嗎？」

「不，我也一頭霧水……頂多只想到家裡失火無處可歸的羽川學姊，在戰場原學姊的介紹之下，拜託火憐與月火妹妹讓她暫時住在阿良良木學長家。」

「這應該是正確答案吧……慢著，失火？無家可歸？這是什麼狀況？」

「啊，對喔，阿良良木學長不知道這件事。那我簡單說明吧，第二學期開學典禮當天，羽川學姊家發生火災。」

神原說明得超簡單。

不會吧……我自認從暑假最後一天到現在，都在進行一場辛苦的大冒險，但羽川比我辛苦多了吧……

不過，明知我是羽川的虔誠信徒，卻幾乎一整天都沒提到這件事，神原，妳真的很了不起……戰場原說她怕妳就是這個意思嗎？啊，對喔，神原和羽川之間沒什麼交集……可是這麼說來，在補習班遺址裡被火焰包圍的時候，神原好像輕聲提過這件事……

嗯？

那麼，那場火災難道是……

「哎呀哎呀，看來那邊也進入佳境耶。曆曆，怎麼辦？」

此時，臥煙小姐久違叫我「曆曆」，如同要看我的手機螢幕般介入。

「咦……佳境？臥……」不能這樣稱呼。「伊豆湖小姐，您知道什麼嗎？羽川她……不，到頭來，您認識羽川嗎？而且，您問我怎麼辦……是什麼意思？」

「我無所不知。所以是虎喔，曆曆。說來諷刺，就是先前在補習班廢墟救你一條命的那隻虎，掌管煉獄火焰的大虎。小翼似乎下定決心面對了。哈哈……難怪咩咩會怕她。她採取這種行動，出乎大姊姊我的預料。不過……這樣也方便行事。」

「方……方便行事……」

虎？

慢著，這麼說來，忍先前也老是提到貓，羽川那邊究竟發生什麼事？即使忍說她知道，也對我說明過了，我依然完全看不出端倪。

但我可以確定一件事。

羽川寄這種照片給我，代表那邊發生相當異常的事情。

這是ＳＯＳ訊號。不，近似哀號。

「沒錯，你重視的小翼身陷危機。曆曆，怎麼辦？」

「問我怎麼辦……就說了，這是什麼意思？」

「無所不知的大姊姊我簡略說明吧，其實不只是小翼身陷危機，你的女友戰場原小妹也同樣身陷危機。」

「什麼？」

出聲反應的是神原。這個忠心耿耿的學妹最推崇的對象是戰場原黑儀，所以難免這樣反應。我當然也不是沒嚇到。因為那個傢伙在剛才的電話完全……沒有……透露……任何異狀……

……是我沒察覺。

我太疏忽了。

「說不定現在這時候，她們也在熊熊燃燒。如果要去救她們，最好刻不容緩馬上出發，放棄這場沒什麼意義的決鬥。」

臥煙小姐如同打斷我的內心想法般說。

「…………」

「『方便行事』就是這個意思。對我來說，你不決鬥才是幫了我的忙，因為你死掉的話很麻煩。初代的他也說過，我自認安排妥當不會讓你死掉，即使如此也不是肯定能避免死亡。我不能打破規則，所以如果你願意自己打破規則，就幫了我一個大忙。得到一個取消決鬥的絕佳理由，這對曆曆來說不是也很好嗎？」

面對臥煙小姐這番話，我沉默到完全無法回嘴。

雖然早就知道了，但我深刻體會到，我即將進行的這場戰鬥，比我想像的更不受到他人期待。被迫理解到這麼做是連自我修養都稱不上的自我滿足。

「曆曆，做個選擇吧。」臥煙小姐以壞心眼的語氣說。「要繼續留在這裡進行無意義的決鬥？還是跑去拯救小翼與戰場原小妹？你要選擇小忍、選擇小翼，還是選擇戰場原小妹？」

選擇。

進行比較，進行選擇。

人際關係的選擇題。

重要的事物和重要的事物相比，定義哪一邊比較重要。

打分數做為區別。

「三人之中，你最喜歡誰？」臥煙小姐半開玩笑地說。「時限只剩下不到五分鐘嗎？哎，我認為五秒就有答案就是了。畢竟小忍甚至連來都沒來這裡，而且小翼是你的恩人，戰場原小妹是你的戀人……呃，咦？」

我就這麼默默將手上的手機遞給神原。確實，即使不是一瞬間，但我五秒就拿得出答案。

不過，簡單提出的答案不一定輕鬆。

原來如此。

這就是「選擇」。

既然這樣，「選擇的權利」——決定權這種東西，並不是能夠強求的。

但我現在非選擇不可。

非決定不可。

「神原，拜託了。」

「交給我吧。」

神原立刻回應。

神原把戰場原當成親姊姊般信奉，所以這絕對不是她想要的「答案」。即使如此，她還是答應了。

神原曾經說過，不要搞錯拯救的對象。

不過這種問題沒有正確解答。她自己應該最清楚這一點吧。

「沒錯」不等於「正確」。

「去阿良良木學長家就行吧？」

「嗯，那支手機妳可以自由使用，所以跟火憐知會一下，叫她帶妳進去吧。我想羽川應該不在我家了，但房間或許留下某些線索。我隨後跟上，所以請妳先調查。」

「收到！」

神原在回應的同時起跑。如同要在地面踩出坑洞，以眼睛追不上的速度，從直江津高中的操場奔跑離開，實在無法想像她腳上穿的是我的怪鞋。

「……你瘋了？」

臥煙小姐傻眼般說。

與其說傻眼，不如說她打從心底無法理解我這個判斷。

「匪夷所思。你真的只顧眼前不顧大局？你覺得小翼或戰場原小妹知道你這個決定之後會怎麼想？你應該現在就去追那孩子吧？」

「…………」

「確實，神原駿河的機動力比你強得多，或許可以處理兩邊的狀況，以小翼的能耐，或許可以獨力對抗困境。這裡能戰鬥的只有你，你留在這裡或許正確。不過這只是基於邏輯，只是推測。人都有情感，她應該是相信你，才寄那封郵件給你吧……你要背叛這份信賴？」

臥煙小姐平淡地說下去，但我覺得理由不只是因為對她來說，我不進行決鬥比較方便行事。

只要這麼想，我內心就稍微感到祥和。原來這個人也有正經的一面。

但我或許沒有這一面吧。

「這份背叛，或許會讓她們今後再也不相信你吧？」

臥煙小姐像是叮嚀般問。

「或許吧。」

相對的，我如此回答。

恬不知恥地回答。

「但我相信她們。我由衷相信羽川與戰場原。」

相信她們會理解。

她們兩人將不特別的我，當成如此特別的人對待。既然這樣，她們無論如何都不會背叛我的信賴。

因為她們是我心目中特別的兩人。

因為她們是羽川翼與戰場原黑儀。

「阿良良木曆這個男人，有時候會把幼女放在比恩人或戀人更優先的地位。我相信她們會理解這一點。」

033

大概是不太習慣「幼女」這個形容詞而造成強烈的刺激，臥煙小姐不再多說什麼，默默離開我。不，嚴格來說，她以我勉強聽得到的音量自言自語。「總有一天，我也想以這種敢將手機交出去的感覺信任別人。」然後，站在直江津高中廣場的演員又少一人，時間終於來到晚間八點。

在決鬥開始的時刻，出現了一個變化。某個東西從多雲的夜空落下。

形容成「揮下」或許比較正確。

因為那個東西是刀——大太刀。

日本刀應該不是落下的東西，而是揮下的東西。但這把刀明顯是從高空，如同一道閃電落在操場。

而且，刀尖直接命中臥煙小姐剛才插好的竹劍。注入靈氣，強化到足以刺入地面的竹劍，如同膠帶般裂開成為兩半，往左右倒下。

這是當然的。

面對這把大太刀，靈氣算不了什麼。臥煙小姐說的虛構妖刀「心渡」算不了什麼。

假貨不可能贏得了真貨。

從天空飛來的這把刀是「怪異殺手」這個名字的始祖，斬妖除魔的日本刀——真正的妖刀「心渡」。

那把刀的存在感極為強烈，使得竹劍如同一開始就不存在，如同一開始就一直是那把刀插在地面。

做為決鬥起跑線的武器，從竹劍換成真刀。

我與鎧甲武士同時猛然仰望夜空，卻看不到任何東西。沒看到月亮，沒有任何蝙蝠飛翔。

即使如此，這把刀現在也是某人所持有。

既然這樣，完全無須猜想是誰朝我與他之間射來這把刀。

她自己也別名「怪異殺手」的吸血鬼。

我稱為「忍野忍」，他稱為「姬絲秀忒」的女性。

昔日是鐵血、熱血、冷血的吸血鬼，現在是吸血鬼的渣滓。

「……哈哈，超鮮的啦。」

艾比所特輕佻地笑。

或許他看得見位於某處的她。

「在奴隸鬥爭的場合，做主人的至少要幫忙準備道具是嗎？不對，以這個狀況來說是準備獎品？贏的一方會獲頒妖刀這樣。」

「或許吧。無論如何，我費心準備的竹劍變成兩半，只能用真貨了。曆曆、初代先生，雖然時間稍微超過，不過就開始吧。依照預定，你們隔著那把刀，然後背對背。」

臥煙小姐如此催促我們，彷彿事情進展沒有那麼令她意外。難道忍這時候的行動也早在她的預料之中？

這麼一來，我只能照她的意思去做。

嗯，沒錯。我原本就覺得只以普通竹劍對決無法炒熱氣氛。

何況到頭來，要做的事都一樣。

跑向武器，握住握柄，砍中對方。

這是彼此唯一的目的。

明明只是如此而已，卻覺得決鬥的規則和剛才截然不同。初代怪異殺手似乎也一樣，但是現狀給他的印象似乎和我不同。

站在他的立場，妖刀「心渡」是以他的血肉製成的私人物品，這種認知很強烈，所以即使這把刀被設定為必要物品或獎品，內心或許也不為所動吧。

不。

雖然頭盔面罩遮住表情，但是事情如此演變似乎令他明顯不悅。

事實上，我們隔著刀相對時，初代怪異殺手對我這麼說。

「……都已經來到附近，為什麼吾之主——我們的主人姬絲秀忒不現身？堅持不現身？」

「…………」

「姬絲秀忒這麼不願意見在下嗎？阿良良木閣下，你認為呢？在下這麼做沒意義嗎？在下和你的戰鬥只會令姬絲秀忒打從心底為難嗎？對你來說……」

他繼續問。

「阿良良木閣下，對你來說，這場決鬥具備何種意義？」

「……這場決鬥對我的意義，你不會懂的。或許沒人會懂。」

我回答。

即將隔著刀交戰的這個時候，其實或許不應該這樣交談吧。不過想到接下來無論是何種結果，這都是我最後一次和他對話，我就不得不說幾句話。

「你或許是特別的人、獲選的人。我或許不特別，也沒獲選。或許誰都不能取代你，誰都能取代我。不過啊……」

我轉身背對。

隔著妖刀，背對初代怪異殺手。

「你無法成為我。能代替我的人比比皆是，不過只有我是我。」

「…………」

「你不是我，我不是你。就是這麼回事吧？」

我姑且以問句結尾，但對方沒回應。我只聽到甲冑喀鏘喀鏘的聲音。

大概是轉身背對我了吧。

這是決鬥時的定位，也像是我與初代怪異殺手多麼無法相容的象徵。

即使分別是第一人與第二人，

即使同為眷屬、同為奴隸，

彼此依然不同，無法相互理解。

「一～」

臥煙小姐看到雙方背對背之後，開始計數。我向前一步，背後也傳來初代怪異殺手同時行動的感覺。

「二～三～」

計數的聲音聽起來有點鬆懈，大概是故意的。臥煙小姐想盡量減少這場戰鬥的嚴肅氣息。如同忍野在春假將所有戰鬥當成遊戲。

「四～」

不過，宣稱無所不知的臥煙小姐，也無法算盡一切。人無法這麼隨心所欲操縱他人，怪異更不在此限。即使上演多麼滑稽的決鬥，也不一定會落得滑稽的結果。

「五～六～」

即使如此，初代怪異殺手真的不知道嗎？忍來到足以扔刀過來的距離，卻不在這裡現身的原因……不，我直到剛才的剛才也不知道。

我原本也以為忍窩在神社不出來，單純是不想見初代怪異殺手，或是事到如今不想背負麻煩事，但忍或許不是不想見怪異殺手，而是見不了怪異殺手。

我這麼想。

「七～～」

是的，這一點和我不同。

春假，忍第一次遇見我的時候已經奄奄一息。在那之後，姬絲秀忒·雅賽蘿拉莉昂·刃下心的完美型態，我也只有驚鴻一瞥。

然而，和初代怪異殺手來往的四百年前，她處於全盛時期。

最美麗、最高貴、最耀眼、最莊嚴、最強大。這就是當時的她。

所以，她不忍心。

不忍心讓昔日搭檔兼終生勁敵的初代怪異殺手，看見她失去力量，軟弱又幼小的模樣……說穿了就是不好意思。

不好意思被他看見改變後的自己。

不想被他看見淪落為渣滓的自己。

初代怪異殺手是這座城鎮所發生怪異現象的一環，也是怪異現象成因之一，他當然知道忍化為幼兒的情報吧，不過這和直接見面是兩回事。

……沒能理解這種理所當然的心情，像這樣厚著臉皮前來決鬥，我覺得這樣的自己好丟臉。但我的器量也沒大到特地將這件事告訴初代怪異殺手。

就算說出來，那個傢伙大概也不懂這種心情吧。對於那個傢伙來說，忍……更正，姬絲秀忒・雅賽蘿拉莉昂・刃下心是「特別」的。

是完美的。

和我知道的忍截然不同。

我覺得自己徹底知道和那傢伙講話為何像是雞同鴨講了。真要說的話，我們的對話如同推理小說裡，把完全不同的兩人認知為同一人來討論的敘述性詭計。

四百年。

雖然過於理所當然，反而完全搞不懂，但我重新體認到這段時間多麼漫長。

「八～～」

不過，誰有資格嘲笑這樣的他跟不上時代或文不對題？到頭來，忍束縛在現在這種狀態本身就是反常。忍超過五百年的這半生，此等外型與此等軟弱都是例外。

初代怪異殺手應該會這麼想吧。

想讓她復原。

不是以眷屬的身分，而是以專家的身分。

如同昔日和忍共同斬妖除魔。

……對忍來說，究竟怎樣才是幸福？

在春假，我將她束縛在不幸之中，雖然那傢伙願意和這個不幸女孩來往，但是在回想起四百年前的往事時，那傢伙能維持相同的心情嗎？

「九～～」

神原對忍說過。

如果忍見到初代怪異殺手之後，比起我更鍾情於他，到時候忍應該離開我，和他長相廝守。

說得出那種話的神原真的很了不起。

不只是說得出來，應該也做得到吧。

既然這樣，為了避免這種下場，我必須一直是忍心目中特別的存在。若問這場決鬥有什麼意義，這大概就是我的回答吧。

想繼續成為忍野忍的「特別」。

她選擇和我一起活下去。

「十！」

我隨著這個聲音轉身，依照神原的指導，為了衝刺這七公尺的距離，以右腳為軸心轉身。

然後踏出腳步，朝著插在操場的高聳大太刀加速。

就在這個時候，我目擊完全沒預料到的震撼光景。

這場決鬥成立的大前提，在於對方背負兩個不利條件。我與初代怪異殺手走十步的長度不同，我和妖刀「心渡」的距離是七公尺，他是十公尺。我有三公尺的優勢，他有三公尺的劣勢。這是數字上的差距，無從拉近。

不過還有一個條件。

身穿鎧甲的武士在賽跑時肯定不利。但我沒察覺這其實有個非常簡單的解決方法。

我也忘了他是在「斬妖除魔」時不擇手段的專家。

他——初代怪異殺手背對著我，依照臥煙小姐的計數走十步的這段時間，脫下那套包覆全身的厚重甲冑。

在補習班廢墟還是空空如也的鎧甲，如今內部是身材高瘦，留武士髮型的英俊青年。他跑向妖刀「心渡」，試圖取刀砍殺我。

原來那個怪異殺手少年，成年之後會變成「這樣」啊。

連奔跑的姿勢也好帥，可惡！

這樣的傢伙站在傳說吸血鬼身旁，想必賞心悅目吧。甲冑底下是完全不搭的西式服裝。設計上近似燕尾服，是不太適合跑步的打扮，不過相較於剛才穿甲冑的時候，這就像是運動服之類的吧。

在這十步路散落在廣場的甲冑，他當然沒有踩到，即將朝大太刀伸出手。

我也依照伯樂的指導，進入全力衝刺的階段，唔哇，但完全來不及！而且我一直沒正視一個事實，踏步距離長就可以使用高步幅跑法，腿長的人本來就跑得快！

既然他脫下束縛身體的鎧甲奔跑，我以現在的身體能力，不可能跑得過他。

他的右手當然先抓住妖刀。

我七公尺還沒跑一半，他就抓住刀了。我甚至以為自己的腳程很慢。

從怪異殺手少年升級的怪異殺手青年抓住妖刀，沒有停下腳步，就這麼沒有減速繼續衝刺。這當然不是跑過頭，應該是想順勢砍我吧。

沒有仗著實力差距而折磨或羞辱我，他在這方面確實是戰士。反過來說，我毫無可乘之機。

妖刀「心渡」。

斬殺怪異之刀，只斬殺怪異之刀。

現在的我和忍斷絕連結，幾乎失去所有吸血鬼技能，只有平常人的腿力，就算這樣也不是完全失去吸血鬼特性。妖刀的刀鋒應該足以斬殺我吧。

如果是臥煙小姐準備的竹劍還好，但是這把斬妖除魔的大太刀，真的只要擦過我就能造成立竿見影的效果。

這麼一來，我等於已經敗北。就某種意義來說，也算是一如往常的演變。

但是只有這次我不能輸，也不能被砍，更不能停止前進。

我以神原的鞋子繼續踏步。

大概是尺寸依然不太合，這一踩使得一隻鞋子脫落，但我不以為意，繼續踏出另一隻腳。

朝著前方手握大太刀的鎧甲武士奔跑。

不，脫掉鎧甲的他已經不是鎧甲武士。一邊跑一邊架著大太刀衝過來的他是突擊武士。那麼赤手空拳的我是落魄武士嗎？

距離一口氣拉近。

我跑一步，初代怪異殺手就跑三步。彼此拉近到攻擊間距。

「哈！」

他高舉大太刀笑了。

「哈！「哈哈！「哈哈哈！「哈哈哈哈！「哈哈哈哈哈！「哈哈哈哈哈哈哈哈哈哈哈——！」

不知道有什麼好笑的，或是有什麼好難過的。

他放聲大笑。

高舉的刀，朝我的肩頭劈下。毫不留情完全發揮吸血鬼眷屬的臂力劈下。

不只是我，感覺連操場都要劈成兩半的一刀。

實際上，就算真的變成這樣也一點都不奇怪。沒變成這樣反而奇怪。

說到沒變成這樣的原因，在於他是吸血鬼，我是類吸血鬼。

初代怪異殺手從四百年前被吸血至今依然是吸血鬼，我只在春假的短短兩週成為吸血鬼。就是這樣的差距。吸血鬼資歷的差距，造成結果的不同。

剁成碎肉也會復活，燒成灰燼也會復活，一直持續不斷地活下去，不死之身的頂點，無從顛覆的不老不死。

我們兩人的根源——忍曾經親口這麼說。

吸血鬼的防禦力絕對不高，因為不死的特性就是防禦。

換句話說，雖然不知道他還是純粹的人類、純粹的戰士、純粹的專家那時候是什麼樣子，不過現在的他，以吸血鬼身分活在黑夜的他，在黑夜戰鬥的他，完全不在意「防禦」。

不顧自己的安危。

實際上，在補習班廢墟，他也完全沒閃躲神原的拳頭與擒抱。脫掉甲冑的現在也一樣。

他如同要將操場劈成兩半，盡可能高舉長長的大太刀。如果是這把妖刀，明明不用舉那麼高，光是稍微傷到我就能分勝負了。

我趁著他高舉大太刀導致門戶大開時，將「那個」貼在他身上。

全力奔跑的我無法完全煞車，所以看起來像是擦身而過的時候以掌打反擊。

總之，我把先前從北白蛇神社撕下來的符咒，貼上去了。

「哈——啊，哈，哈，哈哈哈啊啊啊啊啊啊啊啊啊啊啊啊啊啊啊啊啊啊啊啊啊啊啊啊啊啊啊啊啊啊啊啊啊啊啊啊阿阿阿阿阿阿阿阿阿！」

大笑從中途變成哀號。

他逼不得已，放開高舉的大太刀。

這是當然的。

這可是足以將我五百萬圓債務一筆勾銷的靈驗符咒。而且追根究柢，是用來防止初代怪異殺手復活的符咒。

這樣的符咒直接貼在他的身上，不可能無效。

何況初代怪異殺手如今脫掉保護他的鎧甲。

「咩咩的……啊啊，原來如此。」

臥煙小姐的聲音。

不愧是專家，看來她立刻明白發生了什麼事。

「我好驚訝。這真的出乎我的預料。我原本設定只要砍中一刀就勝利，你居然曲解成只要摸到一下就勝利……！」

不。

不是這麼回事，請不要這樣。

我可是賭命在努力，所以請不要說風涼話。

只是，我在北白蛇神社等待夜晚決鬥的這段時間，和神原跳舞玩樂想吸引忍走出神社的這段時間，察覺貼在上面的符咒。這是當然，是必然，因為來神社貼那張符咒的就是我與神原。

不過，在另一個時間軸，在我與忍一起旅行經過的另一段歷史，那座神社貼的符咒是另一張。

雖然結果相同，效果卻不同。

那張符咒功能非凡，具備怪異性質的我與忍甚至碰都碰不得。既然這樣，將符咒貼在神社的應該是神原的「右手」吧。

我知道個中意義。那個時間軸的阿良良木曆與忍野忍，沒有和這個時間軸一樣建立良好的關係。

這是「那邊」歷史的意義。

假設在「這邊」的歷史也有意義，那麼符咒就可以回收再利用。可以撕下來貼在其他地方。

即使是那個似乎看透一切的男人忍野咩咩，應該也沒料到會進行這種決鬥。而且「撕下這個帶走，應該能用在某些地方吧？」這個點子是神原出的。

如果臥煙小姐設計的不是這種決鬥方法，這張符咒可能完全派不上用場，而且當然不是只要一掌貼上去就分出勝負。

我撿起他落下的大太刀。

恐怖的怪異殺手妖刀「心渡」。

必須用這把刀砍中一下，才算是分出勝負。

「咕，啊，啊，啊……姬……」

他逐漸倒下。

他一邊跪倒，一邊大喊。

「……絲秀忒，姬絲秀忒，姬絲秀忒，姬絲秀忒，姬絲秀忒，姬絲秀忒……姬姬姬姬……」

大喊。喊出這個名字。

四百年前遇見他，和他交戰，和他並肩戰鬥，將他化為怪物的怪物之名。

……面對放聲大喊的初代怪異殺手，我說不出任何話，甚至無法直視。

不過，疑惑解開了。完全解開了。我原本懷疑他想和好只是嘴上說說，實際上可能是要危害忍。但是聽到他這個聲音，我終於相信這傢伙其實只是想見忍一面。

這種事當然無法成為任何慰藉，他崩潰倒地。

不只是單純當場跪倒。他的造型本身逐漸崩潰，逐漸崩毀。

無法維持人類的形體，無法維持人類的外貌。

滿溢而出。

高瘦青年模樣的初代怪異殺手，是以各種怪異為「零件」組成的。臨時拼湊的各種東西四散粉碎，如同決堤般奔流而出。

如同太刀的刀刃損毀，怪異殺手青年從內部損毀。怪異從內部損毀。

蟹、蝸牛、猿猴、蛇、貓、蜂、不死鳥、虎……狗、熊、豹、斑馬、瓢蟲、狐狸、珊瑚、駱駝、海參、牛、獅、麒麟、蝦蛄、鯊魚、鴕鳥、狼、龜、鹿、山羊、雞、兔、蜈蚣、黏菌、貍貓、蜥蜴、蜘蛛、地鼠、蠶、松鼠、鯨魚、章魚、儒艮、甲蟲、水獺、鶴、海螺、毛蟲、蝌蚪、食蟻獸、飛鼠、獨角鯨、蠍子、蚯蚓、竹節蟲、天鵝、牡蠣、象、鯉魚、九尾狐、海獺、菇、綿羊、鱷魚、蟬、犀牛、海膽、鼠、海馬、鸚鵡、河豚、馴鹿、比目魚、穿山甲、水母、孔雀、螳螂……幾乎無窮無盡地崩毀而出。

亂七八糟混在一起。

混合、混交、混濁。

不知道是什麼東西。

逐漸形成「髒東西」。

逐漸回復，逐漸回歸。

這張符咒光是貼在神社，就有清淨整座神社的效果。要是直接貼在主體，堪稱必然是這種結果。

這是瘋狂的煉獄光景，另一方面卻也令我安心。

我知道這是欺瞞，是偽善，但我還是要刻意這麼說。即使知道對方是怪異，不過要朝著外型是人類又講人話的對象揮刀，對於內心軟弱的我來說，依然只會造成莫大的壓力……既然他曾經是人類就更不用說。既然他崩毀成這副模樣，我下刀就容易多了。

要為這場決鬥做個了斷就容易多了。

「姬絲秀忒……姬絲秀忒……姬絲……」

聲音也逐漸崩毀。自我也逐漸崩毀。

意識、記憶也逐漸崩毀。

這樣下去一切都會消散，全部化為塵土，什麼都不留。即使朝著崩毀的他砍一刀也不會改變什麼。

或許可以贏得這場決鬥。

對我來說有意義。但是對他來說毫無意義。

即使在這裡回歸為塵土，到最後，初代怪異殺手也只是被永恆的回歸吞沒。

絕對不會死。永遠不會死。

不死之身的頂點。

即使是臥煙小姐或艾比所特也無計可施。面對怎麼做都不會死的對手根本束手無策。

基於這個意義，無論是由臥煙小姐他們下手還是由我下手，結果都一樣。不知道他下次復活是什麼時候。

又是四百年後嗎？

還是五百年後？一千年後？

即使專家封印他，他也活得比這個專家久，所以無計可施。因為不會死，所以也無法自殺。

連本人都無法消化的不死性質。

「絲……秀……忒，忒忒忒……□■□□□□□□□■□□□……□□□□……□□□□……□□□……」

連話語都不成意義了。

全身各處崩毀、溢出、潰散，但他最後留下的喉嚨依然繼續發出聲音。這樣的他對我說話。

「總之……雖然我不知道能活幾歲，不過此生如果還能再見……」

如果還能再見，那就再見吧。

然後，我架起長到幾乎拿不住的大太刀，朝著不知道是什麼東西的複合體，趁著他還是他的時候，以這把怪異殺手血肉製成的怪異殺手太刀……

「■■■■■……■■■■……■■■■■……■■■■■■■■■……■■■■■■■■■……■■■■■■■■■……■■■■■■■■■……■■■■……」

「無須道歉。吾原諒了。」

就在我砍下這一刀之前，某個聲音回應他不成聲音的聲音。

崩毀流出、潰散溢出，如今擴散到操場大半的怪異群，這個聲音的主人將其撥開。

並且毫不猶豫，朝著他唯一殘留的喉嚨，咬下去。

「我才要道歉……生死郎。」

幼女。

不知道至今位於何處，或許是樓頂，或是體育倉庫的暗處，總之應該在某處觀看這場無價值決鬥的金髮金眼幼女——前吸血鬼。

忍野忍從他的背後，從早已不是背後的背後，即使沾滿怪異碎片依然泳渡怪異群，露出利牙咬向他的喉嚨，叫他的名字。

生死郎。

本應無法辨別人類的她，說出她昔日宣稱完全不記得、未曾叫過的昔日眷屬名字。昔日戰友的名字。

啃食。

一邊哭泣，一邊啃食。

一口口吞下，一口口啃食。

趁著他還是他，將第一個眷屬的遺骸啃食，化為自己的血肉。化為自己的血肉、餌食、骨身，讓他從永恆的輪迴解脫。

「很高興能見面。吾還以為再也沒機會見面了。然而今後不會再見面了。如今吾有個比汝更重要之人。接下來，吾暫時想為他而活。」

擴散的怪異逐漸聚合。

逐漸終結。

構成怪異殺手的元件，一時覆蓋整座城鎮的灰塵，逐漸收進幼女的肚子，連一顆都不留。即使數量再龐大，她依然獨自吃盡。

現在的他沒有臉也沒有表情，不知道他聽完忍這番話有何感想，甚至不知道他是否有聽到。不過至少在我眼中，我的前任看起來沒有滿足，也沒有悔恨。

沒有舒坦，沒有暢快，也沒有因為聽忍明講反而卸下重擔，沒有獲得明顯的救贖。

即使如此，從付諸執行經過四百年的光陰，他的自殺終於成功了。

034

「好的好的。所以後來呢，阿良良木學長？阿良良木學長阿良良木學長，哎喲阿良良木學長？這次的後續，應該說結尾呢？我好在意我好在意，好在意後來怎麼樣了～～」

小扇催促般問我。

即使她這樣催促，也已經沒有然後了。但她這樣纏著我一直問，我難免想回應她的期待。

「之後的進展，就是我上次說的那樣，可以說如妳所知，應該說這麼一來就如妳所願，事情的前因後果都串連起來了吧？」我說。「我和先去我家的神原會合，為了羽川的幻虎事件會合，然後我去找羽川，神原去找戰場原。」

「原來如此原來如此。這我確實聽您說過。所以那邊也趕上了吧？太好了。我也感同身受非常開心喔。因為我好喜歡羽川學姊。」

小扇還是一樣亂講話。

明明和羽川那麼不合。

明明是針鋒相對的關係。

「這麼說來，羽川學姊猜測前刃下心和初代怪異殺手曾經是情侶，這個想法到頭來是對的。那位學姊果然無所不知耶。」

「嗯……咦，我說過這件事？」

「說過。阿良良木學長不是對我毫不隱瞞嗎？」

「是喔……聽妳這麼說的話，或許是吧。」

「總之，如果是羽川學姊，應該不會為自己的優先順位往後移而生氣吧。這種裝熟的個性，就是我討厭那個人的地方。那個呢？阿良良木學長和初代怪異殺手交戰的時候，斧乃木小姐去處理別的事，這一段後來怎麼了？臥煙小姐究竟派她做什麼事？」

「啊啊……這部分和千石事件有關……她出遠門去取得那張畫著蛇的符咒。該說是令人意外的女童嗎，那孩子真的是三頭六臂大顯身手……」

「說得也是，超意外的。沒想到女童會和阿良良木學長同居，女童居然主動要求同居……我可以理解臥煙小姐為何把影縫小姐當成頭痛人物了。」

小扇講得像是早就認識臥煙小姐。慢著，她們肯定沒見過面吧？

無論如何，無論是臥煙小姐還是影縫，應該不是為了讓我和女童同居，才讓斧乃木現在住進我家吧。

「然後，臥煙小姐想以那張符咒為基礎，進行更進一步的預防措施，不過說來遺憾，因為我一時冒失，所以沒有順利成功……」

「是啊。因為千石小妹濫用了。」

「妳說她濫用，給人的印象會很差……」

「用符咒收拾不死之身的怪異，感覺好像殭屍……所以後來是拿那張用過的符咒重新貼在神社吧？」

「嗯……不過，舊的符咒像這樣回收再利用導致效果減弱，也連帶造成千石那個事件……」

「那張符咒是在重建神社的時候遺失對吧？」

「嗯，總之，應該吧……」

「艾比所特兄在那之後怎麼樣了？」

「嗯……？」

艾比所特兄？為什麼叫得這麼熟？

哎，沒差。

「那傢伙後來做一些善後工作就回國了。總之以結果來看，他最討厭的吸血鬼又有一隻從這個世界『消滅』，這次的工作應該令他心滿意足吧。」

「嗯……這樣啊這樣啊。哎呀，阿良良木學長，謝謝您。」

小扇向我低頭致謝。

她抬頭時的笑容真是難以言喻。

「這麼一來，拼圖就全部完成了。該怎麼說，至今聽到的事情經過，某些細節有矛盾的地方，不過將這種矛盾解釋得宜，也是我這個萬千物語的聆聽者——忍野扇的樂趣。」

「那真是謝謝妳啊……發生太多事情，連我都莫名搞糊塗了，如果妳能說明就幫了大忙。」

「不不不，身為曆迷，這麼做是理所當然的。」

「『曆迷』是什麼鬼？別講得像是福爾摩斯迷那樣。」

「哈哈，因為您無謂想要隱瞞真相，所以整體才會出現破綻喔。沒信用的敘事者，光是貝木泥舟一個人就太多了。總之，雖然不到福爾摩斯迷的程度，但我會盡力而為。」

「……我不懂妳為什麼對我的經歷這麼感興趣。」我對小扇說。「不過可以的話，我想聽妳述說妳的物語。而且真的不可以賣關子。」

「並不是賣關子喔。凡事都講究時機，同樣的，物語也要講究時機，只是這樣而已。必須等到每塊拼圖都湊齊才行，懂嗎？我很慎重的。」

「慎重……」

「而且以我的狀況，有點太早出場導致失敗的感覺。啊，對了，雖然不是當成補償，但我幫阿良良木學長這段物語補充幾個地方吧。有個問題就這麼扔著沒解答吧？」

「唔……？哪個問題？」

「到頭來，阿良良木學長為什麼一開始先和神原學姊約在補習班廢墟會合？為什麼不是約在家裡，而是約在四下無人的廢墟？這個問題還沒有答案吧？」

「啊啊，這麼說來……」

「這應該是臥煙小姐設計的吧？」

小扇自然地說。

不像是在解謎的樣子。

「應該是她不經意慫恿的吧？阿良良木學長因為八九寺小姐的事件而受到心理打擊，我認為要引導您這麼做並非難事喔。」

「……？為什麼？假設是這樣沒錯，臥煙小姐為什麼要慫恿我這麼做？正因為將那裡訂為會合地點，後來才發生那麼嚴重的事吧？」

「所以應該是想讓事情變得嚴重吧。因為臥煙小姐絕對不是叔叔那樣的和平主義者。總歸來說，包含最後的最後在內，包含小忍吃掉初代怪異殺手在內，一切或許都在她的計算之中。這是我的推測喔。」

「…………」

「不過沒根據就是了。只是啊，最後一幕看起來莫名像是一切都漂亮地以該結束的方式結束，我覺得這樣不太對勁，所以難免這麼推測。無論如何……」

小扇說。

她似乎不想繼續提這件事，迅速轉移到下一個話題。我個人對她更換話題也沒有異議。我正想避免深入討論臥煙小姐的預防計畫。

在那個時候，以及千石事件的那個時候，我認為自己絕對不是依照她的計畫起舞，但是實際上，這麼做肯定是最好的方法。

……我真的這麼認為。

為什麼我沒辦法照做？

「第二學期之後，除了千石小姐那個事件，阿良良木學長就鮮少遭遇怪異奇譚，原來是基於這種隱情啊。覆蓋城鎮的灰燼消失，發生的機率就下降了。」

「唔～～……總之，關於這部分，很難單純斷言是這樣沒錯……」

臥煙小姐說過，初代怪異殺手的消滅，絕對不代表今後能夠和平。

正因如此，她才會想找新的神坐鎮在北白蛇神社。

與說是掌控狀況，不如說臥煙小姐是做好該做的風險管理吧……

「總之，對我來說、對忍來說，這次都算是做了一個了結。這是事實。」

「對神原學妹來說呢？」

「嗯？」

「沒有啦，就是神原學妹那邊啊？我雖然沒加入粉絲團，卻是那位學妹的支持者。所以神原學妹在這個事件的立場，我在意得不得了。到最後，神原學妹即使如此深入參與這個物語，卻只負責飾演『幫手』的角色。哈哈，疑問真的是接二連三冒出來耶。到最後，神原學姊就這麼不知道臥煙小姐是她的阿姨嗎？」

「嗯。她相信臥煙小姐是忍野的妹妹，就這麼道別了……」

其實沒道別，神原跑離直江津高中的操場之後，再也沒和臥煙小姐會合。

那個學妹這麼照顧我，我卻成為欺騙她的共犯，這份罪惡感至今還在，不過該怎麼說，讓神原得知那種人居然是她的親戚，我認為不是什麼好事……

「到頭來，臥煙小姐是看上神原哪一點而拉她參與那個工作，我自始至終都不知道。雖然神原貢獻不少心力，但要說這是否正如臥煙小姐的計畫……」

「我認為正如她的計畫喔。不過……」

此時，小扇露出暗藏玄機的微笑。

「這個計畫也有出錯喔。其實啊，我就是這個錯誤的產物。」

「啊？咦……？」

「不，這件事留到下集……更正，留到下次吧。我終究聽得很飽了，想要休息一下。不過可能不是休息，而是求刑吧。」

小扇一邊說一邊起身。

抱歉這麼晚才說明，這裡是我的房間。

阿良良木家的二樓，曆的臥室。

今天是三月十三日。

我大學考試當天的清晨。

……學妹在我考試當天的清晨來我房間玩，究竟是基於什麼原委？這我已經不太記得了，但最近只要是關於小扇的事，我都覺得不用刻意追究。

總之認定她神出鬼沒吧。

如果是這個女生，就算早上起床發現她睡在我床上，我也不會嚇到。

「求刑……我會被判幾年呢？」

「天曉得。或許是死刑喔。」

小扇不開玩笑地說。不，這種玩笑可不能亂開。

「那麼，我今天先回去了。只要還活著就後會有期吧。」

「嗯……小扇，回家路上小心喔。」

「這不需要學長叮嚀。」

她說完就要離開房間，卻在握住門把時忽然轉身。

「還有一件事。」她說。「阿良良木學長，到最後，忍小姐有把第一個眷屬吃光嗎？」

「嗯……慢著，我不是這麼說過了嗎？」

「沒吃剩？」

「嗯，沒吃剩。」

「甲冑也是？」

「！」

「不只是滿溢而出，可能成為怪異火種的『髒東西』，決戰時脫掉的甲冑各部位……也確實吃掉沒忘記嗎？」

「……吃掉了。」

應該……或許……有吧……我越說越失去自信。

我不記得。

依照事情進展，我認為不可能沒吃……不過，先不提只以甲冑出現在補習班廢墟的那時候，但在決鬥的那個時間點，甲冑已經只是普通的護具……

我朝自己的影子一瞥，然後反問。

「……這是什麼重要的事嗎？」

「或許重要，或許不重要。不過應該需要吧。」

小扇笑咪咪地說。

看起來不像在討論嚴肅的事，始終只是和感情好的學長閒聊。

她絕對不改這種立場。

「因為……那套鎧甲也是初代怪異殺手的『血肉』，是他的『骨身』吧？既然這樣，要是將那套鎧甲熔化重新鍛造，或許可以再製作一把妖刀『心渡』吧？不只如此，說不定連小太刀『夢渡』也……」

小扇說。

……「夢渡」？

那是什麼……我聽過這個名字。

記得好像是和「心渡」成對的刀？但也已經在四百年前遺失……忍也沒有收進體內……嗯嗯？

複製品？

「如果我是臥煙小姐，應該會在鎧甲被忍小姐吃掉之前回收吧。艾比所特兄或許意外是為此被找來的。雖然不是『北風與太陽』，不過當時決鬥的規則，也可以說在引導初代怪異殺手脫掉鎧甲……總之，這部分有想像的空間。阿良良木學長，您認為呢？我想徵詢您的意見。」

「……臥煙小姐沒理由這麼做吧？我認為忍很自然地連甲冑都吃掉了。嗯，我覺得是這樣沒錯。」

「原來如此原來如此。既然阿良良木學長這麼覺得，那麼肯定是這樣吧。畢竟阿良良木學長的多心是最可靠的東西。哎呀哎呀，抱歉老是在問問題，肯定惹您不高興吧？」

「怎麼可能。和妳聊天很愉快，我應該可以抱著好心情應考。」

「這樣啊，聽您這麼說，我心情也舒坦多了。那麼，我至少也為阿良良木學長解答一個疑問當謝禮吧。」

「啊？我的疑問？我的疑問是……什麼？」

「死屍累生死郎。」小扇說。「這是初代怪異殺手的全名。阿良良木學長果然也想好好記住情敵的姓名吧？」

然後，她離開我房間了。身為紳士，我或許應該送她走出玄關，但她突然說出「他」的全名，使我錯失送她離開的機會。

彈給我。

「…………」

死屍累生死郎……連姓名都這麼帥？

與其說無可奈何，不如說無計可施……

即使「可以抱著好心情應考」不完全是客套話，但她在最後扔了一顆天大的炸彈給我。

傷腦筋……這麼一來，我真想順便去參拜一下。

參拜的例行公事，我原本打算只在今天取消一次，但因為小扇在清晨，應該說天還沒亮的時候就來訪，所以現在還有時間，既然這樣，去考場之前先到北白蛇神社一趟吧……即使是沒有神的神社，應該也可以求個吉利吧。

我如此心想，進行出門的準備。

忍最近完全回到原本的作息，切換成夜行性，所以這個時間已經在我的影子裡熟睡。小扇似乎是抓準這個時間造訪阿良良木家。

我換好衣服來到走廊一看（我直到剛才都穿睡衣，羽川在八月穿的那套），斧乃木理所當然般站在那裡。

她依然穿著睡衣。

月火的浴衣套在她身上很寬鬆。

不，看她以浴巾包著溼頭髮，應該是剛起床沖完澡。她穿著浴衣，所以是出浴女童。明明是屍體，肌膚卻充滿光澤與彈性。

……慢著，話說她是假裝成妹妹的布偶才住進阿良良木家，應該稍微表現得像是布偶才對。

為什麼光明正大過著正常的生活？

「我湊巧聽到剛才的閒聊喔。」

「又來了？」

「放心，我成功迴避那個女生。那個女生經過的時候，我貼在天花板逃走。就像是蜘蛛人（Spider Man）那樣。因為是間諜（Spy）。」

「在民宅做這種事反而更顯眼吧……咦？妳是潛入我家的間諜？」

「鬼哥，總覺得你在那個女生面前管不住嘴耶。口風太鬆了吧？」

「是嗎？我認為不會啊？我甚至因為講話的時候隱瞞該隱瞞的部分，所以擔心她是否確實聽懂我想說什麼。」

「如果鬼哥這麼說，那就這樣吧。」

「我現在打算去北白蛇神社，要不要一起去？」

「嗯？那是哪裡？」

「不准忘記。妳也太健忘了吧？就是妳主人失蹤的地方啦。」

「啊啊……島根的……」

「不對。別誤以為是出雲大社。妳這是哪門子的記性？」

「無論是不是出雲，我都不會跟鬼哥在清晨約會。只是這麼說的話，希望鬼哥也告訴我一件事。」

「什麼事？」

先不提記性多差，應該說不提忘性多好，斧乃木因為進入阿良良木家生活，如今角色個性似乎逐漸定型（說來遺憾，大概是受到火憐與月火的影響），我很樂意回答她的問題，但我完全猜不到她想問什麼，所以頗緊張的。

不過，她問的問題沒那麼出乎意料。應該說我聽過她問類似的問題。

不過，她當時詢問的對象，是迷路少女八九寺真宵。

「鬼哥，成為吸血鬼之後，你幸福嗎？」

「……………」

「沒有啦，換句話說，初代怪異殺手不是問過嗎？鬼哥和忍老師在一起，對他有什麼好處？到最後，鬼哥當時沒說出對他的好處，不過這份心意至今也沒變嗎？鬼哥至今依然認為自己和忍老師在一起，任何人都不會幸福嗎？」

「…………」

將忍稱為「忍老師」的她，內心究竟發生什麼變化？這方面不得而知，但我可以理解她這個問題的意圖。

斧乃木是被製作成不死之身的怪異，是人造的怪異，因此只要是對於不死之身、對於怪異的自覺，她無論如何都想問個明白。這是她少數未曾改變的立場。

所以我非得真誠回答。

「我至今依然這麼認為。」

「…………」

「任何人都不會幸福，任何人都不能幸福。我是吸血鬼，並且和忍在一起，這只會造成大家的困擾，害得忍比任何人都不幸。」

然而，即使那傢伙比任何人都不幸，即使我自己比任何人都不幸，我依然想和忍在一起。

「聽起來好像藉口就是了。」斧乃木面無表情地說。「聽起來像是因為不會幸福，所以請放過我們；因為不會奢求幸福，所以請原諒我們，請留我們一條生路。也像是在說我們如此不幸，所以不要責備我們，否則我們很可憐。鬼哥，你該不會認為甘願承受不幸是一種『努力』吧？」

「嗯……？」

「這在世間叫做『什麼都沒做』喔。是永無止境的怠惰。別以為區區不幸就可以獲得原諒。不能只因為終結就放棄，應該朝著美好的結局前進。要我再踩一次臉嗎？」

「……妳真嚴厲耶。」

我即將進入賭上人生的考場，卻不幫我加油打氣？但這或許是在求得她的原諒吧。

「一直甘願承受不幸叫做『怠慢』，不去試著追求幸福叫做『卑鄙』。鬼哥這樣的話，自殺的先驅們也不會瞑目的。」

斧乃木說完轉身回到自己房間……更正，妹妹們的房間。

「我會聽進去的。」我朝她的背影說。

沒有任何人幸福。

包括我、忍，以及所有人。

我如今這麼認為。現在也這麼認為。

然而，說不定距離現在的很久以後，在遙遠遙遠的未來，比方說四百年後，這種想法或許會稍微改變。我如此心想。

放心，即使沒能幸福，但幸運的是我們不愁沒時間。只有時間，只有思考的時間與活著的時間，是我們多到嫌煩的東西。甚至足以讓屍體腐爛，化為塵土。

不過，將這些時間用盡，或許只是時間的問題吧。

後記

回想起來，不只是這部《物語》系列，我至今寫了很多本書，但前陣子回頭閱讀自己的著作時，會冒出「不會吧？」的想法。說到究竟察覺到什麼，就是察覺這個作者好像對於「不會發展為戀愛關係的男女搭檔」有著非比尋常的執著。各位或許認為這種事只要看一本著作就知道，總之請聽我說。編寫故事的時候，「男女搭檔」和「當男孩遇見女孩」的普遍程度差不多，但是異性的組合總是容易以發展為戀愛關係為前提，與其說是順其自然變成這樣，比較傾向於故事鋪陳之前就預先註定是這種結果。我當然也喜歡這種故事，至今也寫過這種故事……應該……有吧？實際上呢？我這麼想過。總之先不提作者的喜好，極端來說，角色的人生與人際關係端看角色自己發揮，那麼到頭來，我究竟想對各位說什麼？就是本次我從各個角度撰寫阿良良木曆與神原駿河這對基本上應該不會發展為戀愛關係的搭檔，寫得非常愉快。

總之，本書是出乎意料的中集。雖說出乎意料，我個人認為完全不意外，但若能稍微給各位一個驚喜就是作者的榮幸了。話說《物語》系列包含本書已經出到第十六集，或許我做什麼都不會讓各位讀者感到驚訝，即使如此，如果我說這次的故事原本應該是和《鬼物語》一起收錄在《傾物語》，各位會不會稍微嚇一跳？換句話說，與其說這是《終物語》的中集，在結構上更像〈真宵・殭屍〉、〈忍・時光〉、〈忍・鎧甲〉的三部曲。歷經三年多能夠將完全放棄的「一本著作」寫完，作者逕自感慨萬千。就這樣，本書是《終物語（中）　第四話：忍・鎧甲》。

　臥煙小姐這次首度上封面，謝謝VOFAN老師繪製插圖。阿良良木曆與忍野扇也堪稱不會發展出戀愛關係的搭檔，所以下次要寫的真的是〈扇・黑暗〉，也就是《終物語（下）》。寫這對雙人組似乎也會很愉快！話說回來，《物語》系列將在下一集完結，但是正如先前的預告，接下來還會出《續・終物語》，各位請別嚇到喔。不是小扇的錯。

西尾維新

初 出 本作品為全新創作

作者介紹

西尾維新 (NISIO ISIN)

1981 年出生，以第 23 屆梅菲斯特獎得獎作品《斬首循環》開始的《戲言》系列於 2005 年完結，近期作品有《曆物語》、《悲報傳》、《lipogram！》等等。

Illustration

VOFAN

1980 年出生，代表作品為詩畫集《Colorful Dreams》，在臺灣版《電玩通》擔任封面繪製，2005 年由《FAUST Vol.6》在日本出道，2006 年起為本作品《物語》系列繪製封面與插圖。

譯者

哈泥蛙

專職譯者。附近小吃店的貓看到我就知道有得吃又有得玩，所以現在跟我比跟老闆還親。攻略大成功。

書盒子

終物語 中

（原名：終物語 中）

作者／西尾維新　插畫／VOFAN　譯者／張鈞堯
執行長／陳君平　榮譽發行人／黃鎮隆
協理／洪琇菁　國際版權／黃令歡、梁名儀
執行編輯／呂尚燁　美術編輯／李政儀
企劃宣傳／楊玉如、洪國瑋、施語宸
出版／城邦文化事業股份有限公司　尖端出版
台北市中山區民生東路二段一四一號十樓
電話：（〇二）二五〇〇七六〇〇　傳真：（〇二）二五〇〇二六八三
E-mail：7novels@mail2.spp.com.tw
發行／英屬蓋曼群島商家庭傳媒股份有限公司城邦分公司　尖端出版
台北市中山區民生東路二段一四一號十樓
電話：（〇二）二五〇〇—七六〇〇（代表號）
傳真：（〇二）二五〇〇—一九七九
中彰投以北經銷（含宜花東）／楨彥有限公司
電話：（〇二）八九一九—三三六九
傳真：（〇二）八九一四—五五二四
雲嘉經銷／智豐圖書股份有限公司　嘉義公司
電話：（〇五）二三三—三八五二
傳真：（〇五）二三三—三八六三
南部經銷／智豐圖書股份有限公司　高雄公司
電話：（〇七）三七三—〇〇七九
傳真：（〇七）三七三—〇〇八七
一代匯集／香港九龍旺角塘尾道六十四號龍駒企業大廈十樓B&D室
電話：（八五二）二七八三—八一〇二
傳真：（八五二）二七八二—一五二九
馬新經銷／城邦（馬新）出版集團　Cite(M)Sdn.Bhd.
E-mail：Cite@cite.com.my
法律顧問／王子文律師　元禾法律事務所
台北市羅斯福路三段三十七號十五樓
二〇一六年十一月一版一刷
二〇二二年七月一版四刷

■中文版■

郵購注意事項：
1. 填妥劃撥單資料：帳號：50003021戶名：英屬蓋曼群島商家庭傳媒(股)公司城邦分公司。2. 通信欄內註明訂購書名與冊數。3. 劃撥金額低於500元，請加附掛號郵資50元。如劃撥日起 10～14日，仍未收到書時，請洽劃撥組。劃撥專線TEL：(03) 312-4212 ・ FAX：(03) 322-4621。E-mail：marketing@spp.com.tw

國家圖書館出版品預行編目資料

終物語 / 西尾維新 著 ; 哈泥蛙譯 . --初版.
--臺北市：尖端出版, 2016.03
面 ; 公分.--(書盒子)
譯自: 終物語
ISBN 978-957-10-6575-5(中冊，平裝)

861.57　　105000573